HEYNE BÜCHER

HAFFMANS KRIMINALROMANE
BEI HEYNE

JOE GORES

32 Cadillacs

THRILLER

AUS DEM AMERIKANISCHEN
VON
STEFFEN HUCK

WILHELM HEYNE VERLAG
MÜNCHEN

HAFFMANS KRIMINALROMANE BEI HEYNE
Herausgegeben von Gerd Haffmans und Bernhard Matt
Nr. 05/63. Im März 1994.

Die Originalausgabe
»32 Cadillacs«
erschien 1992 bei Warner Books, Inc., New York.

Deutsche Erstausgabe

Printed in Germany 1994
Konzeption und Gestaltung: Urs Jakob
Umschlagillustration: Ean Taylor/Xing Art Productions, München
Umschlaggestaltung: Atelier Ingrid Schütz, München
Gesamtherstellung: Ebner Ulm

ISBN 3-453-07298-7

»Bitte lassen Sie das Reden«, sagte die Nonne. »Es ist nicht gut für Sie zu reden – Sie sind sehr ernstlich krank.«

»Nicht so sehr, wie Sie gesund sind. Warum genießen Sie nicht Ihr Leben, Mutter. Ich könnte mich jetzt nicht mehr halten vor Lachen, wenn es mir nicht ganz so ungemütlich wäre.«

»Es wäre besser für Sie zu beten.«

»Gleichfalls, Mutter.«

Joyce Cary
The Horse's Mouth

Jeder Mann ist wie der Herr ihn schuf und manchmal ein gutes Stück schlimmer.

Miquel de Cervantes
Don Quixote

Nur damit Sie Bescheid wissen

Ich bringe das übliche Dementi vor: Die Personen, Ereignisse und Schauplätze in diesem Roman sind völlig frei erfunden, sie sind Erzeugnisse der lebhaften Phantasie des Autors. Jetzt, wo ich das gesagt habe:

Es war einmal eine Zigeunerschar, die sich tatsächlich an einem einzigen Tag in der Küstengegend um San Francisco zweiunddreißig Cadillacs von einer großen Bank unter den Nagel gerissen hatte. Innerhalb der nächsten Monate schnappten sich *David Kikkert & Associates*, die man angeheuert hatte, um sie wieder aufzutreiben, neunundzwanzig von den zweiunddreißig, und zwar überall in den USA (inklusive Hawaii) und in Mexiko.

Und hier nun, in *32 Cadillacs*, wird die Währung der Wahrheit in lockere Flocken getauscht, denn nicht jede Begebenheit in diesem Roman fand statt, während jene Zigeuner in sechsundzwanzig Tagen zur Strecke gebracht wurden. Einige wurden etwas »verlängert«, andere stammen von anderswo aus dem Dutzend Jahren, die ich als Autodieb verbracht habe, aber alle haben sich wirklich zugetragen - sogar die am Lake Shore Drive in Chicago und die mit den Lovellis in Nebraska.

Obwohl mir die *Roma* im Laufe meiner Karriere als Detektiv äußerst zuwider waren, sind meine Überlieferungen über die Zigeuner so redlich wie nur irgendwie durch Recherchen und Erfahrungen zu bewerkstelligen - selbiges betrifft ihre Halunkereien, Gaunereien und Betrügereien. Und ich habe versucht, meine erfundenen Zigeuner realistisch - und amüsant - darzustellen, ohne sie zu sentimentalisieren. Sentimentalisiert man Zigeuner, so läuft man Gefahr, mit einem Auto, das nicht fährt, einem Verdeck, durch das der Regen rinnt, oder einer Fahrbahn, die mit einem Mal an den Schuhsohlen klebenbleibt, zu enden.

Apropos: Unsere Gesellschaft wird immer höflicher, bekommt immer mehr Angst vor den unzähligen Interessengruppen, die stets bereit sind, lauthals schreiend Regelverstöße zu reklamieren, wann immer jemand auf ihren gannz speziellen Zeh getreten ist. In *32 Cadillacs* sind für jene eine Menge Dinge zu finden, worüber sie schreien können. Aber die rauhe und lebendige Wirklichkeit, von der ich schreibe, aufzupolieren, hieße, aus ihren Protagonisten nichts als hohle Pappfiguren und aus dem Roman selbst eine Übung in Nichtsnutzigkeit zu machen.

Der maximale Betrag, den man ohne genaue Überprüfung von einem Bankkonto abheben kann, liegt *unterhalb* von 10000 Dollar, folglich sollten meine Zigeuner während ihres Bankencoups eigentlich nur 9999 Dollar und 99 Cent hin und her bewegen. Es war nur sehr viel weniger beschwerlich, glatte 10 Kilo daraus zu machen.

So bizarr, wie es auch scheinen mag, diese Show im *Giggling Marlin* in Cabo San Lucas hat es, einst in einer Nacht, wirklich gegeben.

Schließlich möchte ich die üblichen Verdachtspersonen ausnehmen:

Zuerst und vornehmst wie stets: Dori - meine geliebte Frau, beste Freundin, einzigartige Redakteurin, Kritikerin, meine größte Stütze - die ordentlich geschwitzt hat für dieses Buch und ihm ihre eigenen unschätzbaren Zigeunerrecherchen zur Verfügung gestellt hat.

Meine Agenten, Henry Morrison und Danny Baror, haben mich aufgestachelt, angespornt, bedroht und beschwatzt und niemals die Hoffnung verloren.

Otto und Caroly Penzler, frühe Enthusiasten, damals, als sie Mysterious Press *waren*, und Bill Malloy, der ihren Enthusiasmus fortsetzte, als er bei Mysterious als Chefherausgeber das Steuer übernahm.

Martin Cruz Smith hat seine Recherchen für *Gypsy in Amber* und *Canto for a Gypsy* mit mir geteilt; seine bezaubernde Frau, Em, stellte mir die Notiz- und Tagebücher ihres bemerkenswerten Großvaters zur Verfügung, der als Geistlicher ein Leben lang mit Zigeunern zu tun hatte.

Inspector Victor Rykoff, *SFPD Bunco*, ist nicht im geringsten wie Dirty Harry Harrigan; und kein anderer war auch nur im entferntesten so wie Stan Groner in die Große-Zigeuner-Jagd involviert.

Amüsant fand Don Westlake diese Geschichte an einem langen Wochenende in Mohonk, und später, während einer Zugfahrt durch Spanien, schlug er vor, ein Kapitel aus diesem Buch mit einem der seinen zu teilen (es erschien in seinem Klassiker um *Dortmunder, Drowned Hopes*).

Schließlich die wahren Jungs und Mädels der einst echten DKA:

David Kikkert (R.I.P.)
Hiroko Ono (R.I.P.)
Ronile Lahti
Maurice James O'Brien
Floyd Ryan
Ken Warner
Isadore »Izzy« Martinez
und
das Ich, das ich damals war.

Kerls, ohne Euch könnte ich diese unglaublichen Geschichten nicht erzählen.

Joe Gores
San Anselmo, April 1992

Sechs Monate zuvor

Am Donnerstag, dem 17. Oktober, um 17 Uhr, 4 Minuten und 9 Sekunden stürzte Daniel Kearny Associates' schmaler, hochschultriger, alter, rußgeschwärzter, viktorianischer Bau in der Golden Gate Avenue 760 ... ein.

Sieben-Komma-Zwei auf der Richterskala. Das war alles, was es dazu brauchte.

In den flotten 90ern war das alte Gebäude ein erstklassiges Bordell für die jungen Triebkräfte und die triebhaften Tattergreise San Franciscos gewesen, und Dan Kearny hatte ihm gerade den Status eines Wahrzeichens verschafft, indem er die Stadt derart mit Scham erfüllte, daß sie sich gezwungen sah, jenen gefallenen Mädchen ein Ehrenmal zu setzen – genau wie jenen anderen Helden, den Verrückten, den eingerosteten Sportlern, den unehrlichen Polizisten, den korrupten Politikern.

Aber was der Bundesstaat Kalifornien in zehn Jahren nicht geschafft hatte, vollbrachte der Sankt-Andreas-Graben, nachdem er die City von Santa Cruz hundert Meilen weiter südlich verschluckt hatte, mit einem diskreten Rülpser. Einzig weil die komplette DKA wegen der *World Series* früh zugesperrt hatte, nahm niemand Schaden in diesen gewalttätigen Sekunden, in denen die Hausnummer 760 verschwand, zu Staub zerfiel, mitsamt der Erinnerung.

Womit sich das DKA Hauptquartier (Zweigstellen in allen größeren Städten Kaliforniens) sehr jäh nirgends mehr befand. Dennoch beseufzte Giselle Marc, DKA Büroleiterin, als sie am nächsten Morgen die wackeligen und zersplitterten Reste inspizierte, im gleichen Maße den Geist parfümierter Damen und schweinsäugiger Makler wie die gegenwärtig mißliche Lage der DKA.

»Die verflucht vornehmste Ruine«, murmelte sie, San Franciscos Grabspruch nach dem großen Beben '06 nachbetend.

Giselle, die den Titel eines Magisters der Geschichtswissenschaften und eine Privatdetektiv-Lizenz in sich vereinte, war ein exquisites blondes Rasseweib mit Schlafzimmeraugen, die ein Großraumhirn verbargen. Ein Gehirn, das von vielen der dreisteren Widersacher der DKA, zu ihrem Bedauern, erst kurz bevor der Hammer fiel entdeckt wurde.

»Ich wünschte, Richter wäre selber flachgelegt worden, bevor er diese verdammte Skala erfunden hat«, fluchte Dan Kearny.

Kearny war ein grobgesichtiger Zweiundfünfziger mit eisigen grauen Augen und Mahlwerkzeugen wie Mühlsteinen – sein sich lichtendes lockiges Haar ergraute bereits an den Ecken seines Schädels. Seine Nase war offensichtlich einmal auf einen Gegenstand gestoßen, der härter war als sie selbst und sich in die entgegengesetzte Richtung bewegt hatte.

»Was hätte das denn gebracht, Dan? Dann wäre halt irgend jemand sonst mit einem Maß für seismische Aktivität aufgekreuzt.«

»Sieben-Komma-Zwei auf der Schmidtskala?« Er gluckste das erste Mal seit zwei Tagen. »Na, was soll's, das Ding war eh zu klein für uns.«

Was stimmte. Die oberen Büros waren ein einziger Hasenkäfig aus winzigen Räumen gewesen, mit zu vielen Menschen und zuviel Gerät vollgestopft, und Kearny und die Außenmitarbeiter hatten in Mauselöchern in der Tiefgarage gesteckt, in denen dann nur noch für ein oder zwei Wagen Platz genug war. Für mehr als ein Jahrzehnt hatte die DKA Abstellplätze in der ganzen Stadt gemietet, um die Autos, die sie wieder in Besitz genommen hatte, unterzubringen.

»Ich frag mich, ob die Telefone noch gehen«, murmelte Kearny.

Taten sie nicht. Aber die unten in der Eleventh Street 340 taten es noch. Jahre zuvor, als der Bundesstaat zum ersten Mal versucht hatte, den alten viktorianischen Schuppen zu beschlagnahmen, um ein öffentliches Parkhaus daraus zu machen, hatte Kearny eine ausgediente Wäscherei südlich vom Marktplatz erworben und hatte seitdem ein ganzes Wochenende lang planlos daran herumgebaut. Jetzt, mit einem Mal, wurde aus der alten Wäscherei das Neue Jerusalem.

Während sich Kearny und Giselle unterhielten, warteten - durch einen wirklichen, echten, puren Zufall - ein Mann, der sich Karl Klenhard nannte, und seine Frau (seit über 50 Jahren), die sich Margarete nannte, auf Grün an einer Kreuzung in Steubenville (»Wo Die Goldenen Ähren Wachsen«), Iowa. Steubenville - nicht zu verwechseln mit dem weitaus adretteren Steubenville in Ohio - war Kreishauptstadt für 9581 Seelen und einige hundert Quadratmeilen reichen Schwemmlands unterhalb der steilen Ufer des mächtigen Mississippi.

Steubenville war im späten 19. Jahrhundert von Farmern aus Trier in Preußen besiedelt worden; in jenen frühen Tagen boten die Schaufelraddampfer, die den Fluß befuhren, verlockenden Zugang zu den Märkten für ihre Erzeugnisse. Aber die Zeiten ändern sich, Märkte verschieben sich, Preise steigen und fallen, und mit dem Farmensterben im mittleren Westen war aus Steubenville für jene, die das Unglück hatten, noch dort zu leben, Stupidville geworden.

Karl sah nicht stupide aus, paßte aber genau zum örtlichen Pöbel: sein Weihnachtsmann-Grinsen, sein großer Walroßschnauzer, die goldene Uhrkette, die über den großzügigen Weiten seines Bauches glitzerte, ließen auf den deutschen Bürger im Ruhestand schließen. So wie der dralle Busen, grelle Farbigkeit und die zwinkernden Augen über ihren glühenden Apfelbäckchen Margarete wie eine Plätzchendose aus Keramik aussehen ließen. Nur die Zigarette, die zwischen den ersten beiden Fingern ihrer rechten Hand glimmte, deutete auf alles andere als die klassische Hausfrau hin.

Und hier kommt der Zufall ins Spiel: Als die beiden an der Ampel warteten, rollte ein ältlicher Eldorado mit diesen majestätischen Schwanzflossen aus den 50ern, die sich so endlos nach hinten strecken, neben sie. Karl stützte sich keck auf seinen verzierten Spazierstock mit güldenem Knauf und gab Margarete einen nostalgischen Klaps auf den Hintern - zu Ehren anderer Schwanzflossen aus anderen Zeiten.

»Erinnerst du dich an das rosa Caddy-Cabrio, mit dem wir zu meiner Krönungsfeier gefahren sind? Ach, Schatzel, was wir für Zeiten hatten!«

»Ja, mein Streusel«, sagte Margarete mit glänzenden Augen. Dann huschte ein Anflug von Traurigkeit über ihr Gesicht. »Wir werden alt, Liebchen. Das läßt einen an Abdankung denken.«

Die Ampel war umgesprungen. Sie tapsten langsam über die Kreuzung, zwei sich liebende ältere Menschen, Arm in Arm.

»Abdankung.« Karls Stimme genoß das Wort, aber seine Augen hatten einen grüblerischen Schimmer angenommen. »Neunzehn-Achtundfünfzig.« Er lächelte ein glückseliges Lächeln. »Das Jahr, in dem ich König wurde.«

1

T. S. Eliot hat einmal bemerkt, der April sei der gräßlichste Monat. An diesem Dienstag, dem 17., - auf den Tag genau sechs Monate nach dem verheerenden Erdbeben an der Küste - schien der April in keinster Weise gräßlich.

Oh - da gab es die üblichen Traumata: Störungen auf der *BART*, zuviele Obdachlose auf den Straßen, ein Tanker, der vor der Küste auf Grund lief, die Wasserrationierung im sechsten Dürrejahr in Folge, trotz des wundersamen Regens im März. Aber das Ungeheuer von IRS hatte mal wieder sein Menschenopfer bekommen; die Schäden durch das Beben waren meistenteils ausgebessert oder aus dem Weg geräumt; und die *A's* - wenn schon nicht die *Giants* - schienen zum Saisonauftakt in Topform.

Und der Umbau von Hausnummer 340, Eleventh Street, war vollendet. Im ersten der zwei (man zähle: zwei!) weiten offenen Büros im Erdgeschoß, von denen jedes für sich genommen größer war als der ganze Laden in der Golden Gate 760, saßen die Chef-Spürhunde und das Schreibpersonal. Und Dan Kearny selbst - strategisch günstig in der Nähe der Hintertür plaziert, um rasch entschlüpfen zu können, wenn ein Gerichtsdiener die Front stürmte.

In dem anderen ebenerdigen Büro befanden sich das CB-Funkgerät, das Fax und der Computer. Und hier saßen auch, unter den wachsamen Augen von Giselle, die Teenies, die sich nach der Schule ihr Geld damit verdienten, die Chef- und Gerichtskorrespondenz auf den alten, aber funktionsfähigen elektrischen Schreibmaschinen runterzurattern.

Oben befanden sich die eigentlichen *Büros* für die Außenmitarbeiter - mit Schreibtischen und Stühlen und Telefonen und sogar mit Schreibmaschinen für die Ein-Finger-Such-Berichte.

Und draußen hinter dem Bau war Platz für *zwanzig* Autos.

Und so war die DKA – jetzt, da auf der Rückseite der Glastür mit frischer Farbe DANIEL KEARNY ASSOCIATES geschrieben stand – wieder bereit, Leute aufzuspüren, die sich in Verzug befanden, betrogen oder unterschlagen hatten, bereit, ihnen die stibitzten Wertanlagen wieder zu entreißen, um sie der Kundschaft zurückzubringen. Eine Kundschaft, die sich unglückseligerweise weder aus den brünstigen Blondinen noch aus den gewieften Tycoons der Romane zusammensetzte. Eher handelte es sich um nüchterne Banken, Bondhändler, Finanzinstitutionen und Versicherungskonzerne.

An diesem strahlenden Frühlingstag klackerten die Schreibmaschinen, tobten die Telefone, und vom Abstellplatz, auf dem jemand einen Wagen auf Touren brachte, wehten Auspuffgase herein. An Jane Goldsons Empfangstisch hatte ein großer, hart wirkender Mann mit starken Kieferknochen und glatten, platten braunen Haaren KEN WARREN auf ein Einstellungsformular geschrieben und versuchte, dem noch etwas hinzuzufügen. Jane spielte ihm immer wieder Gesprächs-Bälle zu, die er nicht zurückpaßte.

»Wie haben Sie noch gesagt, haben Sie uns gefunden, Mr ... ähm ...«

Warren kaute in verdrießlichem Schweigen an der Radiergummispitze seines Bleistifts.

»Wenn Sie so was bis jetzt wirklich noch nie gemacht haben, dann ist es recht schwierig ... ähm ...«

Mit Mühe füllte Warren eine weitere Zeile des Formulars aus. Seine Finstermiene hätte jeder Schminke widerstanden. Ihren Stuhl zurückschiebend, ließ Jane ihn ein fabelhaftes Lächeln sehen und nicht minder fabelhafte Oberschenkel.

»Vielleicht ist es das beste, wenn Sie mit Mr. Kearny persönlich sprechen ...«

Vom Einstellungsformular verschreckt, drangen weder Lächeln noch Schenkel noch die letzte Bemerkung in Warrens Bewußtsein. Okay, sicher, ein schriftliches Gesuch war immer noch besser, als es mündlich zu versuchen; aber selbst dann – das meiste von dem, was er am besten beherrschte, konnte man wirklich nicht zu Papier bringen.

Kearnys linke Hand schüttelte eine Marlboro aus der Schachtel, als Jane zu seinem Schreibtisch kam; seine Rechte setzte ihre kreative Buchführung auf dem eher dünnen Stoß Rechnungen, der vor ihm lag, fort. *Cash flow, Cash flow* - der Umzug hatte einen Haufen Geld gekostet, und die Kunden, die abwarteten, ob sie es denn überstehen würden, waren zögerlich gewesen. Der Reinigungsservice war da ein geringeres Übel - er war erbärmlich.

Jane bewegte ihren Kopf flüchtig in die Richtung des Mannes, der am anderen Ende des Raums finster auf das Klemmbrett starrte. Kearny hob fragend die schweren Brauen und bedachte sie mit einem Blick, der Krebs erregen konnte.

»Und?«

»Er hat sich geradewegs hier rein verirrt, Mr. K.«, sagte Jane mit ihrem schroffen Cockney-Akzent. »Aber . . .«

»Und, wo ist da der Knüller?« Selbst in einem lauen Monat hatten sie für einen guten Mann stets genug zu tun. »Lassen Sie ihn das Ding ausfüllen und –«

»Also, vielleicht hören Sie sich das besser mal selbst an, nicht?«

Wie er so herüberkam, sah der Mann für Kearny in Ordnung aus. Mehr als in Ordnung sogar. Feste Gesichtszüge, bewegte sich gut . . . Freilich, um drei Uhr morgens, in einer dieser Gassen, gab es eine Menge auf hart getrimmter Gecken mit kleinen Klickern. Kearny stand auf und streckte die Hand aus. Er würde sich anhören, was der große Kerl zu sagen hatte.

Der große Kerl sagte: »GchIch pbin Kgen Gwarren.«

Oh.

Dieselben sechs Monate seit dem San-Francisco-Beben schienen zu Karl Klenhard drüben in Steubenville nicht so freundlich gewesen zu sein. Die goldene Uhrkette war nicht mehr straff über einen prächtigen Bauch gespannt. Sie hing durch. Und er schritt nicht mehr. Er schlurfte. Auch benutzte er seinen goldbeknauften Spazierstock nicht mehr im Stile eines *Boulevardier*, sondern wie einer, der auf seine Hilfe angewiesen ist.

Margarete hielt schützend seinen freien Arm, als sie ihn in

das größte Kaufhaus der Stadt geleitete. Er redete laut, nörglerisch und unzusammenhängend mit der jüngst erworbenen Stimme eines alten Mannes.

»Aber heute müssen wir was für sie kriegen!« Er war den Tränen nahe. *»Wir reden schließlich von unserer eigenen kleinen Enkelin ...«*

Margarete sagte besänftigend: »Ich habe ein reizendes kleines Lätzchen im unteren Stock gesehen, *Liebchen* ...«

Sie mußte seinen Arm loslassen, damit Karl den Handlauf der Rolltreppe abwärts im selben Moment packen konnte, in dem er sich auf eine der gleitenden Stufen stellte. Seine Hand griff ins Leere, sein Fuß trat daneben. Mit einem lauten Schrei schlug Karl kopfüber einen fürchterlichen Purzelbaum, windmühlenartig kreisten Arme und Beine, der Spazierstock flog, fiel hinab ... hinab ... hinab ...

Bumms! Krach! Knirsch!

Margarete, die schrie und ihre von-der-Arbeit-rauhen Hände rang, blickte die Rolltreppe hinab auf ihren siebzigjährigen Ehemann, der zusammengebrochen an ihrem Ende lag. Karl lag in einer unnatürlichen Haltung, und seine einzige Regung bestand in einem Winken mit der Hand, jedesmal wenn eine Stufe unter ihr vorbeizog. Entsetzte Verkäufer sprangen herbei, der Direktor kam in verzweifeltem Lauf aus seinem Büro, und der Abteilungsleiter rief an seinem schnurlosen Telefon bereits den Krankenwagen.

In San Francisco arbeitete Giselle Marc, deren Geschäfte als Büroleiterin so lahm wie die Post liefen, auf der Straße. Sie hatte ihren Führerschein just vor dem Beben - an ihrem 32. Geburtstag (schon!) - gemacht und seitdem alle Außenarbeiten, in die sie sich irgendwie hatte reindrängen können, übernommen. Vielleicht war sie an ihrem Schreibtisch wertvoller, aber sie *liebte* das hier draußen. Und sie machte ihre Sache gut.

Naja, vielleicht liebte sie es nicht *immer*. Maybelle Pernod - fett, schwarz und 61 - hätte sich zu Hause befinden sollen, um mit ihren Enkeln Hoppe-Hoppe-Reiter zu machen. Statt dessen fand Giselle sie nach einer Woche Spurensuche, wie sie die

Pfunde an einer Bügelmaschine in einer chemischen Reinigung im 4600er Block der Third Street vom Leibe schwitzte. Sie mußten brüllen, um einander bei dem *Zisch-sch-schnaub* des Bügelautomaten zu verstehen; Schweiß betüpfelte ihre Gesichter und rann zwischen ihren Brüsten hinab, als sie sich durch Dampfwolken hindurch ansahen.

Es ging um einen 91er Continental: Sie war zwei Raten im Rückstand.

»Gut Fra', ich kann Ihn' mein Auto nich gebm.«

»Sie *müssen*, Maybelle. Sie haben derzeit keinen Wohnsitz.«

»Ich bin in meine neue Wohnung noch nich richtich eingezohn . . .«

»Maybelle, Sie haben keine neue Wohnung. Keinen Wohnsitz, Gelegenheitsarbeit hier in der Reinigung. Am Ende der Woche sind Sie mit der dritten Rate hintendran –«

Maybelles dunkle Augen schimmerten widerspenstig in ihrem tiefschwarzen Gesicht. Sie schob eine volle Unterlippe vor. »Ich geb mein Auto nich her.«

Giselle hielt das Zündkabel hoch, das sie unter der Haube des Connies abgezogen hatte, bevor sie in die Reinigung gegangen war.

»Das ist hier nicht die Frage, Maybelle. Ich dachte, vielleicht wollen Sie Ihre persönlichen Habseligkeiten rausnehmen, bevor es losgeht.«

»Aba das Auto . . . Ich hab das Auto nich . . . Ich hab . . .«

Große fette Tränen rollten über Maybelles große fette Wangen, wie Regen an einer Fensterscheibe. Giselle mußte sich zusammenreißen, um nicht weich zu werden, wie es manchmal Larry Ballard beim Anblick unglücklicher Frauen geschah.

»Maybelle, das Auto ist Vergangenheit. Wollen Sie Ihre Sachen nun haben oder nicht?«

Maybelle schlug eine Catcher-Pranke über ihre Augen und gab Giselle die Schlüssel. »Schätzchen, du läß ma all die Sachen in dem Connie. Maybelle kriecht ihr Auto zurück, du wirs schon noch sehn.«

Innerhalb weniger Stunden nahm die Nachricht von Karl Klenhards Sturz die Rolltreppe hinab, wie die konzentrischen Kreise kleiner Wellen, die von einem in einen Teich geworfenen Stein ausgehen, ihren Lauf vom mittleren Westen zu den über das ganze Land verstreuten *Roma*. Offiziell gibt es in den Vereinigten Staaten keine Zigeuner; in Wirklichkeit ziehen ganze zwei Millionen aus vier verschiedenen »Nationen« und rund sechzig verschiedenen Stämmen über das Land – von einer gleichgültigen Bürokratie weder erfaßt noch überprüft.

Der König ist schwach, hieß es. Der König ist verletzt ... der König ist schwer verletzt ... der König (dies nur Geflüster) *erholt sich womöglich nicht mehr ...*

Die größten Aspiranten auf seine Krone arbeiteten beide außerhalb von San Francisco. Einer war eine Frau, die den *Roma* als Yana bekannt war und der normalen, *gadjo*, Nicht-Zigeuner-Welt als Madame Miseria. Der andere war Rudolph Marino, der derzeit nicht wie ein Zigeuner, sondern wie ein Sizilianer aussah, der auf seinem Weg zum Sprachrohr des Mobs einen MBA in Harvard gemacht und das juristische Examen mit Auszeichnung bestanden hatte.

Marinos schwarz schimmerndes, mit dem Messer geschnittenes Haar war dicht und glänzend, die Flächen seines gebräunten Gesichts seeräuberisch. Sein perlgrauer Anzug, bei einem Tuchhändler am Rodeo Drive mit dem ältesten aller Tricks – in einem Koffer mit aufschnappendem Boden – hinausgezaubert, war $ 1200 wert; sein kastanienbrauner Seidenfoulard trug eine Anstecknadel mit einem *faux* Rubin, so dick wie sein Daumen.

Als er zur Rezeption des altehrwürdig luxuriösen St. Mark Hotels schlenderte, das dort an der California Street lag, wo die Abfahrt von Nob Hill zum Finanzviertel begann, musterte er verstohlen die Empfangsdame. Sie trug ein Namensschild, auf dem MARLA stand, und sie war groß und blond und ganz geschäftsmäßig; aber er sah das kleine Blitzen in ihren Augen, als sie auf die seinen trafen. Nützlich. Vielleicht sehr nützlich. Er baute sie bereits in seinen Plan ein.

»Kann ich Ihnen helfen, Mr ...«

»Grimaldi«, sagte Marino. Er liebkoste ihr Gesicht mit seinen schwarzen Augen, die klar, aber doch mit kalten Tiefen waren, die *gadje* Mädchen in den Knien schwach werden ließen. Er legte seine Goldcard auf den Schalter. »Angelo Grimaldi aus New York. Ich habe reserviert. Eine Suite.«

Ihre Finger flogen über die Tastatur. Der Bildschirm enthüllte die Geheimnisse der Reservierung. »Hier haben wir es, Mr. Grimaldi.« Wieder trafen sich ihre Augen. Sie fummelte herum, um das Anmeldeformular auf das Rezeptionspult zu legen. »Ich hoffe, Sie haben einen angenehmen Aufenthalt.«

Er ließ seine Augen sich ganz leicht weiten. Er tippte mit einem Finger auf ihr Telefon, um zu zeigen, daß er sich ihre Nummer gemerkt hatte.

»Ich bin mir sicher, daß ich das werde, *Cara*.«

Er stolzierte von dannen, in den Fahrstuhl, gefolgt von einem der altertümlichen Pagen, der mit Luis Vuitton Gepäck beladen war, das ein Stamm aus Florida in einem Lädchen in der Worth Avenue aufgetrieben hatte, welches im Rahmen eines Versicherungsbetrugs abgefackelt worden war. Für Marla, die Empfangsdame, wirkte er inmitten der Touristenherde, die vornehmlich aus namensschildtragenden, kamerabehängten Japanern bestand, wie ein Leopard auf freiem Fuß. Sie gab mit ihrem Rachen ein kleines Geräusch von sich, richtete sich dann steif auf und wurde rot in Anbetracht ihrer kaum jugendfreien Gedanken. Im Fahrstuhl war Marino ebenso mit seinen Gedanken beschäftigt, und sie war Teil von ihnen. Jedoch nicht so, wie sie es sich womöglich gewünscht hätte. Frauen - obwohl nützlich und fähig, großartige Genüsse zu bereiten - waren unrein. Zumal *gadje* Frauen. Er würde sie, während der drei Wochen, bevor der echte Grimaldi aus den Wäldern von Main zurückkehrte und sein Appartement in Manhattan geplündert und seine Kreditkarten gestohlen fände, benutzen - nicht mehr. Drei Wochen.

Zeit genug. Marinos ausgeklügeltes Ding auf Kosten des Hotelmanagements würde sein bislang größter Coup werden.

Auf der entlegenen Seite des Russian Hill stiegen Larry Ballard und Patrick Michael O'Bannon - bei den Trupps der DKA nur O'B genannt - in den Fahrstuhl des Montana, eines Appartement-Hochhauses, von dem aus man einen Blick auf das kugelförmige Schwimmstadion am Fuß der Polk Street hatte. Der Bauplatz war nur für niedrige Bauten ausgewiesen, bis gewisse Beamten mit Schlüsselpositionen in der Stadt - o wundersames Wunder! - ihre Weihnachtsstrümpfe mit Auslandsreisen und Pelzmänteln für ihre Frauen gefüllt fanden. Gleich danach wurden - noch ein Wunder! - der Montana Development Corporation die für unmöglich gehaltenen Abweichungen vom Bebauungsplan, die sie so sehr begehrt hatte, genehmigt.

»Einfach die typische San-Francisco-Erfolgsstory«, erklärte O'B Ballard, als sie im Fahrstuhl hochfuhren.

Larry antwortete nicht. Statt dessen blickte er so grimmig, wie er konnte - Pietro Uvaldis wegen, dieses warmen Bruders, der im Montana ein feines Leben mit seiner neuesten Schwuchtel führte. Unglücklicherweise war Pietro mit den Raten für sein $ 83 500 teueres Mercedes 500 SL Cabriolet in Rückstand geraten.

Ballard hielt ihn für einen warmen Bruder, da Pietro Innenausstatter war - tätschel, tätschel, zwinker, zwinker - während Ballard selbst ganz offensichtlich hetero und, ohne es zu wissen, ein Macho war - seit acht Jahren Menschenjäger, knappe einsneunzig groß, 90 Kilo schwer, mit sonnengebleichtem blonden Haar, einer Adlernase, blauen Killeraugen und einem hart erkämpften braunen Gürtel in Karate.

Er warf die Münze, die O'B ihm in die Hand gedrückt hatte. Als sie in der Luft war, sagte O'B: »Kopf.«

Die Rückseite der Münze blinkte auf dem Plüschteppich des Fahrstuhls.

»Zwei von dreimal«, sagte Ballard nölig.

O'B schüttelte lediglich den Kopf und steckte seine Münze wieder ein, ohne zu verraten, daß sie auf beiden Seiten Köpfe hatte. Wenn er Ballard auch nicht physisch ebenbürtig war - schmächtig, 50 Jahre alt, mit ledernem, sommersprossigem Gesicht und ergrauendem roten Haar - so war O'B doch gerissen wie ein Gauner auf der Market Street und zungenflink wie ein Wanderprediger aus dem Süden. Vor rund einem Vierteljahrhundert hatte er mit Schmuck, der auf Kredit gekauft war, angefangen - dem härtesten Job in der Branche: Bei Hochzeitsschmuck mit Diamanten kann man nicht einfach die Zündung kurzschließen und dann mit ihnen über die Bürgersteige davon fahren.

»Tut mir leid, Larry, mein Junge. Dann werde *ich* den Mercedes fahren, und *du* wirst den Zustands- und den Polizeibericht ausfeilen.«

Im zwölften Stock stiegen sie aus dem Fahrstuhl. O'B klingelte an Pietros Tür, zupfte sich die Krawatte zurecht und entspannte seine Gesichtszüge - sie nahmen einen weltverdrossenen Ausdruck an; Ballards grimmiger Ausdruck war bereits wieder zur Stelle. Die Tür wurde jedoch von einem Ein-Meter-neunzig-120-Kilo-Mann geöffnet, der rosafarbene Stachel auf dem Kopf und schwarze Lederunterwäsche mit Chromknöpfen trug. Seine Bizeps waren wie Grapefruits.

Sicher nicht Pietro, der im Verzug befindliche Innenausstatter. Vielleicht seine Schwuchtel? Aber holla - nur kein Schweiß: Für O'B und Ballard, jene unerschütterlichen Autodetektive, hatten Innenausstatter und die, mit denen sie ins Bett gingen, *alle* Pudding in den Muskeln.

Eine Stimme im Hintergrund rief: »Freddi, wer ist denn da?«

»Zwei Jungs, die dich sehen wollen.«

»Wie aufregend! Führ sie rein, Liebling, führ sie rein.«

Ballard und O'B füllten das Vorzimmer bereits mit ihrer gemeinsamen Masse, böse, weltverdrossene Blicke parat. Wie erwartet, verschwand der furchtbare Freddi *(Freddi?)*, ohne sie herauszufordern. Pietro - klein, steif, barfuß - trug einen seidenen Smoking mit einem unglaublich grünen Paisley-Muster und sah aus, als hätte er in seinen fünfzehn Minuten des Ruhms einen miesen Lambada getanzt.

»Von der Bank«, knirschte O'B.

»Wegen des Mercedes«, knurrte Ballard.

»Sie ... wollen ... mir ... meinen Mercedes ... wegnehmen.«

»Wie das so ist - mit zwei Raten Rückstand«, höhnelte Ballard, sich vorbeugend.

»Die Schlüssel.« O'B streckte einen unerbittlichen Handteller aus.

Pietros Blick wurde glasig. Seine Farbe paßte mit einem Mal

prima zum Paisley-Jackett. Er ging hinüber zum Garderobenschrank, in dem sein Übermantel hing - die Transpiration von Streß ließ eine Zeichnung seiner nackten Fußsohlen auf dem polierten Parkettboden entstehen.

O'B drehte sich, um Ballard anzugrienen. Die Schlüssel würden in der Tasche des Übermantels stecken. Ein einfacher Job, das. Die gemächlich-alte Routine war für diese Art Windbeutel noch jederzeit genug.

Pietro drehte sich wieder um - mit einer zweiläufigen 12-mm-Schrotflinte, die er hinter dem Mantel hervorgezogen hatte. Ballards Kiefer klappte nach unten. O'Bs Sommersprossenhorden zeichneten sich plötzlich sehr deutlich gegen die Blässe ab, die den rötlichen Teint des Trinkers ersetzt hatte.

»Einen Moment«, sagte er, den Arm wie ein Verkehrspolizist mit der Handfläche nach außen vorgestreckt.

Pietro klappte mit einem Ruck seiner kurzen Hände, an denen quadratische Fingernägel prangten, die Schrotflinte auf. Klarer Lack glänzte auf seinen Nägeln.

Ballard sagte: »Sie müssen hier nicht . . .«

Pietro rammte eine Patrone in die Nase der Flinte.

Ballard und O'B sahen sich in die Augen. Das Weiße stand groß in ihnen, wie bei spukenden Pferden. Jeder wartete darauf, daß sich der andere auf wunderbare Weise in James Bond verwandelte - lässig gegen den Türrahmen gelehnt, mit einer schallgedämpften 9mm Walter PKK in der Hand. Keiner tat es.

Unisono fingen sie an: »Wir können für Sie etwas . . .«

Pietro rammte eine zweite Patrone in das andere Nasenloch der Schrotflinte. Er knallte die Flinte mit einem schicksalskündenden Schlag zu.

Die zwölf Treppen abwärts nehmend, gaben sich O'B und Ballard nicht lang mit dem Fahrstuhl ab. Sie machten kaum Gebrauch von den Stufen.

Drüben in North Beach, verpesteten noch immer die Zigaretten und das schale Bier vom letzten Abend die Luft des Pink Flesh, einer Oben-ohne-Bar, die irgendwie die Carol Doda Tage am Broadway überlebt hatte. Auf einer winzigen Bühne polterte und stampfte eine zu alte Blondine in einem zu jugendlichen Kostüm lustlos zur Musikberieselung. Niemand, nicht einmal sie selbst, schenkte ihren Windungen auch nur die geringste Aufmerksamkeit. Die meisten Besucher waren Chinesen, aber hinter dem Tresen stand ein rauhgesichtiger Italiener, der Salz in Biergläser streute, sie schrubbte, mit ihnen in heißem Seifenwasser herumplanschte und sie mit dem Rand nach unten aufstellte, damit sie ablaufen konnten.

Vor langer Zeit einmal hatten sich die Chinesen in Chinatown und die Italiener in North Beach fröhlich zweisprachige Beleidigungen quer über den Broadway von Columbus Ave bis hin zur Unterführung zugeworfen. In diesen glücklichen Tagen stellte der Broadway eine scharfe Grenze zwischen den Rassen dar. Aber das Oben-ohne der 70er schwächte die starke italienische Präsenz, und die offenen Arme der 80er brachten einen gewaltigen Zustrom an legalen und illegalen Hong-Kong-FAKs *(Frisch außem Kahn)* nach Chinatown. Folglich strömten viele chinesische Einwanderer über den Broadway, so daß es eine ganze Zeit so aussah, als würden die Italiener aus North Beach verschwinden.

Aber was kommt, kommt, wie man sagt, und in den 90ern mit den zusammengekniffenen Arschbacken fingen die legalen und illegalen *italienischen* Einwanderer wieder an einzulaufen, drängten sich neben die Chinesen und ersetzten die italienischen Familien, die in die Vororte gezogen waren.

Daher das Pink Flesh: italienische Besitzer, chinesische Klientel – zwischen den Kulturen. Und mit Oben-ohne so anachronistisch wie ein VW mit Friedenssymbolen und psychedelischen Farben.

Unter den Besuchern, die den Tresen sprenkelten wie Akne den Heranwachsenden, war einer, der weder Italiener noch Chinese war: ein dunkelhäutiger Herr, der sich diese Woche Ramon Ristik nannte. Er hätte Russe, Franzose, Türke, Perser sein können – tatsächlich war er jedoch Zigeuner. Bruder jener Yana (a. b. a. Madame Miseria), die eine der möglichen Anwärter auf des zu Schaden gekommenen Königs Thron war.

Ristik versuchte einem Theodore Winston White III, einem schwächlichen, halb-besoffenen, blonden Kerl, der von den feinen Höhen des Marin County herabgestiegen war, um einen Tag an den Fleischtöpfen zu verbringen, aus der Hand zu lesen.

»Sie verstehen nicht«, sagte Teddy, der seine Hand von Ristik mit trunkener Gravität befreite. »Sie können mir nichts erzählen. *Nichts.* Ich hab meine Mutter nie gekannt, ich hab meinen Vater nie gekannt . . .«

»Ja, ja. Ich weiß«, brummte Ristik mit desinteressierten Kehllauten und griff wieder nach der Hand. »Is ssehr schwiiierig.«

Teddy zog sie wieder zurück. »Ich bin gleich nach meiner Geburt adoptiert worden. Ich hab sie nie gekannt. Aber ich hab immer gespürt . . . daß da etwas über mir hängt . . .«

»Das Schicksal«, sagte Ristik. »Ja. Is sschlecht. Is sähr sschlecht. Und darum muß ich . . .«

Er schaffte es schließlich, sich Teddys Hand zu grapschen. Er drehte die Handflächen auf dem Tresen nach oben. Er starrte sie an. Teddy wollte nicht interessiert sein, aber die ungeheure Intensität der Aufmerksamkeit, die Ristik auf ihn richtete, wirkte wie ein fokussiertes Brennglas. Ristik gab ein leises Stöhnen von sich.

Teddy forschte nach, ungeachtet seiner selbst: »Was ist? Was . . .«

Ristik hatte jedoch Teddys Hand fallen gelassen, so als wäre sie die abgetrennte Hand eines Affen und in der Lage, ganz alleine auf dem Tresen zu tanzen. Seine brummenden Zischtöne waren entschwunden.

»Mein Gott - hören Sie! Sie sind zu schwer für mich, das schaff ich nicht.«

»Was sehen Sie? Was –«

»Das ist ein Fall für meine Schwester!« rief Ristik krächzend aus. »Sie ist die einzige, die stark genug ist, um damit zurechtzukommen!«

»Um *womit* zurechtzukommen?« Teddy sah aus, als bräche er in Tränen aus.

Ristik sprang auf seine Füße und drückte Teddy kurz und leidenschaftlich an seine Brust – Mitleid und Schrecken im Gesicht.

»Ein Fluch!« zischte er. »Auf Ihnen lastet ein *Fluch*!«

Dann stürzte er hinaus, den schäbigen Plüschvorhang beiseite stoßend, so daß ein Strahl staubigen Sonnenlichts Teddys Hand aufspießte, die mit dem Teller nach oben auf der Bar lag. Teddy zog die Hand ein, streute Papiergeld auf dem Tresen aus, rannte hinaus und schrie Ristik hinterher.

2

Margarete Klenhard saß neben dem Schalter der Notaufnahme im Krankenhaus von Steubenville und beantwortete Fragen. Zwei ihrer Antworten waren sogar wahr – der Mann, der sich Karl Klenhard nannte, war tatsächlich geboren worden, und er war tatsächlich ihr Mann. Vielmehr hatte er sogar vor über einem halben Jahrhundert einen Brautpreis von $ 500 für sie bezahlt, damals, als der Dollar noch was wert war.

Über ihrem Stuhl schwebte – wie ein Elternteil beim ersten Leseversuch des Kleinen – ein großer Mann mit Doppelkinn und Kugelaugen und einem Saum ergrauter Haare um eine kahle Platte. Als Direktor des größten Kaufhauses von Stupidville hoffte er durch die Übernahme von Karls Krankenhausrechnungen, eine Klage wegen Fahrlässigkeit in der Rolltreppensache abwenden zu können, was den Anstieg der Haftungssumme in gar zu schwindelerregende Höhe vermeiden würde.

»Name des Patienten?«

»Karl Klenhard.« Margaretes Akzent war so schwer wie Schwarzwälder Kirschtorte. Ihre Hände vergewaltigten die billige Handtasche auf ihrem Schoß.

Die Schwester tippte. »Geburtsdatum?«

»Mein Karl wurde am 28. Juni 1914 in Preußen geboren – exakt an dem Tag, an dem der Erzherzog Ferdinand umgebracht wurde und der Große Krieg losging.«

»A ja!«, sagte die Schwester weitertippend. Sie hatte ein rundes rotes Gesicht und keine Ahnung, wovon die Frau sprach: Sie entstammte jenem Jahrgang, der dachte, *Desert Storm* sei der Große Krieg gewesen. »US-Bürger?«

»Ja. Eingebürgert! Er ist 1925 mit dem Schiff nach New York gekommen. Zur Freiheitsstatue.«

»Konfession?«

»Wir sind natürlich Lutheraner«, sagte eine empörte Margarete.

»Wen sollen wir im Notfall benachrichtigen?«

»Mich. Margarete Klenhard.« Ihr richtiger Name war Lulu Zlachi, genau wie Karls richtiger Name Staley Zlachi war, aber was war schon ein Name? Sie legte ihre Hand aufs Herz. »Seit mehr als fünfzig Jahren bin ich seine Frau.«

»Versicherung?«

»Wir haben keine. Wir sind arme Leute. Wir –«

»Keine Versicherung.« Sie tippte. »Das wird wohl ein Prob-«

Der Kaufhausdirektor fiel eilig ein: »Äh, das Kaufhaus wird ... äh ... die finanzielle Seite abwickeln, ähm ...«

Auf dem Stockwerk darüber wurde Staley auf einer mit einer Decke bezogenen Pritsche in den Röntgenraum geschoben. Zwei kernige Pfleger in grünen Kitteln nahmen vorsichtig die Enden des Tuches, auf dem er lag, in die Hand und zogen Staley auf den kalten Metalltisch. Das Röntgengerät fuhr ungeschlacht wie ein widerlicher metallener Blutsauger über ihn. Bei der Bewegung fing er an zu schreien.

Der Kehle der Schwester, die dabeistand, entwich ein gequälter Laut.

»Wir müssen ihn auf die Seite legen.« Zu Staley sagte sie unwillig: »Sir, können Sie –«

Staley stöhnte nur. Die Pfleger begannen ihn behutsam zu drehen. Er kreischte vor Schmerz und wurde, gerade als Lulu durch die Tür platzte, ohnmächtig. Die Schwester fing sie ab, um zu verhindern, daß sie sich auf die reglose Hülle ihres Mannes stürzte, wie ein entehrter Römer in sein Schwert. Lulu konnte nur dastehen, Krokodilstränen vergießen und ihre Handtasche vergewaltigen, während der Blutsauger seinen elektronisch gesteuerten Schnabel auf Staleys aschfarbenes Fleisch herniedersenkte.

In San Francisco stieg Bart Heslip aus seinem DKA Geschäftswagen, denn Sarah Walinski hatte gerade ihren ein Jahr alten Dodge Charger quer über den Gehsteig auf der anderen Seite der schmalen Richmond District Street geparkt. Sarah hatte wunderhübsches weiches Haar, war jedoch wie ein Brückenpfeiler gebaut und hatte ein Gesicht wie eine Feuertür mit Nieten als Augen. Da sie mit dem Charger aus New Jersey abgehauen und dann noch einmal entwischt war, nachdem sie einen ersten Autodetektiv mit einer Axt verscheucht hatte, war Heslip im Besitz einer SOFORTVERFÜGUNG für ihr Auto.

Er hatte keine Angst davor, mit Sarah Fang-die-Axt zu spielen: Er hatte neununddreißig von vierzig Profikämpfen gewonnen, bevor er vor zehn Jahren – damals 24 Jahre alt – beschlossen hatte, daß er niemals Weltmeister der Mittelgewichtsklasse werden würde. Zumindest nicht, ohne sich sein Hirn alzheimermäßig verschlüsseln zu lassen.

Also tauschte er seine Boxhandschuhe gegen das Handwerkszeug eines Autodetektivs. Die Jagd bei der DKA war für ihn dieselbe Herausforderung und gab ihm dasselbe Hochgefühl wie einst der Ring; auch draußen in freier Wildbahn hieß es noch einer-gegen-einen, du gegen ihn. Oder sie. Mag der beste gewinnen.

Ein Beutel mit Lebensmitteln wurde vom Rücksitz herausgeholt, und Sarah griff gerade nach dem zweiten, um ihn in ihre Hälfte des pastellfarbenen, stuckverzierten, zweigeschossigen Reihenhauses zu bringen, als Heslip heiter zu ihrem Rücken sprach. »Sarah, es tut mir leid, ich muß Ihren Wagen mitnehmen.«

Sie wirbelte herum und starrte ihn an. »Wie zur Hölle hast du mich gefunden, du verdammter – *piep-piep-piep-piep* – Nigger?«

Heslip war tatsächlich schwarz, rabenschwarz sogar, mit Kraushaar und einem dünnen Schnurrbart und den austrainierten breiten, bauschigen Schultern eines Kämpfers und einer unverschämten, natürlichen körperlichen Überlegenheit. Mit all den *piep-piep* Wörtern war er schon früher belegt worden - von Männern, die sich anschließend durch einen Strohhalm ernähren mußten; aber einer Frau durfte man das Maul nicht einschlagen, selbst wenn sie 50 Pfund mehr auf die Waage brachte als man selbst.

Er sagte nur: »Du weißt, wie das is mit uns Schwarzen, Sarah. Wir sinn immer auf der Straße hier un tanzen rum, jawollja Ma'am.«

Tanzen, jawoll. Er hatte bereits gewonnen, denn er war auf den Fahrersitz geglitten, während sie noch herumge*piept* hatte. Und so hatte er die Situation - im Gegensatz zu seinem furchtsam gesinnten Vorgänger - unter Kontrolle, *bevor* sie ihm entglitt. Die Schlüssel steckten, und der Motor lief. Das wäre wohl der einfachste Job des Monats gewesen.

»Ach, nimm doch das verdammte Ding! Laß mich nur den Rest von meinem verdammten Zeug von der verdammten Rückbank holen ...«

Zum Verlieben. Geduldig trommelte Heslip mit den Fingern auf das Lenkrad und drehte sich schließlich auf dem Sitz herum.

»Sarah, wenn Sie Hilfe brauchen -«

Herzhaft wie ein geschleuderter Stein prallte die drei Pfund schwere Kaffeekanne gegen seine Schläfe und schlitzte seinen Skalp wie einen reifen Apfel. Der Hieb warf ihn förmlich aus dem Auto. Mit doppeltem Blick und durch tropfendes Blut hindurch (du *Tropf*, dachte er verwirrt) sah er die 200-Pfundschwere Sarah auf den Vordersitz platschen, wie ein Seelöwe, der sich von seinem Felsen ins Wasser wirft. Er dachte, er hörte kreischende Reifen, träumte, er röche brennenden Gummi ...

Sie vernähten den zwölften Stich in Bart Heslips Skalp, bevor er wieder aufwachte - flach auf dem Rücken im Krankenhaus.

Rudolph Marino konnte sich nur beglückwünschen: Er lag nackt auf dem Rücken im sex-zerzausten Bette und sah Marla, der Empfangsdame, im weichen Licht, das aus dem Badezimmer fiel, beim Anziehen zu. Seine Fragen, die er so offensichtlich beiläufig gestellt hatte, die aber so kunstvoll wie sein Liebesspiel waren, hatten ergeben, daß sein Plan mit dem Hotel funktionieren würde.

Marla erhaschte seinen Blick und lächelte ihn wollüstig an, während sie in ihre Strumpfhose glitt.

»Das New-York-Jet-lag hat dich null gebremst, Angie . . .«

Er spitzte die Lippen zur Andeutung eines Kusses. »Wer wäre mit so einer Schönheit, die ihn antreibt, denn nicht unermüdlich?«

Er hatte sie, gleich nachdem er in seine Suite gekommen war, an ihrem Empfangsschalter angerufen. Sie hatte ihn in ihrer Mittagspause im Granatzimmer auf einen Drink getroffen, und das eine führte zum anderen. Er hatte nicht gewußt, ob sie nützlich sein würde oder nicht. Sie war es gewesen.

»Von dem Moment an, als ich dich gesehen habe, *Cara*, mußte ich dich haben.«

Sie setzte sich auf die Bettkante und küßte ihn wieder, lang und leidenschaftlich. Sie war es, die schließlich wieder auftauchen mußte, um Luft zu schnappen.

»Ich *wußte*, daß ich es bedauern würde, mich so schnell wieder anzuziehen.«

»Die Zeit läuft nicht davon, *Cara*«, sagte er.

Cara. Liebling. Eines der Dutzend Wörter Italienisch, die er kannte.

Er ließ sie ihn ein weiteres Mal küssen, war, als sich die Tür hinter ihr schloß, aus dem Bett heraus und rief den Zimmerservice an, um nach einem Mädchen zu schicken, das frische Laken bringen sollte, warf das Kondom ins Klo, sprang unter die Dusche mit nadelhartem Strahl, erst so heiß wie Schaschlikspieße dann so kalt wie Nierensteine.

Gadje Frauen waren unrein.

Aber nützlich.

Er zog sich bei den 17-Uhr-Nachrichten an und wurde bei dem Bericht über den anstehenden Besuch des Präsidenten in San Francisco munter. Dieser Besuch war der Grund für Marinos Anwesenheit, der Grund dafür, daß er sich in diesem speziellen Hotel einquartiert hatte. Jawohl! Er ging hinaus, um einen öffentlichen Fernsprecher zu finden, von dem aus er die falsche Bombendrohung mit den falschen arabischen Kehllauten loswerden konnte.

Dann kehrte er zurück und erhielt die Nachricht von ihrem gefallenen König.

Inzwischen folgte der Geruch brutzelnden Fetts - wie Banquos Geist - Trinidad Morales die müllübersäten Stufen oberhalb einer *Taqueria* in der 24th Street im Mission District hinauf. Morales war 35, schwer gebaut, mit schmalen, feinen Händen und Füßen, listigen braunen Augen und breiten weißen Zähnen, von denen ein vorderer, wenn er seine dicken Lippen von der üblichen Billigzigarre löste, golden funkelte.

Trin hatte vor fast sechs Jahren den Dienst bei der DKA quittiert - »quittiert« war ein Euphemismus für die Tatsache, daß Dan Kearny seinen Hintern auf die Straße gesetzt hatte - und hatte sich eine eigene Lizenz als Privatdetektiv besorgt und ein Büro hier unten in der Mission, im Spanisch sprechenden Ende der Stadt, eröffnet. An die Tür hatte er geschrieben:

TRINIDAD MORALES
VERTRAULICHE ERMITTLUNGEN
Vorsichtig-Verläßlich-Vertraulich-Diskret

Kein Aufstöbern Entflohener, keine zurückzuholenden Autos mehr für Trin Morales. Scheidungsjobs. Versicherungsbetrug. Elektronische Schnüffeleien. Betrogene Frauen, die geneigt waren, mit ihren Männern quitt zu werden, indem sie ein wenig Zeit mit dem Ermittler, der ihnen die Lügen der Lieben zeigte, im Motel verbrachten. Leute, die zuviel an einem verwanzten Telefon gesagt hatten, willig, eine braune Hand mit Silbermünzen für taktvolle Verschwiegenheit herüberzureichen. Die saftigen Sachen, die Nebeneinnahmen brachten.

Es hatte sich nicht gänzlich so entwickelt. Seinen Weg zur Spitze hochschnaufend, traf er seinen Vermieter, einen Anglo mit einem Gesicht wie Zahnweh, der an Morales' Büro ein neues Schloß anbrachte. Ein Schloß, für das Trin keinen Schlüssel haben würde.

»He Mann, was zum Teufel glauben Sie eigentlich, was Sie da machen?«

»Ich glaube das nicht, ich *weiß* es, Bohnenfresser.«

Trin sprang ihm nach, hielt dann abrupt an und löste seine Fäuste, um aus ihnen besänftigende Handteller werden zu lassen: Der schwere Schraubenzieher des Vermieters wurde nicht in der Art gehalten, in der man Schraubenzieher für gewöhnlich hält, um Schrauben anzuziehen. Trins Goldfüllung funkelte in einem breiten entwaffnenden Lächeln - so echt wie eine gefälschte Schuldverschreibung.

»Ooah, Mann, da liegt ein Fehler vor.«

»Und du hast ihn gemacht.« Der Zahnwehtyp steckte den Schraubenzieher in seinen Werkzeugkasten, schlug ihn klirrend zu und stolzierte an Trin vorbei. »Du kannst deinen Kram zurückhaben, wenn du mit der ausstehenden Miete anrückst - Bohnenfresser.«

Trin feuerte dem rücksichtslosen Vermieter eine Salve spanischer Verwünschungen in den Rücken, seufzte dann, holte seine Zahnstocher raus und widmete sich dem neuen Schloß. Er könnte auch gleich das ganze Büro ausräumen; er würde nicht zurückkommen. Und da er gerade in einer Auseinandersetzung mit der Telefongesellschaft über *deren* Einstellung ihrer Leistung den kürzeren gezogen hatte, konnte er auch gleich das gemietete Telefon herausreißen und verkaufen, solange er noch drankam.

Um dann womöglich seinen Stolz herunterzuwürgen und diesen *Chingada* Dan Kearny um seinen alten Job als Außendienstler zu bitten. Er könnte Kearnys Telefon, Kearnys Firmenwagen und Kearnys Benzin mißbrauchen, um nebenbei seine eigenen Fälle zu bearbeiten. Wenn er irgendwelche eigenen Fälle an Land ziehen konnte. Wenn Kearny ihn zurückhaben wollte.

MADAME MISERIA
WEISS ALLES ... SIEHT ALLES ... VERKÜNDET ALLES ...
Kein Geheimnis ist zu DUNKEL ...
Keine Zukunft zu TRÜB ...
MADAME MISERIA kann IHNEN helfen

Ein keuchender Theodore Winston White III holte Ramon Ristik vor der Haustür von Madame Miserias Fachgeschäft fürs Handlesen am Romolo Place ein, einer der schmalen, nur durch einen Block führenden Gassen, die den Hang des Telegraph Hill vom Broadway aus hinaufführten. Sie war derartig steil, daß in den Gehsteig Stufen hineingeschnitten waren. Durch das Glas der Tür hindurch sah man eine gefurchte Handfläche in goldener Farbe.

Teddy schnaubte: »Ich hab gesehen ... wie Sie am Broadway ... um die Ecke gingen ...«

Ristik, der sich alle Mühe gegeben hatte, gesehen zu werden, hielt einen Moment inne, zuckte dann mit den Schultern, als ergäbe er sich dem Schicksal, und drückte Teddy wie in der Bar kurz und beinahe förmlich an seine Brust. Er trat zurück.

»Ich bin außerstande, mit der Last der Zukunft, die Madame Miseria aufdecken wird - wie auch immer sie aussehen wird - fertig zu werden«, sagte er mit leiser Stimme, »also muß ich Sie mit ihr alleine lassen. Sie werden ihr nicht sagen müssen, warum Sie gekommen sind ... sie wird die Strahlungen spüren ...«

Nebel hatte Einzug gehalten, die Luft war rauh; sie ließ Teddy nüchterner werden, und seine Paranoia neu betrachtend, entsann er sich der abstrusen Geschichten über Zigeuner, die die Zukunft weissagten.

»Hören Sie, vielleicht ist es besser, wenn ich mor-«

Aber Ristik scheuchte ihn bereits die schmale, schwach beleuchtete Innentreppe zu Yanas *Ofica* hinauf. Teddy sah verstohlen und verspätet nach, ob seine Brieftasche mit Geld und Ausweis noch in der Tasche seiner Anzugsjacke war. War sie. Zwar hatte Ristik sie, als er Teddy in der Bar umarmt hatte, tatsächlich stibitzt und Yana am Telefon präzise mitgeteilt, was sie enthielt, aber dann hatte er sie bei ihrer zweiten kurzen Umarmung vor wenigen Augenblicken unversehrt zurückgesteckt.

Weihrauch, kaum ein Hauch an der Haustür, wurde schwerer, dicker, beinahe greifbar, als sie hinaufstiegen. Als sie vier Stufen unterhalb des zweiten Etagenabsatzes waren, wurden die schweren Gardinen beiseite gefegt, sie quietschten in ihren Laufschienen und enthüllten eine Frau in glänzenden Kleidern, die in dramatischem Gegenlicht stand und auf sie hinabstarrte.

»Rasch«, sagte sie. »Es bleibt nicht viel Zeit, um durch die Öffnung zur Unendlichkeit zu gehen, die mein Bruder aufschloß, als er Ihre Hand besah.«

»Hören Sie, ich glaube nicht, daß ich ...«

Aber sie zog ihn bereits durch den Vorhang, die gerundeten Schwellungen ihrer Brüste für einen Moment eng an seinem Arm, flüchtig ihr Oberschenkel heiß an seinem - durch die hauchdünnen Schichten bodenlanger, papageienbunter Seide. Rabenhaar, ein wahrhaft wunderschönes ovales Gesicht, irgendwie streng, obwohl schmal, volle Lippen, kurze Nase. Klare schwarze Augen schienen einfach durch ihn hindurch zu schauen. Noch keine 30, und die Weisheit aller Zeiten stand in ihrem Gesicht.

»Bitte reden Sie nicht.«

»Aber -«

»Bitte.«

Sie führte ihn einen schmalen, mit schweren Stoffen ausgekleideten Gang entlang, der von Lampen mit herabbaumelnden Kristallrhomben beleuchtet war, die bei ihrem Durchgang klirrten, um zwei oder drei Ecken herum und unversehens in einen Raum hinein, in dem blutrote Vorhänge die vier Wände verhüllten und den Schall verschluckten. Das einzige Licht schien von der glühenden honigmelonengroßen Kugel auszugehen, die auf einem quadratmetergroßen Tisch lag, der mit bis zum Boden hinabhängendem schwarzem Plüsch bedeckt war, und auf Yanas *Duikkerin* wartete.

Auf anderen Tischen, die bis an die Vorhänge zurückgeschoben waren, lagen museumsreife griechisch-orthodoxe Ikonen neben Keramikfiguren, Rummelplatzlotteriegewinnen. Gefäße mit heiligem Wasser und glimmende Opferkerzen umgaben ein ausgeblichenes phrenologisches Schaubild wie einen Schrein. Ein katholischer Rosenkranz war um den Hals eines billigen, fetten grinsenden Buddhas aus Chinatown drapiert (mit Bernsteintropfen, vorzüglichst handgeschnitzt in Polen, und einem schweren bernsteinen Kruzifix, mit antikem

Silber unterlegt). Der unsichtbare Weihrauch machte Teddy schwindeln.

»Bitte setzen«, sagte Madame Miseria. Teddy setzte sich. Sie setzte sich ihm gegenüber, die Kristallkugel zwischen ihnen. »Ihre Hände. Auf den Tisch. Innenseite nach oben.«

Sie legte weiche Hände in die seinen, faßte ihn fest an. Ihr von unten beleuchteter, leicht gesenkter Kopf schien mit einem Mal in der Luft zu schweben, abgetrennt von ihrem Körper. Während sie in das Kristall starrte, fingen kleine Lichtpunkte in ihren Augen an zu glimmen, wuchsen an, als entstiegen sie Öffnungen in den Pupillen.

Ihre Augen weiteten sich schockiert. Ein leises Stöhnen entrang sich ihr, gleich dem von Ristik in der Bar. Sie fing zu toben an. Beunruhigt versuchte Teddy, sich zu befreien; doch jetzt waren aus den weichen Händen stählerne Klemmen geworden, die seine Handgelenke umfaßten. Ihr Kopf peitschte von einer Seite auf die andere, Speichel flog von ihren Lippen. Sie ließ ihn los und sprang auf: Ihre Augen verdrehten sich, und sie fiel geradewegs nach hinten um und landete mit einem dumpfen Schlag auf dem dicken geblümten Teppich.

Teddy sprang um den Tisch zu ihr hin. Einer der Vorhänge wurde beiseite gerissen. Ristik stürmte herein. Links und rechts von ihr sanken sie auf die Knie.

»Was haben Sie mit ihr gemacht? Was haben Sie getan?«

»Ich habe nichts –«

Ristik beugte sich über sie, um die Aufschläge von Teddys Jakkett zu packen, und fing an, ihn hysterisch zu schütteln.

»Was haben Sie mit ihr gemacht? Sie ist noch nie –«

Ihre Augenlider flatterten; die Augen öffneten sich, nahmen wieder etwas wahr.

»Ramon – es ist in Ordnung. Er hat nichts gemacht. Es war nur die ... die Kraft dieser ... Vision ... die ich hatte ...«

Sie setzten sie zurück auf ihren Stuhl. Sie machte eine schwache Geste.

»Setzen Sie sich. Wir machen weiter.«

Ristik sagte: »Nein, ich möchte nicht, daß du –«

»Wir *müssen* weitermachen. Laß uns allein.« Trotz ihrer

Schwäche war die Art, in der sie mit ihrem Bruder redete, irgendwie gebieterisch.

»Aber wenn dich die Vision wieder übermannt -«

»Laß uns allein.«

Ristik zögerte, verschwand dann. Teddy rutschte unbehaglich in seinem Stuhl hin und her. Seine Ängste und Befürchtungen waren wieder zurück - hundertfach verstärkt.

»Ich habe in dem Kristall viele Dinge gesehen, verwirrende Dinge, beängstigende Dinge, Theodore Winston White.«

»Der Dritte«, fügte er automatisch hinzu und platzte dann heraus: *»Woher kennen Sie meinen Namen?«*

»Der Kristall.«

Das war kein Zigeunertrick! Er hatte Ristik seinen Namen in der Bar nicht gesagt! Aber sie hatte seine Hände wieder genommen, ihre Handflächen waren warm, waren feucht; ihre Berührung; ihre Augen brannten sich über den Tisch in die seinen; ihre Worte; alles war von einer stummen schwül-erotischen Sinnlichkeit.

»Sie befinden sich in ernster Gefahr.«

»Gefahr?«

»Aus der Vergangenheit.«

»Aber ich weiß nichts von meiner Vergangenheit! Nichts von meiner *wirklichen* Vergangenheit. Meine Eltern -«

»Haben Sie am Tag Ihrer Geburt zur Adoption freigegeben. Die Whites haben Sie zu ihrem gesetzlichen Erben gemacht. Ja. Ich weiß. Aber ihre Blutseltern leben noch immer in Ihnen. Sie werden ihr Schicksal teilen, es sei denn ...«

Sie sprang auf. Ihre Augen waren angsterfüllt. »*Nein!* Ich kann nicht weitermachen. Nicht ohne den Schutz der Kerzen.«

»Aber Sie müssen es mir sagen -«

»Nein. Es ist zu gefährlich.« Wie erschöpft sank sie wieder herab. »Das macht fünfzig Dollar fürs Lesen. Sie können bei meinem Bruder bezahlen. Wenn Sie auf einer Kerzenlesung bestehen, können wir das machen ... aber es ist gefährlich - für uns beide ...« Ihre Augen waren ganz trüb vor Angst. »Ich hoffe, daß Sie nicht zurückkommen. Es gibt Dinge, die weiß man besser nicht. Gute Nacht.«

»Nein, warten Sie! Madame Miseria, bitte! Ich muß ... ich muß wissen ...«

Aber sie war durch eine der Plüschwände entschwunden.

Als unten die Tür hinter dem widerwillig abziehenden Teddy zufiel, fand Ristik seine Schwester am Küchenherd, an dem sie die Gasflamme abstellte, die unter der Bratpfanne mit dem schwelenden Weihrauch gelodert hatte, der das *Ofica* mit seinem schweren übersüßen Geruch erfüllt hatte. Er gab ihr die Hälfte der 50 Dollar und steckte den Rest ein.

»Du hättest ihn heute abend härter rannehmen sollen, Yana! Wir hätten ein paar hundert Scheine locker machen können –«

»Er wird zurückkommen. Wir werden mit ihm eine Kerzenlesung machen ... nein: zwei ... ein vergiftetes Ei ... eine Friedhofsgrabung ...«

»Woher willst du wissen, daß er wiederkommt? Woher willst du wissen, daß er soviel Zaster hat? Wie ich's dir am Telefon gesagt habe, ich hab ihn im Pink Flesh aufgegabelt - ich hab mir gedacht –«

»Du hast am Telefon gesagt, daß er im Marin County wohnt. Du hast gesagt, daß all seine Kreditkarten Goldcards sind. Und ein armer Mann würde keinesfalls reflexartig darauf bestehen, Theodore Winston White *der Dritte* genannt zu werden.« Sie tätschelte seinen Arm. »Geh nach Tiburon heute abend, Ramon, und schau, was du herausfinden kannst. Er wird zurückkommen.«

Just in diesem Moment läutete das Telefon. Mit der Nachricht von ihrem gefallenen König.

3

Es hieß: Staley, der König, lag womöglich *im Sterben*!

Es hieß: Staley hatte seiner Frau, Lulu, gesagt, daß er, wenn es schlecht liefe, ein großes Treffen in Steubenville haben wolle, um seinen Nachfolger zu wählen, bevor er von ihnen ging. Es hieß: Er wolle in einem perfekt restaurierten, pinkfarbenen Cadillac Cabriolet Baujahr 1958 beerdigt werden - in einem wie jenem, in dem er vor vierunddreißig Jahren zu seiner Krönungsfeier gefahren war ...

Auf dem freien Markt würde ein solcher Wagen heute, na, sagen wir, 46 000 Dollar und ein paar Zerquetschte kosten. Wenn man einen auftreiben konnte. Freilich hatte noch kein Zigeuner in der ganzen Geschichte der Welt *irgend etwas* auf dem freien Markt gekauft.

Kaufen war für *Gadje*.

Kaufen kann man, wenn es keine anderen Möglichkeiten gibt, das zu bekommen, was man haben möchte.

Kaufen ist, um's kurz zu machen, was für Trottel. Und kein *Roma* glaubt von sich, er sei ein Trottel. Und so lautet das Motto für den Umgang mit der normalen Welt, der *gadjo* Welt: *Gadje gadje, si lai ame Roma san* - Die anderen sind andere, aber wir sind die *Roma*.

Mit anderen Worten: Besorg es ihnen, bevor sie es dir besorgen.

Dan Kearny, der lange nach den offiziellen Bürostunden noch an seinem Schreibtisch saß, versuchte, die kärglichen, nach dem Beben angefallenen Rechnungen zu erledigen, damit er am Monatsende die Gehälter auszahlen konnte. Er hielt inne, runzelte die Stirn bei einem Einstellungsformular mit dem Namen KEN WARREN, erinnerte sich dann an den großen Burschen, der wie Donald Duck mit einer Erkältung sprach - *Gchlch pbin Kgen Gwarren* -, und sortierte das Formular in den Papierkorb ein.

»Gut«, sagte eine volle und ölige Stimme hinter ihm. »Das heißt ja wohl, daß auf dem Dienstplan genug Platz für mich ist.«

Trin Morales bewegte sich auf kleinen, beinahe zarten Füßen vorwärts, um seine beachtliche Masse auf den harten Stuhl neben Kearnys Schreibtisch zu wuchten.

»Trin. Wie steht's?«

Der Stuhl knarrte aus Protest, als sich Morales streckte, um eine seiner Geschäftskarten auf den Schreibtisch fallen zu lassen und sich eine Zigarette aus Kearnys Päckchen zu schütteln. Er zündete ein Streichholz an, blies es aus und warf es auf den Boden. Keiner der beiden Männer hatte dem anderen die Hand angeboten.

»Gut wie nie.«

»Und deshalb kommst du her und suchst nach Arbeit.«

Morales zuckte die Schultern mit südländischer Ausdruckskraft. »Lahmer Monat.«

»Nach allem, was ich gehört habe«, sagte Kearny, »bist du ausgesperrt worden, und man hat dir dein Telefon wegen Zahlungsverzug abgeklemmt.« Er drehte die Geschäftskarte mit stumpfen Fingern um. Trins nicht verzeichnete private Telefonnummer war mit Bleistift auf die Rückseite gekritzelt. »Nach allem, was ich gehört habe, könnte es sein, daß dir die Detekteiaufsicht oben in Sacto die Lizenz entzieht – wegen Verstoßes gegen das Berufsethos.«

»So wie sie vor ein paar Jahren versucht haben, dir deine abzunehmen«, spottete Morales und fügte dann besänftigend hinzu: »Hast du mich je mit der Hand in der Kasse erwischt, während ich für die DKA gearbeitet habe?«

»Dich *erwischt*? Nein. Du bist ein verdammt guter Ermittler, Morales, das geb ich zu, aber du fällst einem zur Last. Ich hab dich rausgeworfen, weil du diesem Latinomädchen an die Wäsche wolltest, dieser Maria Bumsdings, Maria Navarro, so hieß sie. Ihr damit zu drohen, ihr die Kinder abzunehmen, wenn sie's dir nicht macht . . .«

»Och, zur Hölle, Kearny, ich hab doch nur Witze gemacht –«

»Larry Ballard hat das anders gesehen.« Die beiden Außendienstler waren wegen Maria handgreiflich geworden. Kearny fuhr fort: »Sagen wir es mal so, Trin . . .« Ein kurzes Fingerschnipsen beförderte die Karte in den Papierkorb, oben auf das Einstellungsformular von Ken Warren. »Wenn was ist, dann ruf ich an.«

Der verstimmte Morales entschwand mit einem Wirbel mexikanischer Beschimpfungen, und Kearny begab sich auf die Suche nach weiterem Wild. Einen derart grandiosen Start durfte man nicht einfach verrauschen lassen. Draußen unter einem der

Strahler, die in strategisch günstigen Abständen um den Abstellplatz herum plaziert waren, um Diebe abzuschrecken, fand er Giselle, die die persönlichen Habseligkeiten Maybelle Pernods in deren Lincoln inventarisierte. Keiner von beiden fand es seltsam, daß der andere noch so spät nach Büroschluß hier war.

Aber hey - einen *Moment. In* Maybelles Lincoln?

Dem unveränderlichen Verfahren der DKA entsprach es, die persönlichen Dinge, bis hin zu einer angebrochenen Kleenex-Schachtel aus dem wieder in Besitz gebrachten Fahrzeug *herauszunehmen*, zu inventarisieren, in eine Schachtel zu packen, und diese Schachtel in einen etikettierten Kasten zur Aufbewahrung zu schließen. Giselle ließ alles im Continental.

»Warum packst du den Kram nicht weg?« kläffte Kearny.

»Weil mir Maybelle gesagt hat, sie würde den Wagen in ein paar Tagen einlösen.« Kearny öffnete seinen Mund, um sie zu unterbrechen, Giselle hielt ihm jedoch eine gebieterische Hand entgegen. In ihrem Gesicht stand derselbe störrische Ausdruck, den Larry Ballard stets annahm, wenn er sich gefühlsmäßig mit der Pleite irgendeines Kerls verstrickte. »Dan, sie ist eine fette alte schwarze Frau, die niemals auch nur im entferntesten etwas wie dieses Auto besessen hat. Weiß Gott, warum der Händler den Kredit durchgebracht hat, oder warum die Bank zuerst mitgespielt hat, aber –«

»Pack diesen Kram ein«, befahl er. »Etikettier ihn. Du weißt verdammt genau, daß sie niemals mit fünfzehnhundert Lappen hier auftauchen wird, um dieses Schiff einzulösen. Und ohne den Wagen ist sie besser dran.«

»Gar nichts weiß ich«, sagte Giselle beißend.

»Werd mal erwachsen.« Kearny deutete auf die Decken, die in einem unordentlichen Haufen auf der Rückbank lagen. »Siehst du denn nicht, daß sie in der Karre geschlafen hat?«

»Natürlich hat sie. Warum glaubst du, braucht sie ihn sonst wieder.«

»Und dann können wir ihn wieder einkassieren, und können so sogar noch mehr rausholen?«

Er nickte in spöttischer Bewunderung. »Jetzt versteh ich, woher der Wind weht.«

»Zum Kuckuck, Dan, du weißt genau, daß –«

Aber Kearny war fort. Er machte einen letzten Bogen durch die Büros im Erdgeschoß, kostete den Geruch von frischer Farbe und die deliziöse Art aus, in der er Giselle in Stücke zerlegt hatte, und kletterte dann die schmalen Stiegen empor, die hinter der Trennwand im Rücken seines Schreibtisches lagen. Oben klackerte unregelmäßig eine Schreibmaschine. Er ging um die Ecke und durch den Einlaß zum ungenutzten Empfangsbereich. Licht fiel aus den beiden Türen am Ende des Gangs.

Im ersten Büro der Außendienstler fand er Bart Heslip, Berichte tippend. Die linke Hälfte von Barts Unterlippe stand so weit vor, daß er wie ein großmäuliger Barsch aussah, der in einen Haken gebissen hatte. Die linke Hälfe seines Kopfes war rasiert und mit einem unförmigen weißen Rechteck versehen. Sein linkes Auge war beinahe geschlossen und blutunterlaufen.

»Technisches K.O. in der ersten Runde?« schlug Kearny vor.

Heslips Lippe trat noch weiter vor. Dann brach er mit einem Mal zusammen, stimmte das hohe Hi-hi-hi-Lachen an und fuhr in seinem abschaltbaren schwarzen Baumwollpflükker-Slang fort.

»Ogottogott, Massa Dan'l, als die mich midder Kaffeekann verhaut hat, dachdich, jetz su End, wahs auch fast.« Er gab den Dialekt auf und sagte düster: »Ich bin sofort vom Krankenhaus aus zurückgegangen, aber sie hatte sich schon aus dem Staub gemacht. Die Haustür stand weit offen, als ich hingekommen bin. Die Wohnung war leer.«

»Setze sie auf die Suchliste.«

»Zum Henker, nein!« rief Heslip aus. »Niemand wird sich *diesen* Wagen durch Zufall unter den Nagel reißen! Ich will diese ... *Lady* selbst!

Die Suchliste erfaßte alle Personen mit Personalausweisnummer, die sich von ihrem bekannten Wohnort mit ihrem Wagen abgesetzt hatten. Sie wurde jede Woche an alle Ermittler verteilt, und hin und wieder hatte tatsächlich einer, der hinter einem anderen Wagen her war, das Glück, jemanden von ihr streichen zu können.

Kearny blieb in der offenen Tür stehen. »Setze sie auf die Suchliste. Und wo ist Ballard?«

»Draußen am Montana und wartet auf diesen wie-heißt-er-noch -«

»Uvaldi.«

»Genau. Auf den. Larry wird das erledigen -«

»Warum hat er das noch nicht getan, als er das erste Mal da war?«

»Der Kerl hatte eine geladene Schrotflinte, Dan . . .«

Aber Kearny, der wieder einmal etwas Freude in ein langweiliges Leben gebracht hatte, war bereits auf dem Weg nach draußen. Im letzten Kabuff am Ende des Ganges fand er O'Bannon mit dem flammenden Haar, der an seiner Spesenabrechnung, einem alle zwei Wochen angefertigten Meisterwerk, arbeitete. Kearny stieß umgehend mit einem zornigen Zeigefinger auf einen der Posten.

»Wofür sind die fünfundzwanzig Scheine?«

»Vertraulicher Informant im Mollenkopf-Fall.«

»Vertraulicher Informant - ach Scheiße! In irgendeiner Destille versoffen, willst du sagen, und ich soll dafür blechen -«

»Aber Großer Weißer Vater!« O'B war die Tugend selbst, seine blauen Augen frei von jeder Tücke. »Wenn ich nicht herausgefunden hätte, daß er mit der Frau seines Bruders geschlafen hat, dann hätten wir nie -«

»Wenn du glaubst, daß ich das da bezahle, bist du nicht ganz dicht.«

Diese Gefechte wegen O'Bannons überhöhten Spesenabrechnungen hatten in all den Jahren, seit Kearny bei *Walter's Auto Detectives* aufgehört hatte, um die DKA zu gründen, nie aufgehört.

»Giselle heult wie ein Schloßhund wegen irgendeinem alten, schwarzen Waschweib, das in ihrem Auto schläft -«

»Dan -«

»*Ein 91er Continental*, drunter nicht, aber Giselle -«

»Dan'l -«

»Und noch 'ne Frau macht Heslip mit 'ner Kaffeekanne fertig -«

»Daniel!«

»Und du und Ballard, ihr laßt euch von 'nem schwulen Friseur mit 49 Kilo naß machen –«

»MR. KEARNY!«

Er hielt inne, um Luft zu schnappen. »Was, verdammt?«

»Kommst du mit, auf 'n Bier?«

»Hä? Oh. Ja. Okay. Klar.«

Mit einer Flasche Bier in der Hand rief Ramon Ristik die Versammlung zur Ordnung. Ein Dutzend *Roma* bevölkerte den Raum, in dem wenige Stunden zuvor die Erziehung von Theodore Winston White III begonnen hatte. Es handelte sich nicht wirklich um einen *Kris* – jenen Ältestenrat, der beinahe so etwas wie ein Gericht oder eine Regierung bei wichtigen Anlässen darstellte – aber es war ein ernsthaftes Treffen der Führer zweier *Kumpanias*. Also liefen keine Kinder durch den Raum, die Essen von den Platten mopsten und versuchten, aus Wein- oder Biergläsern zu trinken.

Die schweren Vorhänge waren verschwunden, und so war das Zimmer jetzt, da es bis zu den Wänden reichte, um die Hälfte größer. Die Einrichtung unterhalb des Kristalltisches, die die komplizierten Spezialeffekte ermöglichte (beispielsweise war ein winziges Halogenlämpchen eingebaut, das Licht durch die Kristallkugel hindurch in Yanas Augen warf, auf daß sie bei den Lesungen erglühten), war jetzt mit einer verschlissenen Lumpendecke verhüllt.

Der Tisch selbst war wie alle anderen, die noch im Zimmer standen, mit Speisen beladen: fleischgefüllte Kohlrouladen, als *Boliki* bezeichnete Pfannkuchen, Joghurt mit Sesamgeschmack, Gurkenscheiben und Tomatenstücke zum Tunken, Auberginenwürfelchen, die man mit schwarzem *Pufe*-Brot aß. Es gab Bananen und Orangen und Pflaumen und Trauben – und auch Schokoriegel und Kartoffelchips und Kekse und *Twinkies*. Bier in Sixpacks, Softdrinks, Krüge jungen Weins. Seit dem Anruf wegen ihres Königs schmiedete Yana Ränke, und Großzügigkeit – auch aus Berechnung – hatte einen hohen Stellenwert bei den Zigeunern.

Ristik eröffnete die Versammlung mit den traditionellen Worten: »Mit eurer gütigen Erlaubnis, *Romale*, ihr bedeutenden Männer, die ihr euch versammelt habt, wir müssen die Neuigkeiten, die uns erreicht haben, bereden.« Seine dunklen Augen wanderten über die Versammlung. »Der König hat uns ein Zeichen gegeben. Wir müssen antworten.«

In ihrer alten Heimat oder selbst in den alten Tagen Amerikas wären solche Unterredungen auf Männer begrenzt gewesen, und sie hätten Stunden gedauert, und alle Redner hätten eher abstrakt oder in Sprichworten gesprochen - auf gewundenen Pfaden - anstatt unmittelbar eine Aussage zu treffen. Aber die Zeiten hatten sich geändert.

»Zurück nach Iowa zu gehen würde sehr teuer werden«, sagte Josef Adamo frei heraus. Er war ein äußerst fetter Zigeuner, dessen Spezialität darin bestand, sich als Tiefbauunternehmer auszugeben. »Hier im Westen fängt die Saison gerade an . . .«

Immaculata Bimbai, Expertin im Ohnmächtigwerden in Juweliergeschäften, sagte: »Es ist aber nötig. Unser neuer König wird aus diesem Zimmer kommen.«

Alle Augen richteten sich auf Rudolph Marino. Er sah nicht mehr aus wie der Anwalt des Mobs. Er war jetzt ganz *Roma*, sein Messerschnitt war in Unordnung geraten und verwirbelte sich in Löckchen, die im Deckenlicht schimmerten. Er aß eine fettige Hähnchenkeule mit den Händen, die er immer wieder an seinem flamingo-rosanen Seidenhemd abwischte. Er nickte und lächelte, um ihre Vermutung zu bestätigen, er werde König werden.

»Ja«, sagte er, »sicherlich wird ein neuer König gewählt werden müssen.«

Wasso Tomeshti jedoch, dessen Masche der Großhandel mit Fernsehern war, sprach in tiefen gutturalen Lauten von der anderen Seite des Zimmers: »Oder eine Königin.«

Wieder drehten sich alle Köpfe. Diesmal zu Yana. Sie sah aus, wie in dem Moment, in dem sie Teddy White die 50 Scheine abgenommen hatte: so wie sich jeder *Gadjo* eine Zigeunerin vorstellt, die die Zukunft weissagt. Auch sie lächelte. Zu Rudolph. Es war ein Lächeln, an dem man Rasierklingen hätte wetzen können.

»Ja«, sagte sie sanft, »oder eine Königin.«

»Der König hat zu entscheiden, wer sein Nachfolger werden soll«, blaffte Marino.

»Was er machen kann, ohne daß jemand versucht, sein Urteil zu beeinflussen.«

»Das ist der Trick eines Weibes.«

Irgendwie setzte Marino das Wort »Weib« in einer Art ein, die an Nachtschweiß und Hexenwahn denken ließ. Und irgendwie waren er und Yana, obwohl sie anfangs auf entgegengesetzten Seiten des Zimmers gestanden hatten, jetzt im Mittelpunkt, beinahe Brust-an-Brust - und starrten einander an.

»Oder der eines Mannes im Weib.«

Marino hob die Hand, so als ob er sie schlagen wollte; dann wich die Spannung von ihm, und er lachte und trat zurück.

»Wir alle wissen, wer gern die größten Eier hätte hier im Raum.«

»Und wir wissen alle, wer sie nicht hat«, sagte sie süßlich.

Das Geräusch des Nach-Luft-Schnappens durchschwappte den Raum wie eine kleine Welle, Füße scharrten; es entsprach nicht der Zigeunertradition, daß Frauen in solchem Ton mit Männern sprachen. Aber Yana war keineswegs traditionell, auch wenn sie die alten Werte respektierte: Sie hatte beispielsweise sorgsam darauf geachtet, nicht vor der Brust eines Mannes vorbeizugehen, während sie sich in die Mitte des Zimmers begab, und sie hatte sichergestellt, daß ihr Rocksaum keine männliche Hand berührte. Derartige Tabuverstöße hätten eine rituelle Reinigung des betroffenen Mannes erzwungen und zur Ächtung Yanas durch die Zigeunergesellschaft führen können.

Andererseits hatte sie in den letzten paar Jahren - entgegen allen Regeln - Lesen und Schreiben gelernt. Hierbei waren die Tabus, abgesehen von der üblichen Zigeunerparanoia, die geschlossene Gesellschaft der *Roma* könne sich öffnen, ausschließlich monetärer Natur - ein Kind, das zur Schule ging, um was zu lernen, konnte nicht gleichzeitig den *Gadje* draußen Geld abluchsen.

Inzwischen hatte Ristik wieder die Kontrolle über die Versammlung gewonnen.

»Ihr müßt beide zugeben, daß die Entscheidung Sache des Königs ist. Hier sind jetzt zwei Stämme der *Roma* versammelt, und beide sind von gleichem Rang, denn die Kalderasha sind der Stamm des Königs und die Muchwaya der Stamm seiner Frau, Lulu.« Die beiden anderen real-existierenden Stämme der *Roma*, die Tsurana und Lowara, waren nicht vertreten. »Einander zu bekriegen wird keinem nützen. Wer auch immer der neue *Baro Rom* wird - der Big Boss - es ist zu unserem Vorteil, wenn es jemand dieser beiden *Kumpanias* wird.

»Ja, einer von uns«, echote Sonia Lovari, die, obwohl jenseits der 30, noch immer als eingeborener amerikanischer Teenager durchging, der für die Sache der Indianer Spenden sammelte.

»Also müssen wir mit Stil zurückkommen -«

»Wir müssen dem König die imposantesten Geschenke mitbringen -«

»Das heißt«, sagte Yana, »ein pinkfarbenes Cadillac Cabriolet, Baujahr 58, in dem er beerdigt wird.«

»Jawohl!« donnerte der wuchtige, faßförmige Nanoosh Tsatshimo (falsche Versilberungen & Vergoldungen). »Wenn wir einen auftreiben können -«

»*Ich* werde ihn auftreiben«, sagte Yana.

So so, dachte Marino, offensichtlich weiß sie, *wo* sie ihn auftreiben kann. Und er wußte es offensichtlich nicht. Und wer auch immer so eine offene 58er rosa Kiste als Geschenk für den sterbenden König mitbrächte, der stünde auf der Liste für seine Nachfolge ganz oben. - Laß Yana nur den Wagen kriegen, und dann laß sie versuchen, ihn zu behalten, bis sie ihn dem König überreichen kann ...

»*Ich* habe inzwischen«, sagte er, »einen Plan, der es uns allen erlauben wird, in angemessenem Stil zurückzukehren. Yana mag ihr Wissen um das pinkfarbene Cabriolet nicht mit mir teilen, aber ich werde meine Idee mit *ihr* teilen.« Er machte eine weitausholende Geste hinüber zu ihrer Seite des Zimmers. »Mit euch *allen* ...«

Zwei Stunden später gingen die Zigeuner - mit lachendem Entzücken über seinen Plan - ihrer verschiedenen Wege: einige zurück ans Schwindeln, andere zum Trinken, mehr noch zum Spielen - eine gewöhnliche Ursache des Ruins bei den Zigeunern - und Ristik hinüber nach Tiburon, um in Teddy Whites

Müll nach Hinweisen zu kramen, die seine Schwester in der anstehenden Kerzenlesung verwerten könnte.

Alleine mit Yana durchmaß Marino den Raum mit langsamen Schritten und gestikulierte mit einem weiteren zur Hälfte abgenagten Hähnchenbein. Yana saß jetzt seelenruhig am Tisch und ließ ihren Kopf unbewegt auf den Schultern ruhen - sie folgte ihm nur mit den Augen, wie er so stolzierte und parlierte.

»Erinnerst du dich noch daran, wie wir Kinder waren, Yana . . .«

»Wir haben immer gekämpft.«

»Aber immer gemeinsam.«

Für einen Moment wurden ihre Augen weich. »Ja«, sagte sie sanft, »immer gemeinsam.«

Er blieb hinter ihrem Stuhl stehen. Er legte seine Hände auf ihre Schultern. Er beugte sich vor, so daß sein Gesicht ihr Haar berührte. Er atmete ihren berauschenden Duft ein. »Von unseren Familien miteinander verlobt, als du sieben warst und ich fünfzehn -«

»Aber dann hast *du* es geschmissen.«

»Vielleicht. Trotzdem - gemeinsam wären wir jetzt unschlagbar.«

Ihre Sanftheit verschwand. Steif wandte sie sich ab. Stand auf. Fing selbst an, auf und ab zu gehen.

»Du weißt, daß ich verheiratet bin.«

»Mit Ephrem Poteet, einem Mann, der dich schlägt, wenn er mit dir zusammen ist, der aber seit zwei Jahren verschwunden ist.«

Sie zuckte die Schultern. »Ich hoffe, er ist im Gefängnis - soll er dort verrotten. Aber trotzdem, Ramon ist der einzige, den ich brauche, um meine Geschäfte zu machen.«

»Ramon ist dein Bruder.« Er versuchte, seine Arme um sie zu legen. »Kann ein Bruder die Stelle eines starken Mannes in deinem Bett einnehmen?«

Zornig entzog sie sich ihm. Ihre Stimme war voll Verachtung.

»Seit wir Kinder waren, ist das deine Art! Immer versuchst

du, mich zu beherrschen! Mit Sex! Mit deinen Spielchen! Immer intrigierst du! Immer bist du berechnend! Schon immer wolltest du der *Baro Rom* sein –«

»Ich?« Er hob seine Schultern und spreizte seine Arme in schmerzhaftem Achselzucken. »Wer hat denn vor, den Cadillac für den König zu besorgen, um sich bei ihm einzuschmeicheln?«

»Wer weiß denn, wo so ein Cadillac aufzutreiben ist?«

Er nickte und gestand diesen Punkt ein. Sein Gesicht verhärtete sich. Zum ersten Mal an diesem Abend redete er in der Zigeunersprache mit ihr.

»In Ordnung. Wir werden noch mal darüber reden, wenn du vernünftiger bist.« Er ging in Richtung Tür, hielt inne. Jetzt sprach er wieder Englisch. »Ich hab da eine Sache laufen, und ich brauche noch ein paar Tage, um sie abzuschließen.«

Sie schwieg für einen Augenblick, dann lächelte auch sie. Viele Männer würden töten, um ein solches Lächeln geschenkt zu bekommen; und eine ganze Menge *gadje* Männer hatten sich seinetwegen finanziell ruiniert. Bevor sie nach Iowa aufbrach, sollte Theodore Winston White III der nächste werden.

»In Ordnung, Rudolph. Ich habe auch eine ... Unternehmung laufen, die noch ein wenig Zeit in Anspruch nimmt. Aber ... fangen wir jetzt an ...«

»Gut!« rief er aus und lachte. »Ich werde damit anfangen, die Bankkonten zu eröffnen und die Büros zum Telefonieren aufzutreiben ...«

Sie sagte nicht, daß ein weiterer wichtiger Grund dafür, daß ihr der Aufschub ihrer Abreise in den mittleren Westen zupaß kam, darin bestand, daß sie einem gewissen *Gadjo* ein gewisses pinkfarbenes 58er Eldorado Cabriolet abknöpfen wollte. Und er sagte nicht, daß sein wichtigster Grund, mit einem solchen Aufschub einverstanden zu sein, darin bestand, daß er dasselbe Cabriolet *ihr* abknöpfen wollte.

4

Rudolph Marino marschierte in die Hauptniederlassung der California Citizens Bank am Embarcadero Platz Eins *(Jetzt jeden Wochentag von neun bis fünf geöffnet, um Ihnen noch besser dienen zu können!)*, just nachdem die Türen weit aufgeschwungen waren, um die Arbeitswoche einzuläuten. Eine Gelehrtenbrille trübte das Feuer seiner Augen. Seine Locken waren gebändigt und an den Schläfen geschmackvoll ergraut. Er sah so honorig aus wie Ted Turner.

Da ein Mann die Konten-Neueröffnungen betreute, ließ er seine Augen über die anderen Bankangestellten hinter den metallernen Ameisengattern wandern. Er wählte sich eine hübsche, rundgesichtige Frau mit Schmollmund in den frühen Vierzigern. Sie roch blumig parfümiert und trug eine rosagetönte Brille, die ihren Augen einen leicht überraschten Ausdruck verliehen. Sie trug keinen Ehering. Auf ihrem Namensschild stand HELEN WOODING.

»Miss Wooding«, sagte Marino, als er sich ihr gegenüber an den Schreibtisch setzte, »ich hoffe, daß Sie es nicht als Beleidigung empfinden, wenn ich Ihnen sage, daß Sie wunderschöne Augen haben.«

Die wunderschönen Augen kräuselten sich hinter ihren getönten Gläsern. Ihr üppiger Busen schwoll unter der weißen lokkeren Bluse. Und er schwoll nicht vor Entrüstung. »Sie haben mir gerade die Woche gerettet.«

Er hielt seinen Kopf leicht geneigt, und sein Gesicht schien ein Vergnügen abzuwägen, so als wäre er ein Connaisseur, der den Wein eines besonderen Jahrgangs verkostete.

»West Wisconsin, nicht wahr?«

»Red Wing, Minnesota, gerade auf der anderen Seite des Flusses. Aber wie –«

»Ihr Akzent. Als ich Kind war, habe ich für gewöhnlich den Sommer bei meinem Onkel in den Tälern von Wisconsin verbracht.«

Tatsächlich war er eine kleine Rotznase gewesen, und zu sagen, er habe sich auf Reisen durch den schönen mittleren Westen befunden, wäre eine arge Schmeichelei. Er zuckte, wie ein Mann, der aus einem Kindheitstraum erwacht, und gab ihr eine Karte. Auf ihr stand ANGELO GRIMALDI mit dieser Art erhabener Schrift, die wie eingraviert wirkt, sah man sie nur oberflächlich an. Nach diesen Bemühungen würden die Augen hinter den getönten Gläsern äußerst oberflächlich schauen.

»Ich bin aus Manhatten in Ihre wunderschöne Stadt gekommen, um mich nach einigen Investitionsgelegenheiten umzusehen. Vielleicht können wir ja unseren kleinen gelben Freunden von der anderen Meeresküste« – er zwinkerte, um die rassistische Schmähung zu betonen – »ein bißchen hausgemachte amerikanische Konkurrenz machen.«

»Im Bankgeschäft wissen wir natürlich genau, was Sie meinem, Mr. Grimaldi. Welche Art Gelegenheit suchen Sie denn?«

»Immobilien.«

Die blauen Augen glitzerten. »Seit dem Beben und der Rezession gibt es in der Bay Area unglaubliche Angebote. Wenn wir Ihnen da einige Vorschläge unterbreiten dürfen . . .«

»Ich *wußte*, daß ich mir die richtige Bank ausgesucht habe«, rief Marino aus, vor Entzücken leicht auf ihren Schreibtisch patschend. »Es wäre mir eine Ehre, Sie nächste Woche zum Essen ausführen zu dürfen . . .«

Leicht bewegte sie ihre Hand, so als ob sie ihr Haar berühren wollte. Sie zügelte sich. Sie sagte: »Das wäre sicher sehr nett.«

»In der Zwischenzeit . . .« Er holte zwei gefaltete Papiere aus einer dünnen handschuhledernen Brieftasche, eines blaßgrün, das andere blaßrosa. ». . . würde ich gern ein Konto eröffnen . . .«

Das rosafarbene Papier war ein Scheck über $ 6000, das grüne ein Scheck über $ 5000, beide zahlbar an Blue Skye Enterprises. Helen Woodings geübte Augen registrierten, daß beide auf New Yorker Banken ausgestellt waren, mit denen die Cal-Cit in Geschäftsbeziehungen stand, aber sie war in Gedanken bei jenem Mittagessen und nicht bei den Feinheiten des Finanzwesens.

»Das können wir selbstverständlich für Sie arrangieren, Mr. Grimal-«

»Bitte. Angelo.« Er zeigte seine vollkommenen Zähne in

einem weiten weißen Strahlen. »B. L. Skye, der Gründer des Unternehmens, stammt aus Wyoming, und er hätte es gerne *Big* Skye genannt, aber das war einem anderen Namen, der schon eingetragen war, zu ähnlich, und so mußte er Blue Skye daraus machen.«

Sie lachten gemeinsam über die Anekdote, und sie gingen gemeinsam den Papierkram durch. Sie überreichte ihm das vorläufige Scheckbuch.

»Helen, es wird Fragen über meinen Kontostand geben. Ich werde einen Cadillac leasen; ich mag amerikanische Qualität; aber ich würde es vorziehen, wenn die Händler vorerst nicht erfahren würden, daß ich mich auch bei den anderen umsehe.«

»Bei Kundenkonten sagen wir nur, ob der Stand vier-, fünf- oder sechsstellig ist - niedrig, mittel oder hoch.«

»Wunderbar! Und wenn ich ein paar Tausend in bar ohne vorherige Anmeldung abheben möchte . . .«

»In einer kleinen Niederlassung könnte es da Probleme mit der Auszahlung geben, aber nicht hier, in der San Francisco Hauptstelle - so lange es weniger als zehntausend sind. Alles darüber müssen wir den Bundesbehörden anzeigen -«

Er winkte mit einem trockenen Lachen ab. »Ich muß mir ja nur Deals mit einer Anzahlung unter zehn Riesen aussuchen . . .«

Das unwahrscheinlich pinkfarbene Ungeheuer lungerte auf seinem verstärkten hölzernen Absatz, so als wäre es ein Triceratops, der in den Tagen, als die Paläontologen sie noch wie Echsen und nicht wie Nashörner zusammenbauten, rekonstruiert worden war. Rund um WONDERLY'S WONDERFUL WHEELS schimmerten und glitzerten und klackerten lange Girlanden gezwirbelter Goldfolie im heißen Wüstenwind. Ein Plakat-Zwillingspärchen flankierte das vorsintflutliche Geschöpf:

REISEN SIE ZURÜCK
IN DIE GLÜCKLICHEN TAGE DER FÜNFZIGER

Das Monster war 5,50 Meter lang (bei einem Radstand von 3,28

Metern) und wog 2,66 Tonnen. Unter einer glänzenden Haube, so lang wie ein Yugo, schlummerten 310 Pferde, die von 5981 hochdruckgekühlten Kubikzentimetern mit einer Bohrung von 10,16 und einem Hub von 9,22 getrieben wurden. Seine Heckflossen entstammten geradewegs einer von Wernher von Brauns Raketen aus den glückseligen Fünfzigern, als das Raumfahrtprogramm noch von der Army geleitet wurde. Doppelte Zwillingsscheinwerfer (eine Erstausgabe der Industrie, die bald zum Standard werden sollte) starrten aus verchromten Augenhöhlen. Hervorstehende, mit Gummi versehene, metallerne Stoßzähne spickten das zähnefletschende Grinsen des Kühlers.

Es regnet selten in Palm Springs, und so war das Verdeck des Eldorado Biarritz Cabriolets Baujahr 1958 offen. Gaffer konnten die Servolenkung und die Servobremsen (mit automatisch sich lösender Handbremse), den Tempomat, das Radio mit den zwei Lautsprechern und dem Sendersuchlauf, die Lederinnenausstattung und die elektrischen Fensterheber begutachten. Der Restaurator hatte sogar das große »V« auf der Haube und den Schriftzug »Eldorado« auf dem Kofferraum wieder vergoldet, um dem Schiff seine ursprüngliche samtig-goldene Vollendung zu verleihen.

In diesem mit fossilem Brennstoff sparsam umgehenden Jahrzehnt stand das Gelände voll mit weit neueren, kleineren und effizienteren Fahrzeugen - zumeist Trucks, Vans und Kleinwagen. Plakafarbene Schriftzüge, die quer über ihre Windschutzscheiben liefen, priesen ihre stilistischen Reize, aber der offene 58er Spritfresser war zweifellos der definitive Star der Show.

Jeeter Pickett, ein aus den 50ern reinkarnierter Gebrauchtwagenhändler wie aus dem Bilderbuch - mit schmierigem Gesicht, schmierigen Haaren und schmierigem Benehmen - lauerte auf Kunden, die das Cabrio zu ihm führen sollte. Am liebsten doofe kleine Blondinchen, die er auf eine Testfahrt mit in die Wüste nehmen könnte, bei der ihrer beider staubigen Fußabdrücke überall zurückbleiben würden. Noch hatte er keine in dem alten Caddy Cabrio genagelt, noch nicht, aber ... Aber, oh - *wau*!

Schau dir nur dieses süße junge Ding an, das sich durch die billigeren Wagen genau auf den Eldorado zuschlängelt! Und dabei trägt sie ein fünfhundert Scheine teures Sommerkleid mit einer Lässigkeit, als käme es für $ 19,95 bei Mervyn's von der Stange.

Pickett stapfte quer über den Platz, um ihr den Weg abzuschneiden, und ignorierte die Fleetwood V-8 Limousine, die in der Nebenstraße hinter ihr parkte. Während er näherkam, starrte er ihr zwischen die Beine. Es entsprach seiner Überzeugung, daß, wenn man einer Frau nur zwischen die Beine starrte – egal welcher – und sich an sie ranschmiß, daß man dann sein Geschäft machen würde und ihr es gleich mit.

Von nahem war das Mädel ein Ding von beinahe ehrfurchtgebietender Schönheit, mit einer leuchtend blonden Marilyn-Monroe-Frisur und der passenden Figur, jedoch mit irritierend dunklen Brauen und glimmenden schwarzen Augen. *Grandioser* Teint. Und mit einer Unschuld aus der Mitte der 50er, die einen, da war er sich sicher, weißglühenden sinnlichen Kern umhüllte, bereit zur Probebohrung. Pickett spürte die entsprechende Sonde schon gegen seinen Hosenschlitz drücken.

Yeah! Oder, im Geist der 50er: Hubba Hubba!

Sie sah ihn mit sanften Kleinmädchenaugen an, sie sprach zu ihm mit sanftem Kleinmädchenlispeln (mit sanftem, schwachem Anflug eines exotischen Akzents), was ihn Taschenbillard spielen ließ. »Ich möchte dieses 58er Cadillac Cabriolet kaufen.«

»Nein, möchten Sie nicht, mein kleiner Schatz«, strahlte er. »Sie wollen den BMW Bavaria da kaufen. Nur 12 000 Meilen auf dem Buckel, hat einem Einsiedler gehört, der damit nur zu den Beerdigungen seiner Freunde gefahren ist. Von Null auf Hundert in Sieben-Komma-Vier Sekunden, serienmäßig ausgestattet mit –«

Sie sagte im exakt selben Ton wie zuvor: »Ich möchte dieses 58er Cadillac Cabriolet kaufen.«

»Der BMW entspricht nicht Ihren Preisvorstellungen?« Er legte seine Hand auf ihren Arm. »Tja, mein kleiner Schatz, da sind Sie hier genau richtig.«

Sie machte ein Gesicht, als hinterließe seine Hand eine

Schleimspur auf ihrem Ärmel. Pickett und seine Hand ignorierten den Blick. Statt dessen lotsten sie sie zu einem altertümlichen verkratzten Toyota Excel, der aussah, als wäre er gerade aus einem Stausee gefischt worden.

»Sie verlangen erstklassige Sparsamkeit, Sie bekommen erstklassige Sparsamkeit! Der kleine Kompaktwagen hier –«

Geduldig wiederholte sie: »Ich möchte dieses 58er Cadillac Cabriolet kaufen.«

»Mein kleiner Schatz, das Cabrio kann man nicht kaufen.«

»Natürlich kann man es kaufen. Man kann alles kaufen.«

Pickett fing an, sie zu einem GM Pick-up zu drängen, auf dessen Ladefläche ein Zelt aufgeschlagen war – dabei ließ er seine Knöchel seitlich über ihre Brust streifen.

Ein dunkelhäutiger, arabisch aussehender Mann in einer schwarzen Chauffeursuniform richtete sich abrupt hinter dem Kotflügel des Nutzfahrzeugs auf und starrte auf Picketts Hand. Der Araber trug einen schwarzen Schnurrbart, von einer Spitze zur anderen 20 Zentimeter lang; Pickett hielt den Atem an, als der Mann ein Klappmesser mit Horngriff aufschnippte, das so lang war wie sein Schnurrbart. Die Klinge machte das Messer 17 Zentimeter länger.

Das Mädchen wiederholte, jetzt irgendwie drohend: »Ich möchte das 58er Cadillac Cabriolet kaufen.«

Der Araber fing an, mit dem Messer seine Nägel sauberzumachen, aber seine Augen wetzten sich an Picketts Kehle. Auf dem Arm der Blondine erschlaffte Picketts Hand. Seine Sonde kollabierte.

»Schauen Sie ... es ist nicht zu verkaufen. Im Ernst.« Er hatte zu schwitzen begonnen. Seine Stimme hatte ihren spaßenden, aufreizenden Ton verloren. Er hob eine Hand, um seinen mit einem Mal zu engen Hemdkragen zu lüften und seine Kehle vorübergehend vor den Messerklingen der Chauffeursaugen zu schützen. Er bemerkte, daß er immer schneller und schneller und in immer kürzeren und kürzeren Sätzen sprach. »Es ist eine Leihgabe. Von einem Kerl. Der ihn restauriert hat. Wir haben ihn nur ausgeliehen. Zum Werben. Fürs Geschäft. Es steht. Seit mehr. Als drei. Jahren. Einfach –«

»Sag ihr den Preis«, unterbrach der Chauffeur mit einer tiefen Stimme voll sanfter Silben wie Zachary Scott in *The Mask of Dimitrios*. »Sie wird ihn bezahlen.«

»Aber –«

»Sag ihr den Preis.«

»Unsere Promotion dauert noch eine Woche –«

Ausdruckslose Stimme, ausdruckslose Augen. »Der Preis.«

»Uh ... Sechzigtausend?« Selbst in Angst und Schrecken konnte er es nicht lassen, um fünfzehn Riesen zu übertreiben. Er fügte rasch hinzu: »Aber wenn der Kerl, der ihn restauriert hat, ihn nicht verkaufen will –«

»Dann wirst du einen Weg finden, ihn zu überzeugen«, sagte die Blondine.

Sie schnalzte mit den Fingern. Der Chauffeur klappte sofort das Messer zu und zog ein Scheckbuch hervor. Das Scheckbuch steckte in einer Mappe aus dünngehämmerten Platten, die aussahen wie pures Gold. Das Mädchen öffnete es und fing an zu schreiben.

»Sechzigtausend ... für Wonderly's Wonderful Wheels ...«

Pickett sagte automatisch: »Äh, nein, neinnein. Für, äh, Jeeter Pickett, aber, äh ... Sie können ... Ich kann ihn nicht ... Wir können ...«

Das Augenschnappmesser legte die Schneide seines kalten Blicks wieder an Picketts Kehle. Die Frau riß den Scheck heraus, als wäre er Picketts Drosselvene. Der Scheck über $ 60 000 war aus cremefarbenem Kanzleipapier, so dick wie ein Geldscheinclip.

»Fein«, sagte sie, »dann ist das ja erledigt.«

Zehn Minuten später – mit einem ihr Eigentum verbriefenden rosa Zettel in den Händen – gewährte sie Pickett, als sie hinter das Steuer des pinkfarbenen Monsters glitt, einen kurzen Blick auf ihre goldenen Schenkel. Dann war sie auch schon fort, und er sah zum ersten Mal richtig auf den Scheck. Er war auf die First National Bank von Bahrain ausgestellt, und in Anbetracht des Namens, der darauf stand, würde er wohl niemals dazu kommen, seine Hand auf dem seidenen Fleisch spazieren zu führen.

Denn der Name war Türkisch oder Moslemisch oder irgend

so ein Mist. Ihr Teint stammte nicht von der Sonne, sondern von der Levante. Opiumhändler, würde er wetten. Ihr Vater hat ein Vermögen mit der Einfuhr von Heroin gemacht und eine blonde Amerikanerin geheiratet. Und seine Tochter gibt das Geld unter dem Schutz dieses Killers mit dem Schnurrbart aus. Wahrscheinlich einer von diesen Eunuchen, die des Kalifen Harem bewachten, dem man die Eier abgeschnitten hatte, damit er die Ware nicht besprang.

Böse dreinschauender Saftsack. Klar, wer wäre auch nicht böse, wenn man aus seinen Klöten Prärie-Austern gemacht hätte?

Aber ein Gutteil von Picketts gewohnter Fröhlichkeit kehrte zurück, als er den Scheck ein weiteres Mal betrachtete, bevor er ihn faltete und in seine Hemdtasche steckte. Es gab keinen Grund, dem Restaurator zu sagen, daß der Preis bei sechzig gelegen hatte. Verdammt, der Kerl wäre entzückt über $ 50000 für seinen Wagen. Und schon gar keinen Grund gab es, Wonderly, dem Eigner von Wonderful Wheels, überhaupt etwas zu sagen. Jeeter Pickett würde einfach die zehn Extrariesen für sich behalten - Kameltreiber waren einem Karossenhändler wie ihm halt nicht gewachsen. Neinmeinherr.

Einen halben Bundesstaat nördlich von Palm Springs und zwanzig Meilen nördlich der Golden Gate Bridge, marschierte Rudolph Marino in die Cal-Cit Bank an der Ecke von Fourth und Court Street im Zentrum von San Rafael. Inmitten der Tür des modernen Glas- und Betonbaus hielt er inne, um seine Augen über die Bankangestellten hinter den Schaltern wandern zu lassen.

Die Frau bei den Konten-Neueröffnungen hätte um eine Nasenlänge bei den Golden Gate Fields gewonnen; ihr Gesicht schien mehr zum Wiehern, denn zum Reden da zu sein. Seine geübten Augen bemerkten jedoch, daß sie keinen BH unter der konservativen dunklen Bluse und keinen Ehering an ihrem gut vierzig Jahre alten Finger trug. Auf ihrem Namensschild stand RITA FETHERTON. Von nahem roch ihr Parfum aggressiv nach Moschus. Perfekt.

Marino ging rüber zu ihrem Schreibtisch, setzte sich, schlug die Beine übereinander, blickte tief in ihre Augen und lächelte.

»Miss Fetherton, ich hoffe, daß Sie es nicht als Beleidigung empfinden, wenn ich Ihnen sage, daß Sie wunderschöne Augen haben . . .«

Eintausend auf diesem Konto, dann das gleiche bei der Cal-Cit Niederlassung im Zentrum von Oakland, dann das gleiche bei der Cal-Cit Niederlassung im Zentrum von San Jose. Das würde den nötigen Kreis der Banken schließen: die City, die North Bay, die East Bay und Peninsula/South Bay. Morgen dann, die Telefonräume.

Die Blonde rutschte auf die andere Seite, und der Chauffeur setzte sich hinter das Steuer des pinkfarbenen Cadillacs. Die gestohlene Kreditkarte, mit der sie den großen Fleetwood gemietet hatten, käme nicht vor morgen auf die Listen. Als der Chauffeur das Cabrio in den Verkehr einordnete, nahm die Blonde ihre goldene Perücke ab, um sich als Yana zu entpuppen.

»Die *Schvartzes* prahlen, daß wer auch nur für eine Samstagnacht schwarz sein könnte, niemals wieder weiß sein wollte.«

»Hä?« Der verwirrte Chauffeur fuhr einhändig, während er seinen schwarzen Schnurrbart abzog, um sich als ihr Bruder Ramon zu entpuppen.

»Und so könnten die *Roma* sagen, daß, wer auch nur einen Zigeunerdeal machen könnte, niemals wieder *Gadjo* sein wollte.«

Da verstand er. Sie fingen beide an zu lachen.

»Ich laß dich am Flughafen raus und fahr das Teil zurück.«

»Geh auf Nummer sicher und versteck es, wenn du wieder dort bist«, sagte sie. »Rudolph wird auf meine Rückkehr achtgeben - und zwar mit dem Vorsatz, den Wagen zu stehlen; und ich habe keine Lust, mir seinetwegen den Kopf zu zerbrechen. Heute abend findet Teddys erste Kerzenlesung statt, und ich möchte, daß alles perfekt wird. Das wird meine bislang größte Nummer.«

»Bis du Königin wirst.«

»Bis ich Königin werde«, stimmte sie zu.

Und gerade jetzt saß sie in dem pinkfarbenen 58er Caddy, der ihre Regentschaft *sicherstellen* würde. Rudolph Marino war bereits aus dem Rennen, bevor es überhaupt begonnen hatte. Er wußte es nur noch nicht.

5

In Stupidville warf sich Staley Zlachi am selben Abend in seinem halbprivaten Krankenzimmer (freundlich zur Verfügung gestellt von jenem Kaufhaus, dessen Rolltreppe er hinabgefallen war) von einer Seite auf die andere, schlug um sich, und fing dann wie in tiefer Betäubung an zu schreien. Die Krankenschwester guckte kurz hinein und zog sich zurück; Lulu war da und wischte mit einer Ecke ihres Schals über seine fiebrige Stirn.

In San Francisco versteckte Ristik den pinkfarbenen Cadillac, Yana hielt Teddys erste Kerzenlesung, Marino las die Kleinanzeigen für Bürovermietungen, und Dan Kearny führte Jeannie zum Abendessen aus. Nun, da die Kinder nicht mehr zu Hause wohnten, fehlte der Kitt, der sie zusammenhielt, und Kearnys Ehe fing an zu zerbröseln. Zeit für ein wenig Zweisamkeit mit Kerzenlicht, Wein und Romantik.

Aber sie zankten sich im Restaurant.

Sie zankten sich auf dem Weg nach Hause.

Sie zankten sich im Schlafzimmer.

Statt Romantik gab es für Kearny das Sofa im Gästezimmer, das er vor ein paar Jahren in ein Büro verwandelt hatte – und jetzt erst merkte er, daß dieses Büro-im-Haus sehr hübsch ein Großteil dessen verkörperte, was mit seiner Ehe schief ging.

Auch O'B war an diesem Abend mit seiner Frau zum Essen ausgegangen, ebenso auf der Suche nach häuslichem Glück: Bella war stinkig, da O'Bs jüngste Nacht draußen mit den Jungs drei Tage gedauert hatte. Und da Bella so italienisch wie O'B irisch war, und ihre Cannelloni so liebte wie er seinen doppelten

Bushmils mit Wasser, hatte sich O'B gedacht, ein wenig Kerzenlicht und ein wenig Chianti in dem neuen italienischen Restaurant, einem Familienbetrieb auf der Taraval, und anschließend im Schlafzimmer ein wenig Romantik ...

Aber sie zankten sich im Restaurant (es hatte eine gut sortierte Bar).

Sie zankten sich auf dem Weg nach Hause (O'B hatte ein Rotlicht mitgenommen).

Sie zankten sich nur deshalb nicht im Schlafzimmer, weil O'B, nachdem er weise bemerkt hatte, daß etwas von seinem Eis schlecht gewesen sein müsse, halbausgezogen ins Koma fiel. Ihren schnarchenden Gatten betrachtend, war Bella stinkiger denn je.

Giselle Marc ging zum Abendessen mit einem Briten (Gastdozent an der SF State für Englische Literatur), den sie sich kürzlich geschnappt hatte, um ihm zu gestatten, ihre Hand zu halten, während er für sie bei Kerzenlicht - schon wieder Kerzenlicht! - Gedichte in seinem Oxford-Akzent rezitierte. Sie fühlte sich so wohl, daß sie dachte, sie könne ihm auch gestatten, sie schlußendlich zu verführen.

Sie müssen wissen, Maybelle war vorbeigekommen und hatte ihren 91er Connie eingelöst, Dan Kearny eines besseren belehrend - was bedeutete, daß es, zumindest vorübergehend, leichter war, mit ihm zusammenzuarbeiten. Gott weiß, woher Maybelle die Kohle hatte, aber einem geschenkten Gaul ...

Oh, oh. Maybelles Connie stand in der Nähe eines Hydranten auf der Turk Street. Und um die Ecke auf der Divisadero standen vor einer Spelunke sämtliche 250 Pfund von Maybelle, in ein enges, billiges, rotes Satinkleid gegossen, das hochgerutscht war und einen Oberschenkel von schottischem - Ackergaul-Format freilegte. Arthritisch ließ sie für alles, was vorbeispazierte und männlich war, ihre Reize spielen, wie Julia Roberts, die darauf wartet, daß Richard Gere aufkreuzt. *Zum Teufel* mit der Frau! Und zum Teufel auch mit Dan Kearny: Giselle konnte schon das Grinsen in seinem Gesicht sehen, konnte schon das Gelächter in seiner Stimme hören.

Und dann im Restaurant beleidigte sie der Brite, indem er versuchte, das Sonett 116 - *The Marriage of True Minds*, ausgerechnet das, um Himmels willen - als sein eigenes durchgehen zu lassen. Das alles war zuviel: Sie goß *Fumé blanc* über seinen Hosenschlitz, stolzierte hinaus und brüllte, sie könne Männer, die in die Hose machten, nicht ertragen.

Larry Ballards Abend begann aufs angenehmste, als Beverly Daniels, eine kesse kleine Blondine mit großen blauen Augen und einer Tänzerinnenfigur ihn in ihrem gelben Nissan 280Z abholte. Einstmals hatte er ihr den Wagen abgenommen, um dann einen Zahlungsplan für sie auszuarbeiten, damit sie ihn zurückbekommen konnte. Beverly hatte genau die dürftigen zwei Zentimeter zusätzlich zu ihren eins-fünfzig, die Ballard zu den einsneunzig fehlten, aber irgendwie paßten sie auf einer horizontalen Ebene wunderbar zusammen. Zu der sollten sie nach Ballards festem Willen, bevor die Nacht vorüber war, gelangen.

Dann ging alles daneben. Womöglich war Pietro Uvaldi schuld oder auch Dan Kearny - das einzige, was *Ballard* nach Kino und Pizza machte, war vorzuschlagen, sie könnten beim Montana »vorbeischauen« . . .

»Tu mir das nicht an«, sagte Beverly.

»Was soll ich dir antun? Ich hab nur gesagt -«

»Ich weiß, was du gesagt hast«, zischte sie schonungslos.

Beverly hatte dazu guten Grund. Ihre erste Verabredung hatte damit geendet, daß sie allein in Ballards Auto saß, während die Mitglieder einer Band mit dem Namen *Full Moon Madness* - deren Maserati Bora Ballard sich gerade geschnappt hatte - versuchten, sie aus dem Fenster zu ziehen, ohne es vorher zu öffnen.

»Diesmal ist alles ganz anders«, erklärte er. »Für den hab ich sogar einen Schlüssel.«

Und er erzählte ihr von Pietro Uvaldi, dem zerbrechlichen kleinen Innenausstatter im Montana mit dem 85 000-Dollar-Mercedes. Wenn sie in die Tiefgarage kämen und der Wagen dort stünde, dann wäre es eine Kleinigkeit. Freilich erwähnte Ballard weder die Schrotflinte noch Pietros Schwuchtel, Freddi mit dem Cellophan-Haar und der Lederunterwäsche, damit Beverly die Rechnung nicht mit dem Milchmann machte, bevor es viel zu spät war.

Als sie beim Montana ankamen, benutzte ein Bewohner gerade seinen elektrischen Türöffner; sie rauschten an seiner hinteren Stoßstange in die Tiefgarage. Er parkte, sie dampften ab, und da stand auch schon der Mercedes, in einer hinteren Ecke, funkelnd wie der Heilige Gral!

»Wie du gesagt hast - eine Kleinigkeit.« Insgeheim wurde es Beverly ein wenig schwindelig vor Aufregung über den bevorstehenden Autoklau.

Ballard öffnete die Tür des Mercedes mit dem Schlüssel, den er vom Händler hatte - und machte ein Salto. Er schaffte es, mit einer Art Schulterrolle auf den Betonboden aufzuschlagen, die den Stoß etwas dämpfte; aber er war noch immer benommen, als er schwankend wieder auf die Füße kam, um die zweite Attacke von Freddi, dem Furchtsamen, in einer zittrigen *Shiko dachi* Verteidigungsstellung abzuwehren - eine Hand auf Schulterhöhe in *Shotei*, die andere horizontal vor seinem Bauch in *Nukite*.

Freddi hatte keine Ahnung von Kampfkünsten: Er schlug seine Arme nach oben durch Ballards Verteidigungslinie und wuchtete seinen Kopf in Ballards Gesicht. Glücklicherweise duckte sich Ballard, so daß ihre Schädel sich Stirn-auf-Stirn trafen, sonst wäre sein Gesicht ein von Ohr zu Ohr reichendes Ödland geworden.

Unverzagt wagte sich Freddi in eine rippenzerquetschende Umklammerung; Ballard konterte, indem er seine hohlen Hände auf Freddis Ohren schlug. Freddi ließ ihn los und schrie vor Schmerz mit beinahe geplatztem Trommelfell. Ballard rannte im Watschellauf auf die offene Tür von Beverlys kleinem gelbem Sportwagen zu und rief: »MACH MACH MACH MACH MACH!!!«

Als er in den Wagen stürzte und die Tür zuknallte, MACHTE MACHTE MACHTE MACHTE MACHTE Beverly - jedoch nicht bevor Freddis Hand die Windschutzscheibe lochte, und plastikbezogenes Sicherheitsglas herniederregnete. Beverly, die versuchte, durch den verbleibenden, undurchsichtigen, sternförmigen Bruch zu schielen, rammte einen Pfeiler, was den linken vorderen Kotflügel abriß und die Achse verbog. Sie stieß zurück und tätschte wieder an - noch verängstigter als Ballard. Das Rad eierte. Durch ein Wunder war gerade ein weiterer Hausbewohner in die Garage eingefahren, und die Rolltür aus stählernem Gitter klirrte noch immer abwärts, als sie hindurchschlüpfte.

Tja, nicht ganz hindurchschlüpfte. Die verstärkte untere Kante des herniederrasselnden Tores verhakte sich unterhalb der vorderen Kante des Wagendachs - genau über der zersplitterten Windschutzscheibe - und zog es ab wie den Deckel einer Sardinenbüchse.

Beverly warf Ballard an Ort und Stelle vor dem Montana aus dem Wagen und fuhr weinend davon. Er mußte sechs Blocks weit gehen, nur um ein Taxi zu finden. Als er schließlich taumelnd Zuflucht in seiner Wohnung fand - mit stechendem Kopfschmerz und einem roten Striemen von der Größe eines Brotbrettchens auf der Stirn - erbrach er sich über den ganzen Flurteppich infolge seiner Gehirnerschütterung.

Von den Günstlingen der DKA erlebte nur Bart Heslip einen vollständig zufriedenstellenden Abend. Seine ein und einzige, Corinne Jones, die neben seiner Rabenschwärze von warmem goldenem Braun war und ein Profil wie Nofretete auf einem der ägyptischen Wandbilder hatte, schenkte ihm Nahrung für die Seele, indem sie großes Aufheben um sein beschädigtes Gesicht und die vernähte Birne machte. Dann brachte sie ihn zu Bett, und es gab das süßeste Liebesspiel auf dieser Seite des Paradieses.

Und all das, ohne auch nur einmal die alte langweilige Was-hab-ich-dir-nicht-gesagt-Leier über die Suche nach einem anderen Job anzustimmen.

6

Freitag. Show time. Auch wenn sie eigentlich neun Stunden Zeit gehabt hätten, da die Banken freitags bis 18 Uhr geöffnet waren, konnte Marino seinen Leuten nur anderthalb Stunden gestatten, die ihnen für die Händler in den verschiedenen Gebieten blieben. Sie mußten alles innerhalb eines einzigen Tages schaffen, um eine Nasenspitze den Computern der Banken voraus zu sein. Er trug seinen Teil zum Gelingen der Operation bei, indem er auf der linken Seite der Straße, die San Franciscos Autozeile darstellte, just als um 8 Uhr 30 die Türen öffneten, in den pseudo-griechischen Tempel mit den massiven Säulen hineinspazierte, der *Jack Olwen Cadillac* beheimatete.

»Ah, Mr. Grimaldi«, rief Danny McBain, der Verkaufsleiter, als er hineinhuschte. »Sie kommen wegen Ihrer Limousine?«

Marino grinste. »Sie haben gesagt, ich könne am Freitag als erster kommen, also . . .«

»Sie ist fertig und wartet auf Sie.«

Marinos Cadillac war extra bei einem Autoveredler in Los Angeles bestellt worden - nach besonderen Angaben, die er von einem Zigeuner in D.C. nach langen und harten Verhandlungen erhalten hatte. Sicher, er besaß nicht wirklich die Kevlarpanzerung und auch nicht die kugelsicheren Fenster aus Polymeren wie der echte McCoy, aber er *sah aus* als ob, was das einzige war, was Marino für das Ding im St. Mark nötig erschien.

Sie durchquerten den Ausstellungsraum in Richtung des Abrechnungsbüros und passierten einen stämmigen, zementstaubbeschmutzten Arbeiter, dunkelhäutig und irgendwie mitteleuropäisch ausschauend. Auf dem Rücken seiner Trainingsjacke aus rotem Satin stand 49ERS WORLD CHAMPIONS. Er kickte gegen die Reifen eines Fleetwood Coupés - einer von denen mit dem umständlichen Cabrioverdeck.

»Was soll denn der hier kosten?«

»Zweiunddreißig-vier roh, Mr. Kaslov. Selbstverständlich . . .«

»Wie er hier steht«, sagte Kaslov guttural. »Keine Extras, nix davon. Ich kann acht auf die Kralle legen . . .«

McBain kicherte und sagte zu dem Mann, den er als Grimaldi kannte: »Die treten immer gegen die Reifen - als würde ihnen das auch nur eine verdammte Kleinigkeit über die Qualität des Wagens verraten!«

Auch Grimaldi kicherte in höflicher Zustimmung. Um drei Minuten vor neun bog er mit der Limousine stadteinwärts auf die O'Farrell, überquerte die Van Ness bei Dunkelrot und war verschwunden. Er hinterließ einen Scheck über $ 9800, der auf das Blue Skye Konto bei der Hauptniederlassung der Cal-Cit am Embarcadero Platz Eins ausgestellt war. In diesem Moment war der Scheck so gut wie Gold, in dreiundneunzig Minuten würde er so gut sein wie, oh, sagen wir, wie der Scheck über $ 8000, den der kunstvoll zementbestaubte Kaslov ungefähr zur selben Zeit auf dasselbe Konto ausstellen würde.

Die San Francisco Telefonzentrale befand sich in einem Laden auf der Turk, einen halben Block von dem entfernt, was einst die auf Pfeilern stehende Gough Street, die zentrale Verkehrsader der Stadt, gewesen war und dermaleinst auch wieder geworden wäre, hätte man nicht beschlossen, die erdbebengeschädigte Himmelsbahn abzureißen. Yana hatte es abgelehnt, ihr *Ofica* zur Verfügung zu stellen, denn dort erledigte sie die Teddy White Sache, und sie wollte die Örtlichkeit keinesfalls kompromittieren.

Sie und Ristik erwarteten Anrufe wegen sieben Autos. Drei von Jack Olwen - dabei waren Marinos gefälschte Papiere für seinen Limousinendeal schon früher eingegangen - zwei von *Freeway Cadillac* in Colma, zwei von der *Wilson Cadillac/Porsche/Audi Motor Car Company* auf der Burlington, die auch ganz passend Cadillac Way genannt wurde. San Francisco, die erste Stadt des Tages, war der Dreh- und Angelpunkt der Operation: Wenn es dort gut lief, überlegten die überraschend abergläubischen Zigeuner, würde es überall gut laufen.

Der erste Anruf ging um 8 Uhr 53 ein. Yana antwortete melodisch mit den letzten vier Stellen der Nummer.

»Drei-vier-sechs-zwei, guten Morgen.«

»Ist dort Acme Hoch- und Tiefbau?«

»Ja, Sir, natürlich.«

»Hier ist Jack Olwen Cadillac auf der Van Ness –«

Sie unterbrach ihn mit einem entzückten Lachen.

»Ich möchte wetten, Greg Kaslov ist bei Ihnen, um ein Auto zu kaufen.«

Der Anrufer hielt für einen Moment inne. »Nun, ja, ist er, aber ...«

»Das war das einzige, wovon er und Joanna die letzten sechs Monate geredet haben – ihren Fleetwood anzuschaffen ...«

»Tja, sie haben sich wohl durchgerungen. Ich habe angerufen, um die Anstellung zu überprüfen, aber ...«

Sie lachte erneut, frei von allen Sorgen. »Greg ist seit zweiundzwanzig Jahren bei uns. Er war der erste Mann, den Mr. Arnold eingestellt hat, als er aus Vietnam zurückgekommen ist ...«

Das zweite Telefon läutete, während sie noch immer Lorbeeren über Kaslovs Haupt ausschüttete, Ristik hob ab. Nicht die Spur von kehligen Zigeunerlauten lag in seiner Stimme.

»Acht-null-sieben-sechs«, sagte er. »Kredit Abteilung? Einen Moment, ich verbinde Sie.«

Yana war gerade mit *Jack Olwen Cadillac* fertig. Sie drückte den leuchtenden Knopf für den 8067-Nebenanschluß an ihrem Telefon und sagte: »Trans-Universal Credit, wie kann ich Ihnen helfen?«

Sie ging, während sie zuhörte, rasch durch den Stapel Papiere auf ihrem Schreibtisch, zupfte ein Blatt hervor und überflog es.

»Ja, uns liegen die Unterlagen über Mr. Stocks Haus im Dreihunderterblock der Third Avenue vor ...« Sie raschelte mit dem Papier in realistischem Abstand zur Sprechmuschel. »Zwölf Jahre, erstklassiger Schuldner, hat nie auch nur eine Rate versäumt, hat ... hm ... nein. Er hat nie einen Säumniszuschlag zahlen müssen.«

Am anderen Telefon sagte Ristik: »Hören Sie, ich kenne Sally Poluth mein ganzes Leben. Sie ist die Patentante unserer Kinder ... Nein, ich habe nicht gewußt, daß sie ein Auto kaufen will, aber mit der Versicherungssumme von Ritchies Tod kann sie sich den Wagen so sicher wie das Amen in der Kirche leisten ...«

Um 10 Uhr 30 hatten Yana und Ristik bereits alle Anrufe wegen der sieben Autos bekommen; sie schlossen die Telefonzentrale genau in dem Moment, in dem Marino einen Auszahlungsschein über die polierte Oberfläche eines Kassenschalters in der Hauptniederlassung der Cal-Cit am Embarcadero Platz Eins schob.

»Ich möchte von meinem Konto zehntausend in bar abheben.«

»Zehntausend? In bar? Das ist –«

»Miss Wooding hat mir zugesichert, daß es da keinerlei Schwierigkeiten geben würde.«

Helen Wooding erschien wie aufs Stichwort. Mit kontinentalem Charme küßte er die Luft einen Millimeter über ihrer Hand.

»Wo ist denn hier das Problem?« forderte sie die Kassiererin scharf auf. »Die Auszahlung ist selbstverständlich in Ordnung, und der Betrag entspricht dem Limit der Behörde, also –«

»Sofort, Miss Wooding.« Das Mädchen wurde rot. Sie legte ihre Stempel beiseite und verschloß ihre Schublade, so daß sie den Schalter verlassen konnte, um die große Summe Bargeld zu holen.

»Neulinge«, sagte Helen mit einer Stimme, die mit Absicht laut genug war, um von der entschwindenden Kassiererin gehört zu werden. Sie fügte mit einem koketten Lachen hinzu: »Sie hätten direkt zu mir kommen sollen, Angelo.«

»Ich habe Sie nicht mit einer solchen Lappalie stören wollen.« Seine feinen dunklen Augen leuchteten auf. »Da ich hoffe, mich hier dauerhaft niederzulassen, habe ich mich auf die Suche nach einem Haus begeben, das ich für die Firma kaufen möchte. Und ich bin über ein fantastisches Angebot gestolpert – in den . . .« Er hielt inne, lächelte. »Den Avenues, stimmt das? Beim Sloat Boulevard? Ein alter italienischer Gentleman, der gesagt hat, ich erinnere ihn an seinen Sohn . . .«

»Die Avenues. Ganz recht. Südlich vom Park ist der Sunset. Im Norden liegt der Richmond District.«

»Sunset . . . Richmond . . . Ich entsinne mich.«

Die Kassiererin war zurück. Sie zählte das Geld ab, Marino

steckte es in seinen schlanken Attachékoffer und sagte zu Helen: »Vielleicht können wir uns am Montag das Gebäude einmal zusammen ansehen?«

»Montag?«

Er ließ den Koffer zuschnappen. »Zum Mittagessen - Sie erinnern sich. Und da die Besichtigung eine Geschäftssache für Sie sein wird, könnten wir vielleicht den ganzen Nachmittag nehmen ... und vielleicht den Abend gemeinsam verbringen ...« Er produzierte gedämpfte Bussi-Bussi-Geräusche mit den Lippen. Und Helen Wooding wurde tatsächlich rot. »Ich rufe Sie gleich am Montag morgen an ...«

»Oh, ja«, sagte sie atemlos. »Rufen Sie mich ... an.«

Fünfundvierzig Minuten später zahlte Marino die $ 10 000 auf das Konto von Blue Skye in San Rafael ein. Er kümmerte sich bei der Einzahlung nicht um Rita Fethertons Beistand, wie er es beim Abheben machen würde; Banken sind entzückt, Cash zur Tür hineinkommen zu sehen.

Als er hinausging, läutete eines der beiden Telefone in einem kleinen Büro über einem Elektrogeschäft am unteren Ende der Fourth, nur drei Blocks entfernt. Immaculata Bimbai, die immer diese Ohnmachtsanfälle in Juweliergeschäften hatte, sprach rauchig in die Muschel.

»Fünf-vier-neun-null ... Ja, hier ist Fashion Fabrics ... Kreditabteilung?« Immaculata, die schlank wie ein Bleistift war und elegant wie die Diamanten, die sie stets zu stehlen versuchte, entfuhr ein wollüstiges Lachen aus vollem Bauch, das eine Frau mit Dreifachkinn und einem Milchshake in jeder Hand vermuten ließ. »Schätzchen, ich bin die ganze Mannschaft. Eigentümer, Präsident, Kreditmanager, Verkaufsmanager ...« Eine weitere Pause. »Tibo Tene? Klar, Tibo Tene ist seit, na - verdammt, ich kann die Unterlagen holen, aber mindestens seit zehn Jahren unser Stoffeinkäufer ...«

Während sie redete, fing das andere Telefon an zu läuten. Josef Adamo, der fette Scheinunternehmer für Straßenbau, nahm ab.

»Drei-sieben-sechs-sechs.«

Wie in San Francisco umfaßte die North Bay Operation acht Cadillacs, die jedoch weiter verstreut waren: Die Anrufe würden von Corte Madera im Marin County, Vallejo in Sollano, von Petaluma und Santa Rosa in Sonoma, Napa im Napa County (dem Land es Weins) und von Ukiah in Mendocino, dort oben in den Mammut-Wäldern, kommen.

Um 13 Uhr hob Marino die 10000 Dollar in bar vom Konto in San Rafael *ab* und fuhr über die Richmond-San Rafael-Brücke, um sie auf das East-Bay-Konto einzuzahlen. Zur selben Zeit machten Immaculata und Josef ihre Telefonzentrale dicht, und zwei weitere Zigeuner öffneten ihre über einer griechischen *Taverna* an der Kreuzung von Clay und Second in der Nähe von Oaklands Jack London Square.

Die komplette Operation wurde zum Bankenschluß um 18 Uhr in San Jose zu Ende gebracht - exakt wie geplant.

Die Kundenberater der Händler räumten am Freitag abend ihre Schreibtische auf und warfen alle Unterlagen samt der Schecks für 31 Cadillacs in die Nachttresore bei den vier Niederlassungen der Cal-Cit ein. Der Sachbearbeiter der Bank, der für bedingte Kaufverträge über bewegliche Vermögensgegenstände, wie sie jene Autohändler abgeschlossen hatten, zuständig war, arbeitete samstags jedoch nicht. Als Folge davon würde der Computer vor Montag morgen nicht auch nur einen der Anzahlungsschecks den Ursprungskonten belasten können.

Und somit konnte Stan (the Man) Groner, tüchtiger und ehrgeiziger Vorstand für Konsumentenkredite der gesamten California Citizens Bank Gruppe, am Sonntag, dem Vortag der Vernichtung, noch immer einen wunderbaren Abend mit seiner fünfzehnjährigen Tochter verbringen - Popcorn essen und über *America's Funniest Home Videos* (ihre *Bridge Over Troubled Waters* in der generationsgeschüttelten See) lachen. Nicht einen Augenblick argwöhnte Stan, daß mit dem Beginn dieser Woche der April der mieseste, lausigste und beschissenste Monat seines gesamten Lebens werden würde.

Denn als am Montag die Computer zu brummen anfingen,

platzten die Schecks in den Cal-Cit Filialen der ganzen Küstengegend mit einer derartigen Lust, daß Haie wie Orville Redenbacher und sein schlauer Enkel froh und stolz gewesen wären. Fassungslose Sachbearbeiter fingen an, nach Telefonen zu grapschen, mit den Armen zu rudern und herumzuschreien. Fassungslose Abteilungsleiter bei gewissen Autohändlern fingen an, zurückzuschreien und blaß zu werden. Geschockt sanken die Telefonhörer auf die Gabeln und die Herzen in die Hosen. Erste Schadensbemessungsversuche erreichten Stan Groners Schreibtisch in der Abteilung Konsumentenkredite am selben Nachmittag. Er forderte die Akten an. Aber es geschah nicht vor dem frühen Dienstag vormittag, daß die Unterlagen, derentwegen er so früh aufgestanden war, vollständig waren. Dann ließ ihn der Haufen schwerer Aktendeckel mitten auf seinem Schreibtisch, der nach ökonomischem Schwefel stank und von den schauderhaften finanziellen Feuern rötlich glühte, sehr bald nach *seinem* Telefon greifen.

7

Giselle Marc und Daniel Kearny tranken für gewöhnlich die erste Tasse Kaffee des Tages gemeinsam, um den wahrscheinlichen Tagesablauf durchzugehen; aber als am frühen Dienstag morgen das Telefon klingelte, war ihr Plausch zu einem verbalen Schlagabtausch degeneriert, denn Kearny hatte gefragt, ob Ballard bereits wieder im Dienst sei.

»Er ist immer noch zu Hause, Dan. Er hat immer noch diese lausigen Kopfschmerzen.«

»Von einer Gehirnerschütterung?« Seine Stimme klang ungläubig. »Ich glaub, der pfeift sich eins.« Kearnys Ausdrucksweise war in den 40ern hängengeblieben. Er fügte ohne jede Logik hinzu: »Und *wenn* es sich um eine Gehirnerschütterung handelt, dann hat er sich die geholt, als er betrunken in einer Kneipe umgefallen ist. Der hat in letzter Zeit zu oft mit O'B zusammengearbeitet - versuch mal, mit dem Kerl einen zu heben, schon haste den Zinken im Fusel.«

»Du solltest die Beule auf Larrys Stirn sehen.«

»Alles, was ich sehe, ist, wie seine unerledigten Akten immer fetter werden, ohne daß er was dagegen unternimmt. Verdammt, er hat vier neue Fälle ohne Erstbericht nach 24 Stunden und sechzehn andere, die -«

»Ich könnte mit den dringenden Fällen anfangen, die er noch nicht bearbeitet hat«, sagte Giselle rasch hinter ihrer Tasse hervor, so als könne eine Dämpfung ihrer Worte Kearny davon abhalten, sie wirklich zu hören.

»Ich brauch dich hier im Büro. Außerdem hast du zuletzt derartig unprofessionell gearbeitet, daß du nicht einmal mit den Fällen, die du hast, Schritt hältst.«

»Was soll denn das bedeuten?« fragte sie kühl.

Kearny steckte sich eine Zigarette an und beobachtete sie verschlagen durch den Rauch. »Ich hab gehört, daß *Wohnen* nicht das einzige ist, was deine Freundin Maybelle auf der Rückbank ihres Connies macht.«

Frostig schweigend tunkte Giselle einen Doughnut in den Kaffee. Ihre Gefühlswelt war noch immer dünnhäutig von der Szene mit dem Briten, und Kearny stürzte sich, genau wie sie es geahnt hatte, auf diese eine Sache, die einen so schmerzhaften Riß in ihrem Leben verursacht hatte.

»Sie geht auf den Strich.« Und als Giselle dies nicht mit einer Antwort würdigte, fügte er hinzu: »Die Maria-Magdalena-Nummer. Und ich muß die Bank darüber in Kenntnis setzen.«

Giselle stand abrupt auf, sie wollte nicht über Maybelle nachdenken, die ihren Wagen wieder verlieren würde, und zwar diesmal endgültig.

»Ich muß an die Arbeit«, sagte sie. Die es gab, wenn das Telefon klingelte. Bereits auf den Füßen, riß sie es an sich und kläffte hinein: »Daniel Kearny Associates.«

»Sagkearnyichbrauchihnhierundzwarsofortkeineverzögerungenkeineentschuldigungenjetztsofortinfünfminutenoderichrufdasholstromautorecoverybureauan ...«

Sie schnappte hier ein Wort und da ein Wort in Stan Groners

langem schrillem Schrei der Verzweiflung auf, genug um zu wissen, daß Kearny von der Bank verlangt wurde, und zwar *jetzt*.

Sie sagte: »Ich versteh kein Wort, aber ich hab Ihren Anflug von Hysterie bemerkt.«

»Verdammtnochmalgiselleesgehtumhunderttausendmillionen . . .«

Ichverstehenochimmernichts,aberwirfangensofortan«, sagte sieknappundhängteein.

»Fangenwomitan?«fragteKearny.»Werwardas?«

»Falschverbunden.«

»*Falsch verbunden?* Ich hab doch gehört, wie du gerade gesagt hast . . .«

Giselle war bereits mit langen steifen Schritten das Büro hinunter gegangen. Die Sache würde sie selbst erledigen und Kearny zeigen, wer hier der wirkliche Profi war. Sie machte eine plötzliche Linkswende und ging durch die Glasschiebetür in das hintere Büro hinein, das ihre Domäne war, und ging weiter durch die Hintertür auf den Abstellplatz, wo ihr Firmenwagen stand.

Mißmutig rauchte Kearny die nächste Zigarette, drückte sie aus und schlürfte an seinem Kaffee. Eiskalt. Das Telefon klingelte gerade, als er nach ihm griff, um Giselle wegen des Kaffees anzumachen, also schnappte er sich den Hörer, um wenigstens einen anzuschnauzen. Dieser schnauzte ihn jedoch zuerst an.

»VERDAMMT, KEARNY, WARUM SIND SIE NOCH NICHT HIER?«

»Prima, Stan, danke der Nachfrage. Wie geht's der Familie?«

»VERDAMMT, ICH HAB GISELLE GESAGT, DASS ICH DEINEN ARSCH HIER BRAUCHE –«

»*Giselle?* Wann?«

Ein wenig Hysterie wich aus Groners Stimme. Er mußte auf seine Uhr gesehen haben. »Tja, vielleicht vor fünfzehn, zwanzig Minuten, nicht mehr, aber es handelt sich . . . oh, da ist sie ja . . .«

»Giselle? Bei dir?«

»Wenigstens *sie* weiß also, wie man mit Kunden umgeht.«

Er sprach mit einem einsamen Telefon: Kearny hatte sich auf den Weg gemacht.

Was zum Teufel dachte diese Frau eigentlich, was sie da tat?

Dan Kearny war jedoch zu abgebrüht, um sich von der Panik eines Bankers in Panik versetzen zu lassen, und so parkte er seinen Wagen am gewohnten Ort und trollte sich über die Battery zu dem glitzernden Marmor- & Glasmonolith am Embarcadero Platz Eins. Es war einer jener San Francisco Frühlingsmorgen, klar und heiter und frisch, ohne eine Spur von Nebel, die die Möwen gaukeln und heiser krächzen und sich im Sturzflug auf Passanten stürzen ließen - auf der Suche nach milden Gaben.

Er schlenderte durch die Konsumentenkredit-Abteilung, nickte zu einem Mann hier und winkte einer Frau da, gleich welchen Alters, Aussehens und Familienstands. Es war ein Ritual, wie die Flasche anständiger Bourbon, die jeder von ihnen zu Weihnachten bekam. Er wußte, daß die meisten dieser Frauen eine Schachtel Pralinen bevorzugt hätten, aber Süßkram paßte nicht zum Image der DKA. Die DKA war die rauhe, stets bereite Crew, die all die Missionen übernahm, vor denen sich die Banker fürchteten, die alle Fälle lösten, an denen sich andere Agenturen die Zähne ausgebissen hatten. Kearny wollte, daß die Banker, wann immer auch die DKA aufkreuzte, einen Hauch von Raubtier spürten.

Die Tür, auf dessen Kieselglas der Schriftzug STANLEY GRONER - VORSTAND - ABTEILUNG KONSUMENTENKREDITE mit Blattgold angebracht war, zischte mit einem pneumatischen Seufzer hinter ihm zu. Groner war Traditionalist: Der mit dunklen Paneelen ausgekleidete Raum hatte Sportbilder an den Wänden, es gab schwere Möbel aus massivem Holz und Leder und Art deco Lampen. Das einzige, was fehlte, war ein Spucknapf aus Messing neben dem antiken Eichenschreibtisch.

»Da bin ich, Stan, also was . . .«

Groner, ein für gewöhnlich friedlicher Mann mit freundlichem Gesicht von 42 Jahren, der weichem Tweed und gestrickten Wollkrawatten verfallen war, marschierte in engen Kreisen um seinen Schreibtisch. Seine Arme ruderten umher, und seine normalerweise warmen braunen Augen warfen durch die Hornbrille vernichtende und bitterböse Blicke in Richtung Couch. Kearny stellte fest, daß dieser Zorn weder auf Giselle, die dort saß und einen Aktendeckel durchwühlte, noch auf ihre Zigarette gerichtet war, die neben ihrem Ellbogen auf dem verchromten Ständer mit dem Aschenbecher glimmte. Folglich war Groner wegen des unordentlichen Aktenhaufens auf dem Tischchen, das vor Giselle stand, derartig außer Fassung.

Zigarette? dachte Kearny mit Verspätung. Verdammt! Giselle hatte wieder zu rauchen angefangen.

Er sagte jedoch nur: »Akten«, und fügte dann hinzu: »Und?«

Giselle antwortete für Groner, Aufregung funkelte diamantengleich in ihren Augen.

»Am letzten Freitag, Dan, haben die zwanzig Cadillac-Händler in der Bay Area, von Ukiah nach Salinas, einunddreißig neue Cadillacs auf Anzahlung verkauft. Die ganze Palette: Allantes, Broughams, De Villes, Fleetwoods, Eldorados, Sevilles und sogar eine extra angefertigte verlängerte Limousine bei Jack Olwen auf der Van Ness.«

Mit gedämpfter Stimme meinte Kearny: »Du willst mir sagen –«

»Ja. Türmer. Alle einunddreißig. In diesen Akten – tote Türmer.« Im Sprachgebrauch der Finanzwelt versteht man unter einem »Türmer«, jemanden, der – ganz wörtlich – »getürmt« ist, und zwar typischerweise mit belastetem Eigentum, also beispielsweise einem Auto, das noch nicht zur Gänze bezahlt ist. Und ein »toter Türmer« ist einer, bei dem es keine klaren Anhaltspunkte gibt, wie man ihn finden und wieder zurückbringen kann. »Acht über diese Filiale finanziert, acht über die Cal-Cit San Rafael, acht über Oakland und sieben über San Jose.«

Kearny drehte sich um. »Wie seid ihr so schnell dahinter gekommen, Stan?«

»Die Anzahlungen sind geplatzt«, ächzte Groner.

»Alle einunddreißig?« Kearny konnte es nicht fassen.

»Sie waren auf nur vier Konten ausgestellt«, sagte Giselle. »Ein Konto bei jeder Filiale.«

»Aber . . . Verrechnungsschecks . . . Referenzen und Beschäftigungsnachweis und Wohnsitzüberprüfung . . .«

Groners Stimme hatte schon für gewöhnlich eine hohe Stimmlage; jetzt lag sie sogar noch höher – erregte Worte spritzten mit einem Druck und einer Geschwindigkeit aus ihm heraus, als kämen sie aus einem Feuerwehrschlauch.

»Zum Teufel, Dan, du kennst doch die Tortur!« Er ging wieder auf und ab. »Wir ziehen eine große Nummer ab mit dem Überprüfen von Referenzen, aber es würde uns hundert Scheine pro Kopf kosten, wenn wir die Kreditwürdigkeit von jedem potentiellen Autokäufer wirklich gründlich checken wollten. Wenn wir gar nichts checken und die Kosten fürs Eintreiben und Rückführen auf *alle* Autoverträge umlegen, dann kostet uns das zwanzig Scheine pro Kopf. Also vertrauen wir den Händlern, die Kunden richtig einzuschätzen, ein paar Anrufe zu erledigen ... Aber *diesmal* ...« Er fuchtelte ungläubig mit einem Arm. »Diesmal haben sie jeden Scheiß-Caddy-Händler an der ganzen Küste drangekriegt, *jeden*!«

Giselle fing an zu kichern. »Blue Skye Enterprises. Alle vier Konten liefen auf –«

»Blue Skye?« Kearny hatte sich zu ihr an das Tischchen gesetzt, um die Akten zu überfliegen. »Also komm, Stan, ich weiß zwar, daß ihr euren Angestellten nicht allzuviel zahlt, aber wenn ein Kerl hereinspaziert kommt und ein Konto eröffnen will auf *Blue Skye* –«

»Was soll ich sagen? Offensichtlich sieht er aus wie Omar Sharif in den Tagen von *Doktor Schiwago*, und er hat sich jedesmal an weibliche Abteilungsleiterinnen gewandt. Und alle vier schwören noch immer, er *könne* sie nicht hereingelegt haben.«

»Den Kerl würde ich gerne mal kennenlernen«, sagte Giselle gedankenversunken.

Kearny überflog die Akten, und sein Computerhirn registrierte, taxierte und kombinierte mit der verblüffenden Geschwindigkeit von beinahe vierzig Jahren - bei seinem ersten Job war er auf einem alten Ein-Gang-Fahrrad gefahren - Jagd nach Stromern, Ausreißern, Betrügern und einfachen Dieben. Er richtete sich abrupt auf.

»Was denn?« fragte Giselle mit geschärfter Aufmerksamkeit.

Groner sagte gerade: »Der Cal-Cit Bank fehlen *Eins-komma-drei-zwei-fünf Millionen Dollar* - Ladenpreis.«

Kearny sagte: »Die Namen?«

Giselle checkte noch einmal die Akten. Gemessenen Tones sagte sie: »Ach ... du meine ... Güte ...«

»Ich brauche diese Autos wieder, wenn ich meinen Job behalten will! Es ist mir schnurzpiepe, was ihr anstellt, um sie zurückzukriegen, wieviele Gesetze ihr brecht, was –«

»Was es kostet«, fügte Kearny flüssig ein.

»Das hab ich nicht gesagt.« Der Jammerlappen war auf magische Weise wieder in den hartgesottenen Bankvorstand zurückverwandelt. »Ich kann nicht über einen Pauschbetrag pro Auto von ...«

»Kein Pauschbetrag. Zehn Prozent vom Bruttoeinkaufspreis für jeden Wagen, den wir wieder auftreiben, zuzüglich Spesen von –«

»Zehn Prozent!« Groner schlug sich theatralisch gegen das Herz. »Wie kannst du mir so was auch nur *vorschlagen*?« Er drehte sich zu Giselle um, als wollte er ihr sein blutendes Herz zeigen. »Wie kann er mir zehn Prozent auch nur vorschlagen? *Mir?* Plus Spesen auch noch?«

»Wir wär's mit acht Prozent«, fragte Giselle zuckersüß.

Groner sah zu Kearny hinüber. Er sagte: »Ich dachte, sie stünde auf deiner Seite.«

»Das dachte ich auch.« Kearny packte Giselles Arm und zog sie in eine Zimmerecke. »Was versuchst du eigentlich, hier mit mir zu machen?«

»Ich zeig dir, wie's geht.«

Sie befreite sich und ging quer durch das Zimmer zurück, als Stan the Man weise ansetzte: »Acht Prozent, das klingt nicht halb –«

»So angemessen«, sagte Giselle brüsk. »Ich geb ihm recht. Acht Prozent würden nicht einmal die Kosten draußen decken, gar nicht zu reden von den Unkosten der Agentur - wenn wir die allgemeinen Geschäftskosten, den Unterhalt für die Ausrüstung, und die Ausgaben für Ersatzinvestitionen, Lizenzen, Gehälter und die verschiedenen Versicherungen umlegen, die wir –«

»Geschäftskosten? Versicherungen?« Groner hob die Hände, die linke vertikal, die rechte mit der Handfläche nach unten, auf

die Fingerspitzen der linken pochend. »Auszeit. Auszeit. Ihr wißt genau, daß es die Praxis der Bank ist, nur eine Pauschale pro Wagen zu zahlen, um diesen Kram, Zeit und Spesen, abzudecken, aber nicht –«

»Diesmal«, vollendete Giselle.

Kearny wagte sich vor: »Zwölf-komma-fünf wären –«

»Noch nicht annähernd genug.« Zu Groner sagte sie: »Ich glaube nicht, daß wir es unter zwanzig Prozent brutto tun werden, Stan.«

»Zwanzig Prozent?« schrie Groner auf. »Nicht mal Jesus Christus persönlich würde, wenn er von seinem Kreuz heruntergeklettert käme, um unsere Autos aufzutreiben, zwanzig Prozent bekommen! Okay, *vielleicht,* aber nur vielleicht zwölf einhalb, aber . . .«

Hinter Groners Rücken gestikulierte Kearny wild, sie solle annehmen. Ganz gleich, sie zollte ihm keinerlei Aufmerksamkeit.

»Siebzehn-komma-fünf und du machst ein wunderbares Geschäft, Stan.«

Er kreuzte in einer Geste der Endgültigkeit seine Arme vor der Brust. »Ich werde zum Holstrom Auto Recovery Bureau gehen müssen, wenn ihr nicht mit . . . fünfzehn Prozent einverstanden seid. Das ist mein allerletztes Wort.«

»Und alle Spesen.«

»Und alle Spesen.«

»Du bist im Geschäft«, sagte Kearny sehr rasch. Er fügte hinzu: »Wir brauchen für alle Wagen die Schlüssel mit einem Anhänger, auf dem Fahrgestellnummer, Modell und Farbe stehen . . .«

Groner nickte feierlich. Er seufzte.

»Warum seid ihr Kerls so zäh, Dan?«

Giselle sagte: »Es gibt diesmal fast nichts, womit wir etwas anfangen können – gerade mal die Infos von den Händlern über die Autos. Jede Referenz ist Schwindel. Jobs, Wohnungsanschriften, Freunde, Kreditauskünfte – *alles* ist Schwindel.«

»Das wißt ihr nicht – ihr wißt nur, daß die Anzahlungen geplatzt sind. Und trotzdem sitzt ihr hier und verlangt Garantien . . .«

»Allerdings wissen wir das.« Sie sah hinüber zu Kearny, der aber war still, und so fügte sie bloß noch hinzu: »Einunddreißig Cadillacs, Stan.«

»Wenn auch.« Groner war zurück hinter die Bastion seines Schreibtisches gegangen. »Es wird wohl kaum *so* viele neue Cadillacs in dieser Stadt geben, auf denen noch der Aufkleber vom Händler prangt, um –«

»In dieser Stadt?« Kearny sah von seinem Versuch, die Lederlasche seiner prall gefüllten Brieftasche zu schließen, auf. »Ä-ä. Vergisses.« Mit einem Wort schenkte er Groner die Erleuchtung. »Zigeuner.«

Stan Groner starrte ihn volle dreißig Sekunden lang an, bevor er murmelte: »Verdammt, Dan, das *kann* nicht sein! Ich meine –«

»Alle einunddreißig. Zigeuner, die Hand in Hand gearbeitet haben.«

Nach einem langen Moment, in dem er die Worte aufnahm, fing Groner an zu nicken, die Horrorvorstellung akzeptierend – Kearny war der Experte. Er bettete seinen Kopf auf die Arme, so als wäre er sehr, sehr müde.

Ein jeder, der mit großen Geschäften, die in bar abgewickelt wurden, zu tun hatte, wußte, daß man, wenn man einem Zigeuner Kredit gewährte, sein Geld auch gleich verbrennen konnte. Und was konnte man also wohl tun, wenn man einunddreißig Zigeunern einen Kredit von *1,325 Millionen* gewährt hatte?

8

»Eine Lizenz zum Stehlen, so schaut's aus. Ich muß sie dir noch geben, Giselle.«

Sie waren zurück bei der DKA, aus irgendeinem Grund oben im ungenutzten Empfangsraum, aus dem dereinst die Rechnungen der Wäscherei gekommen waren, zahlreicher als die, die heute von Kearnys Schreibtisch abgingen.

»Dan Kearny, wenn du an Stan Groner eine deiner ausgefallenen Maschen ausprobierst, nachdem ich ihm so gut wie versprochen habe –«

»Wir werden Diebe sein müssen, und zwar gerissene, um da wieder heil rauszukommen.«

Er sprach ohne seinen üblichen Dampfwalzen-Optimismus. Sie verspürte mit einem Mal ein flaues Gefühl in der Magengegend. Sie war so mit sich zufrieden gewesen über diese unglaublichen fünfzehn Prozent des Wiederbeschaffungswerts. Na klar, wenn man $ 25 000 als mittleren Einkaufspreis je Wagen annahm, dann würde die DKA je Wiederbeschaffung $ 3750 kassieren, zuzüglich Spesen. Sogar noch als Kearny hervorgehoben hatte, daß man es hier mit Zigeunern zu tun hatte, hatte sie einfach angenommen, der Große Weiße Mann kenne bestimmt ein Dutzend Wege, die allumfassende Solidarität der Zigeuner gegen die Versuche der *Gadje*, ihnen irgendwelche Informationen aus der Nase zu ziehen, zu brechen. Doch jetzt ...

»Du meinst verdammt gute Autodiebe?« wagte sie sich hoffnungsvoll vor.

»Ich weiß nicht, was ich meine.« Kearnys Gesicht war versteinert wie stets, aber nach all den Jahren konnte sie in ihm lesen wie in einem aufgeschlagenen Aktenordner. »Das sind 'ne ganze Menge Autos und 'ne ganze Menge Zigeuner, Giselle. Oder vielleicht werde ich auch einfach nur alt.«

»Wie stehen die Dinge zu Hause?« fragte sie – und überraschte damit sogar sich selbst. Man stellte ihm diese Art Fragen einfach nicht.

Er antwortete bereitwillig, wenn auch unbestimmt: »Sofa im Gästezimmer.«

Giselle kannte und mochte Jeanne, und sie hatte oft auf die Kinder aufgepaßt, als sie noch kleiner waren. »Ist etwas ... wobei ich ...« Er schüttelte nur den Kopf. Es war zu spät. Sie wagte sich vor: »Ww ... was unternehmen wir zuerst mit den Zigeunern.«

»Das sagst du mir.«

Kleinlaut sagte sie: »Die Referenzen, die sie den Händlern gegeben haben, überprüfen, auch wenn wir wissen, daß sie falsch sind?«

»Das ist ein Anfang. Setz die Spürhunde gleich darauf an. Greif auch auf die Mädchen, die nach der Schule kommen, zurück - vergiß erst mal die Gerichtskorrespondenz. Die Zigeuner könnten irgendwo einen Schnitzer gemacht und einen Krümel für uns übriggelassen haben. Du kannst diesen Part der Ermittlungen vom Büro aus koordinieren, während die Ermittler -«

»Nein«, sagte Giselle.

Kearny sah erstaunt aus, oder zumindest so erstaunt, wie es sein hartes und wenig mitteilsames Gesicht zuließ. »Nein?«

»Ich will diesmal draußen mit dabeisein. Ich bin diejenige, die da hoch gegangen ist und -«

»Bist du, stimmt.«

»- die Stan festgenagelt hat und -«

»Hast du, stimmt.«

»- die fünfzehn Prozent für uns rausgeschlagen hat, und deshalb erwarte ich ...« Sie stockte, als sie bemerkte, daß Kearny nicht mit ihr stritt.«

»Wie ich gesagt habe - eine Lizenz zum Stehlen.« Sie mußte schon zugeben, er teilte Anerkennung aus, wem Anerkennung gebührte. Oder eben Vorwürfe. »Stan wäre bei mir niemals über zehn Prozent hinausgegangen, denn ich habe gedacht, daß ich nicht mehr als zehn Prozent aus ihm herausquetschen könnte. Aber er war in Panik, und du warst sauer genug auf mich, um zu glauben, daß du mehr bekommen könntest - und so hast du es geschafft, daß *er* geglaubt hat, daß du es könntest. Freilich müssen wir jetzt die Autos auftreiben ...«

Er stand auf, fing an umherzulaufen, setzte sich jählings wieder hin.

»Ruf ihn an und sag ihm, daß wir einen Vertrag brauchen, der die Konditionen exakt spezifiziert. Jetzt sind sie verzweifelt, aber wenn wir erst mal anfangen, diese Babys wieder zurückzubringen, dann werden sie glauben, die Sache sei zu einfach, und werden anfangen, den Prozentsatz kürzen zu wollen.«

»Du bist der Pate von Stans Tochter, um Himmels willen. Er würde doch nicht versuchen -«

»Stan ist nur Vorstand einer Abteilung, er leitet nicht die ganze Bank. Also, ruf an. Und laß dir den Auftrag auch exklusiv garantieren. Wenn die Sache *langsam* läuft, dann wollen wir schließlich nicht, daß irgendein Handlanger von Vizepräsident durchknallt und die Aufträge anderen Agenturen zuschaufelt. Wir müssen diese Zigeuner schnell und hart treffen, soviel wie möglich einsacken, bevor sie auch nur merken, daß wir hinter ihnen her sind - denn wenn sie's erst mal spitz kriegen, dann sind sie aber ab im Gebüsch.« Er lief wieder umher - gedankenversunken. »Wir haben doch diesen verbitterten Zigeunerinformanten unten in L. A. . . .«

»Der sich Ephrem Poteet nennt? Der will nur den Zigeunern an den Kragen, von denen er sich einbildet, daß sie ihm was angetan haben.«

»Hör mal, mindestens einer dieser einunddreißig Cadillacs wird ihm *sicher* irgendwann ein Dorn im Auge sein. Schick ihm eine Liste mit allen Autos - Fahrgestellnummer, Farbe und Modell - und die Namen, unter denen sie gekauft worden sind. Und schick's per Eilbote, okay? *Overnight.* Und sag ihm, er bekommt . . . na, hundert Scheine für jeden Hinweis, der uns zu einem Wagen führt - und steck ihm einen Fünfziger rein, um ihn anzufüttern. Und mach dann noch ein paar gesonderte Kopien von Stans Liste –«

»Für die Gesellschaften, die uns angegliedert sind?«

Er schüttelte den Kopf und zog die Mundwinkel herab.

»Erzähl mal anderen Agenturen von der Geschichte, dann sind aber alle neuen Cadillacs mit provisorischen Nummern zwischen hier und Key West zum Abschuß freigegeben. Ich möchte, daß die Sache unter uns bleibt. Du informierst bitte nicht einmal unsere eigenen Filialen, solang die Chose läuft.«

»Wir werden ein bißchen paranoid, nicht wahr, Dan'l?«

»Schon mal darüber nachgedacht, wie oft Paranoiker richtig liegen?«

Tja, klar, Paranoia - wo wir schon einmal darüber reden - gehörte zum Geschäft. Ein Aktivposten des Betriebs, so wie die Dinge lagen. Kearnys Moment des Zögerns oder der Introspektion oder was auch immer es war, war vorbei; er hatte wieder sein altes, sich forderndes Selbst gefunden. Der Kloß war mit einem Mal aus seiner Magengrube verschwunden. Kearny war wieder auf den Beinen.

»Wir nehmen das Büro hier als Kommandozentrale.« Er beugte sich vor, um seine Kippe auszudrücken, und knallte dann mit seiner Hand gegen einen der Aktenschränke, die einst den Papierkram der Wäscherei enthalten hatten. Er klang hohl. »Pack die Unterlagen in diese Dingerchen, stöpsel ein paar Telefone ein und hol einen Rechner und einen dieser Drucker hoch. Alles hübsch an einen Platz, damit die Außendienstler leichten Zugang haben.«

»Werden alle Ermittler auf den Fall angesetzt, oder –«

»Nein. Das normale Geschäft läuft wieder an, und ein paar von unseren Leuten werden sich darum kümmern müssen.« Er sah auf seine Uhr. Ich will dich, O'B, Heslip und Ballard um halb sechs hier für ein kleines Brainstorming. Spaghettifütterung anschließend im New Pisa . . .«

Sich selbst mit einem plötzlichen Anfall weiblicher Gefühle überraschend, fing Giselle an: »Dan, Larrys Kopf tut immer noch –«

»Ich will Ballard hier sehen, und wenn er seinen verdammten Kopf unterm Arm tragen muß, hast du verstanden?«

»Yessir«, sagte sie auf der Stelle und lammfromm. Warum das Glück überstrapazieren? Sie hatte bekommen, was sie wollte: Sie würde diesmal draußen mit den großen Jungs dabei sein.

»Warum sind wir uns so sicher, daß es Zigeuner waren, Dan?« fragte Heslip.

Es war beinahe 18 Uhr. Giselle, O'B, Heslip und Kearny waren für ihr Brainstorming in dem unbenutzten oberen Empfangsraum zusammengekommen. Ballard mit der leuchtend roten Stirn war vermutlich auf dem Weg. Kearny hatte verkündet, sie seien hinter einer Zigeunerbande her, und hatte in groben Zügen geschildert, wie die Bank hereingelegt worden war. Mensch, nicht nur ein oder zwei Zigeuner, sondern *einunddreißig* dieser Scheißkerle.

»Der Namen wegen«, sagte Giselle.

O'B legte die Stirn in Falten. »Grimaldi ist kein Zigeunername, das ist nicht mal einer ihrer üblichen Falschnamen. Und da er der Kerl ist, der die Bankkonten eingerichtet hat –«

»Aber sieh dir die anderen an.« Kearny blätterte die Liste mit den Namen durch, unter denen die Cadillacs den Händlern abgeluchst worden waren. »Gregory Kaslov. Kaslov ist ein Zigeunername. Stokes. Häufig ein Zigeunerpseudonym. Sally Poluth. Volle Kanne zigeunerisch. Tibo Tene. Da hört man doch die Tamburine. Yonkovich ... Demetro ... Petulengro ... allesamt Namen von Zigeunersippen.« Er blätterte jetzt schneller und wählte Pseudonyme aus, die die Zigeuner ständig der normalen Bevölkerung stahlen. »Teufel – hör dir nur mal die an: Adam, Evans, Green, Miller, Mitchell, Steve, Stokes, Wells, ...«

Mann, dachte Heslip, diese Sache war *gewaltig*. Kein Wunder, daß Dan Ballard haben wollte. Larry hatte diesen Pfotenleser unten in Palm Desert geschafft, der ihn mit diesem Fluch belegt hatte; und als die staatlichen Behörden versucht hatten, der DKA die Lizenz zu entziehen, hatte Larry was mit diesem in Kristallkugeln starrenden Zigeuner oben in Santa Rosa losgemacht ...

Eine große Gestalt am oberen Ende der Treppe sagte mit Grabesstimme: »Weder Regen noch Schnee noch das Dunkel der Nacht –«

»Ich hab gar nicht gewußt, daß wir jetzt alles so schwarzsehen.«

»Was meinsdu mit ›wir‹, weißer Mann?«

Die beiden schwarzunterlaufenen Augen Ballards starrten genau auf die weiße Bandage, die noch immer um Heslips Kopf gewickelt war. Rußige Bremsspuren liefen Ballard beiderseits der Nase hinab bis zu den Mundwinkeln. Seine Stirn war ein einziger riesiger lila Bluterguß.

»Du siehst aus, als könntest du 'ne Scheibe Wassermelone vertragen«, sagte Heslip fürsorglich.

»Du bist zu spät«, sagte Kearny kühl.

»Warum bin ich überhaupt hier?« fragte Ballard vorsichtig.

»Zigeuner«, sagte Giselle ohne Rücksicht auf Grammatik.

Als sie angerufen hatte, um Ballard mitzuteilen, daß ein Meeting stattfände, an dem er teilnehmen müßte, hatte sie ihm nicht gesagt, worum es ging. Sie kannte ihren Larry. Neugier würde ihn kommen lassen wie nichts sonst.

»Einunddreißig Zigeuner«, sagte Heslip.

»Aha«, sagte Ballard. Neben der Erschöpfung schimmerte jetzt auch etwas anderes in seinen Augen. Er zog seinen Mantel aus und warf ihn auf den Schreibtisch.

Kearny sagte: »*Einunddreißig* Zigeuner, die verschiedenen Händlern einunddreißig Cadillacs abgeluchst haben. Allesamt finanziert von der Cal-Cit Bank.«

Ballard setzte sich zwischen Heslip und O'B. Sie alle lauschten, während Kearny skizzierte, was er den anderen schon gesagt hatte.

»Ich möchte wetten, der arme alte Stan wäre lieber beim Erdbeben umgekommen«, sagte Ballard. »Wie haben sie das mit den Anzahlungen gemacht?«

»Ein gepflegter und hübscher Bursche, der aussieht wie Omar Sharif in seinen besten Tagen, kreuzt in der Cal-Cit Hauptniederlassung auf und nähert sich einer weiblichen Abteilungsleiterin«, sagte Kearny. »Er sei aus New York und sehe sich nach Investitionsobjekten um, und dann eröffnet er ein Geschäftskonto mit 11 000 Dollar. Er versichert sich, daß es auch keine Schwierigkeiten gibt, falls er für den Fall einer günstigen ›Investitionsmöglichkeit‹ unvorangekündigt 10 000 Dollar abheben will – du kannst mir bis dahin folgen?«

Ballard nickte. »Klaro. Und nach allem, was du mir gesagt hast, geht er dann los und eröffnet drei weitere Konten in den drei anderen Filialen.«

»Jedes mit einem Tausender.«

Irgendwie hatte sich ein Drink in O'Bs Hand eingefunden. »Und dann haben am letzten Freitag Leute mit folkloristischen Namen angefangen, Händler aufzusuchen und Caddys einzusammeln, und die Anzahlungen haben sie mit Schecks geleistet, die auf diese Cal-Cit Konten ausgestellt waren. In der City haben sie angefangen, sind dann weiter nach Marin und East Bay, und in San Jose sind sie genau zum Bankenschluß gelandet.«

»Verdammt clever«, sagte Ballard bewundernd.

»In derselben Reihenfolge hat er die Konten auch wieder aufgelöst«, sagte Heslip. »*Nachdem* die Anrufe in jedem Gebiet reingekommen sind, um zu überprüfen, ob auch genug Geld auf den Konten ist, um die Anzahlungen zu decken, aber *bevor* irgendwelche Schecks tatsächlich zur Einlösung eingereicht werden konnten.«

»Warum zeigt die Bank sie nicht einfach wegen verbrecherischen Betrugs an und zieht die Polizei hinzu?«

»Dafür ist er zu klug«, sagte Kearny. »Er löst die Konten nicht *wirklich* auf. Er hebt zehn Lappen - in bar - vom Konto bei der Cal-Cit Hauptniederlassung ab, läßt jedoch einen Riesen liegen. Die zehn Kilo deponiert er der Reihe nach auf jedem Konto; und dann, ein paar Stunden später, nachdem die Anfragen wegen des Kontostands alle reingekommen sind, hebt er sie wieder ab. Nur den einen Tausender läßt er auf jedem Konto zurück.«

»Wenn ihn jemand kassiert«, sagte Giselle, »dann wird er einfach behaupten, das sei alles ein Fehler gewesen, er wäre mit den Konten durcheinandergekommen.«

»Und das kann er legalerweise tun?« fragte Ballard.

»Nach kalifornischem Gesetz kann man nur dann kriminelle Absicht vermuten und wegen Betrugs verurteilen, wenn ein Konto gar nicht existiert oder vor der Scheckeinlösung aufgelöst wird.«

Heslip ließ seine Gedanken einen Augenblick lang treiben. Es war bei solchen Zusammenkünften, daß er Kathy Onada am heftigsten vermißte - Kathy Onada, gestorben im Alter von 29 Jahren an einem geplatzten Blutgefäß in ihrem Kopf. KVM hatten sie es genannt. Kardiovaskuläres Malheur. Irgendein Malheur. Eispickelschlanke Kathy, strahlende schwarze Knopfaugen, klassische japanische Züge - glühend vor Erregung ...

Er und sie ab in einer Ecke, über die dreckigen Witze des anderen kichernd wie ein paar Schulmädchen ... Keiner von beiden hatte jemals anderen schlüpfrige Witze erzählt. Es war wie ihr kleines Minderheitengeheimnis, das sie miteinander teilten, und ...

O, hol's der Teufel - wenn schon.

Ballard grübelte mit ehrfürchtiger Stimme vor sich hin: »Eins-komma-drei-zwo-fünf Millionen Scheine!«

»Bis heute morgen, als Stan die ganzen Verträge zusammengetragen hat, hat die Bank gar nicht gewußt, wie arg sie geschröpft worden ist. Und bis wir es ihnen gesagt haben, haben sie auch nicht gewußt, daß es Zigeuner waren, die sie drangekriegt haben.« Kearny klatschte mit der flachen Hand auf die Akten, die auf dem kippenübersäten Schreibtisch lagen. »Darin steht auch nicht ein Name, eine Adresse, eine Kreditreferenz, ein Wohnort oder eine Arbeitsstelle, die echt wäre.«

»Aber *aussehen* tun sie fantastisch«, sagte Giselle. »Die Kundenberater der Händler haben alles völlig korrekt erledigt, sie haben alle erforderlichen telefonischen Überprüfungen vorgenommen - Arbeitsstelle, Privatadresse, persönliche Referenzen, Erfahrungen anderer Gläubiger. *Alles.* Jedes Detail haben sie abgecheckt. Schriftlich und telefonisch - alles war blütenweiß.«

»Wie bei einem gewissen Colonel Buford Sanders, USAF, im Ruhestand«, sagte Ballard verschmitzt.

Sie schauten zu O'B und lachten. Die DKA hatte dem diebischen Colonel schon neun Cadillacs abgenommen, bevor er einer Versicherungsgesellschaft $ 275 000 mit einer vorgetäuschten Verletzung abgeknöpft hatte. O'B hängte sich ihm an die Fersen, aber statt den Schwindel zu beweisen, endete er als vereidigter Augenzeuge, der die betrügerischen Ansprüche des Colonels noch unterstützen mußte.

»Eines Tages knöpf ich mir den Kerl noch vor«, murmelte O'B düster.

»Vielleicht sollten wir ihn anheuern«, sagte Kearny.

»Warum die Cal-Cit Bank?« wollte Heslip wissen.

Kearny erstarrte einen Moment.

»Verdammt gute Frage, Bart.«

Giselle fügte der Liste auf ihrem Stenoblock eine Notiz hinzu. »Hmmm ... ja ... er hätte zu vier *verschiedenen* Banken gehen können - zu Filialen ein und derselben Bank zu gehen hat die Sache ein gutes Stück schwieriger gemacht, denn damit hat er sich selbst zeitlich unter Druck gesetzt. Er hat die Abhebungen und Einlagen alle am selben Tag machen müssen, damit die

Computer der Bank ihn nicht vor Toresschluß einholen. Warum?«

»Mich irritiert noch immer der Name der Hauptperson. Das ist einfach kein Zigeunername«, sagte O'B.

Heslip sagte: »Ja, er brauchte einen gültig aussehenden Ausweis für den Fall einer Kontrolle beim Abheben der zehntausend Scheine - aber warum sollte er dafür kein vertrautes Zigeunerpseudonym gewählt haben?«

»Womöglich hat er den Ausweis auf den Namen Grimaldi schon für irgendeine andere Sache gehabt«, sagte Kearny. »Giselle . . .«

Sie schrieb es bereits in ihr Notizbuch. Ballard, noch immer dabei aufzuholen, fragte: »Wie haben die denn das mit den Telefonen gemacht? Das ist doch ein bißchen anspruchsvoller als Brieftaubensendungen und jamaikanische Schalter.«

»In jedem Gebiet«, sagte Kearny, »haben die Käufer denselben Satz Telefonnummern verwendet, um die falschen Kreditauskünfte und die falschen persönlichen und geschäftlichen Referenzen, die sie angegeben hatten, bestätigen zu lassen.«

»Warum vier Büros mit Telefonen? Warum nicht einfach nur eines?«

»Sie haben in Gebieten mit unterschiedlichen Vorwahlen gearbeitet, und sie haben alles so dezentral wie möglich halten wollen, um jeden aufkeimenden Verdacht zu ersticken.«

»Wenn du deinen Lebensunterhalt mitten in der Rezession damit verdienst, Autos zu verscherbeln«, sagte O'B zynisch, »wie mißtrauisch bist du dann, wenn du dir die Provision für ein Geschäft über Vierzigtausend ansiehst?«

Ballard: »Büros mit Telefonen - wie können die uns weiterhelfen?«

Heslip: »Jemand hat die Räume für sie anmieten müssen.«

Giselle: »Und die Telefongesellschaft hat die Telefone einstöpseln müssen.«

O'B: »Lauter Ansatzpunkte.«

Kearny stand abrupt auf.

»Okay, genug für heute abend. »Wir haben für jeden von euch ein Päckchen mit allen Informationen, die wir bislang gesammelt haben, dazu Zweitschlüssel und Infos über alle Autos. Jeder von uns geht den Spuren nach, die er findet - und laßt uns inzwischen jeden Caddy mit provisorischer Nummer, der zu einer Beschreibung auf der Liste paßt, überprüfen.«

»Wie hart gehen wir ran?« fragte Ballard.

»So hart wie nötig.«

Heslip murmelte: »Ein Verbrechen die Woche, ob wir's nun brauchen oder nicht.«

»Die laufenden Arbeiten?« fragte Giselle.

»Legt mir morgen früh alles rein, die Berichte auf dem letzten Stand, so daß wir sie neu verteilen können. Ich möchte gerne jeden Fall über das Wochenende wieder besetzt wissen, damit wir die normalen Rechnungen rauskriegen.«

»Nicht Uvaldi«, sagte Ballard heftig im selben Moment, da Heslip mit gleicher Vehemenz »Nicht Walinski« ausrief.

»Sei kein Esel, Larry«, sagte O'B. »Laß jemand anders die nächsten Kopfschmerzen bekommen.«

»Legt mir die Sachen übermorgen rein«, blaffte Kearny. »Und zwar *alle*. Von jetzt an müssen wir unsere *gesamten* Kräfte auf diese Zigeuner konzentrieren.«

Ballard und Heslip wechselten einen Blick, der besagte: Wir haben den morgigen Tag, um auf Uvaldis Mercedes und Walinskis Charger einen Felsen herabfallen zu lassen. Kearny bemerkte den Blick, sagte jedoch nichts. Er hätte nicht gewollt, daß seine Männer anders empfunden hätten. Es jemandem heimzuzahlen war besser, als ohne Beischlaf aufs Kreuz gelegt zu werden, und zwar zu jeder Zeit.

Andererseits mußten sie verdammt schnell sein. Da es sich um Zigeuner handelte, würden sie wohl kaum stillstehen.

9

Der verlängerte schwarze Caddy brummte die Taylor hoch auf die gelb blinkende Ampel an der California zu. Am Steuer befand sich Rudolph Marino in einem weiteren $ 1200-Anzug. Der Verkehr stadteinwärts strömte vor ihm vorbei, als er die Limousine den steilen Anstieg vorsichtig weiter hinauf manövrierte. Er ignorierte eine zornige alte Frau in einem Wollmantel, die ihm mit der Faust drohte, und mißbrauchte den Bürgersteig, um - den rechten Blinker gesetzt - in die California Street einzuschwenken.

Einunddreißig brandneue Cadillacs - und keine Chance für die Bank, je herauszufinden, wer sie hatte oder wo sie waren! Die schiere Brillanz dieses Plans allein sicherte ihm Unsterblichkeit in den Legenden der *Roma*. Dazu diese wagemutige Hotelsache, ebenso erstklassig; niemand würde ihn mehr daran hindern können, König der Zigeuner zu werden.

Jedoch nur für den Fall, er würde den zweiunddreißigsten Cadillac finden, das pinkfarbene Cabrio, und es Yana entwenden, um es als sein Geschenk an den König für dessen Beerdigung zu präsentieren.

Ein kühler Schatten ergoß sich auf der abwärts führenden Einfahrt in die Garage des St. Marks über die Limousine. Nachdem er den Wagen abgestellt hatte, fuhr er mit der Rolltreppe in die Lobby. Hinter den Ruheräumen und der Reihe der Telefonkabinen schubste er eine Tür mit der Aufschrift NUR FÜR HOTELANGESTELLTE auf; dank der ahnungslosen Marla, dem Empfangsfräulein, wußte er, welches der vier Büros er zu betreten und wonach er zu fragen hatte.

Eine äußerst dekorative Sekretärin, die gefärbte Kontaktlinsen und *Obsession* und einen männlich geschnittenen, blauen Nadelstreifenanzug mit enormen Schulterpolstern trug, war gerade dabei, die Plastikabdeckung über ihren Computer zu stülpen, als er durch die Tür kam. Wenn sie zur Arbeit dieses Parfum benutzte, dann mußte sie wohl mit ihrem Chef ins Bett gehen.

»Angelo Grimaldi. Eine Ihrer Penthouse-Suiten.« Marino hatte das Ende der Geschäftszeit gewählt, um Dramatik und Spannung zu steigern. Er zeigte auf ihre Gegensprechanlage und legte in seine Stimme die stählerne Härte, die seine Rolle verlangte. »Harley Gunnarson. *Sofort.*«

»Sir, ich muß den Hotelsicherheitsdienst rufen, wenn Sie nicht –«

»Vor zehn Tagen hat dieses Hotel telefonisch eine terroristische Morddrohung erhalten. *Wollen Sie, daß diese Drohung wahr wird?*«

Gespannte Augenblicke später öffnete Gunnarson, der Manager des St. Mark, seine Tür und stand stirnrunzelnd da. Er war ein schwergewichtiger Mann in den mittleren 50ern mit dünner werdendem Haar, stechenden Augen und Adlernase; die Sorte Mann, die so weich aussieht und einen dann zu Null im Tennis schlägt.

»In Ordnung, Grimaldi. Treten Sie ein und erzählen Sie, was Sie auf dem Herzen haben.«

Marino schlenderte an ihm vorbei in der Hoffnung, daß eine Penthouse-Suite für $ 900 am Tag ihm bei Gunnarson genügend Gewicht verlieh, um zuerst angehört zu werden, bevor die Polizei gerufen wurde. Es paßte: Weder der große rothaarige Kerl noch der kleine Zusammengeschrumpfte hatten Bullenaugen.

Gunnarson machte eine schroffe Geste in Richtung des Rothaarigen, der ein fein geschnittenes Gesicht und dümmliche blaue Augen hatte. Seine weite blaue Anzugjacke versuchte, durch ihren Schnitt erfolglos die Pistole zu verbergen, die er unter dem Arm trug.

»Shayne. Hotelsicherheitsdienst.«

Eine weitere Geste in Richtung des Geschrumpften, auf dessen rundem Schädel sich einige dünne Strähnen grauen Haares befanden, die seitwärts quer über ihn gekämmt waren, in dem hoffnungslosen Versuch, seine geodätische Nacktheit zu verbergen. Während mindestens 75 seiner 80 Jahre hatte der sich die Hände sicher nicht schmutzig gemacht.

»Smathers. Rechtsanwalt des Hauses. Und was zum Teufel –«

»Des Hauses reicht mir nicht«, sagte Marino.

Er schätzte, Smathers wäre der Mann, der das Sagen hatte, aber er mußte auf Nummer sicher gehen. Der Mann zwinkerte mit eichelhäherblauen Augen, strahlend und amoralisch und voll überraschender Verschmitztheit hinter den randlosen Brillengläsern.

»Zu alt?« wollte er mit einer piepsenden Vogelstimme wissen. »Kein Feuer mehr unterm Hintern? Keine Kraft mehr im Schwanz?« Sein Kichern war größer als er selbst. »Mein Junge, ich war in Chicago Staatsanwalt und hab Dreckskerle wie dich hinter Schloß und Riegel gebracht, da warst du noch nicht mal geboren.«

»Jesses, mein Fehler«, sagte Marino mit Grimaldis hartem New Yorker Tonfall. Er schüttelte behutsam eine winzige vogelartige Hand, die eine Arthritis zusammengekrallt hatte. »Vielleicht sind es diese beiden anderen Clowns, die besser abziehen.«

Smathers' Lächeln zog tausend kleine Fältchen in seinem gealterten Gesicht. »Nu - wo die beiden schon mal da sind, lassen wir ihnen doch den Spaß und lassen sie bleiben.«

Marino zuckte mit den Schultern und setzte sich mit einer Hüfte auf eine Ecke von Gunnarsons großem Schreibtisch. Jawoll, Smathers war der Mann.

Shayne grollte: »Wir haben Sie überprüft, Schlaukopf.«

»In den zehn Minuten, seit ich an Gunnarsons Tür geklopft habe?«

»Computer. Faxgeräte«, kläffte Gunnarson. »Wir haben herausgefunden, daß Sie nur ein mieser Rechtsverdreher aus New York sind, eine Art gefeierter Firmenscharfschütze –«

»Und daß ich auf einem Angelurlaub in den Wäldern von Maine bin, wo mich niemand erreichen kann, stimmt's?« Marino legte in der Manier eines Mannes, der alles unter Kontrolle hatte die Hände um sein Knie und schaute von Gesicht zu Gesicht. »Ich muß Sie fragen: Sehe ich wie einer von diesen Burschen aus, die in Maine auf Angeltour gehen?«

Shayne sagte: »Warum rufen wir nicht einfach die Polizei und sagen Ihnen, wir hätten den Kerl, der die Bombendrohung telefonisch übermittelt hat? Wir –«

»Noch besser wäre es, Sie rufen den Secret Service an. Die bewachen schließlich den Präsidenten, nicht wahr?«

Marino grinste in ihr plötzliches Schweigen hinein. Jawoll! Sie hatten die ursprüngliche Bombendrohung *nicht* gemeldet! Bei niemandem! Die Sache weitermelden und dann zuschauen, wie der Secret Service den Präsidenten davon abhält, in die Nähe des St. Marks zu kommen? Ihn vielleicht sogar davon abhält, auch nur in die Nähe von San Francisco zu kommen? Niemals. Es war der Albtraum für jeden PR-Manager eines Hotels.

»Die Drohung stammt von den Saladin«, sagte er. »Fanatische Irakis, deren Name auf keiner Liste mit Terroristen aus dem Mittleren Osten auftaucht, die jedoch unbegrenzte Mittel und einen Plan haben. Und da sich die Drohung auf die Zukunft bezog, und da sie nicht wiederholt worden ist, haben Sie sie den Behörden nicht gemeldet. Das hätten Sie tun können. Tun sollen. Jetzt ist es zu spät.« Er hielt eine Hand hoch. »Nein, ich kenne den Plan der Saladin nicht, denn mich hat niemand bezahlt. Aber wenn –«

»Wenn?« Smathers' eichelhäherblaue Augen funkelten. Die Gescheiten waren am einfachsten reinzulegen; die trickscen sich selber aus.

»Wenn uns das Hotel anheuert, dann werde ich es herauskriegen, und dann werden meine Leute mit den Saladin verhandeln. *Und* den Namen des Hotels bewahren.«

Gunnarson höhnte: »Und wer bitte sollen Ihre Leute sein?«

Das war der Moment, auf den er gewartet hatte. Er sprach hauptsächlich an Smathers und an des alten Mannes verruchten Sinn für Konspiratives gewandt.

»Na, die Organisation, natürlich. Die Gangster. Der Mob. Die Bösen Buben. Die Truppe. Ich bin das Sprachrohr der Mafia, kapiert?« Jetzt war er ganz Bronx. »Wir treiben diese Burschen auf und stellen sie für euch kalt – alles für nur fünfundsiebzig Riesen.«

Gunnarson setzte entgeistert an: »Wir können doch nicht –«

Aber Marino war mit einem Wink zu Smathers bereits im Aufbruch begriffen. Freilich brauchten sie noch ein wenig mehr Überzeugungsarbeit; aber wozu hatte man denn eine verlängerte

Limousine, die nach den genauen Maßen derjenigen des Präsidenten angefertigt war, wenn nicht für ein wenig zusätzliche Überzeugung zur rechten Zeit?

Yana, die weiße Jeans und einen pastellfarbenen *Turtle-neck*-Pullover trug, machte sich gerade fertig für Teddy Whites zweite Kerzenlesung. Die erste war ein großartiger Erfolg gewesen; der Stärke des Fluchs wegen hatte sie 18 Kerzen je $ 50 anzünden müssen. Heute abend würde sie wieder 18 Kerzen abbrennen, diesmal für 100 Dollar das Stück.

Für sie beinhaltete die Vorbereitung auf die Austreibung von Dämonen, im Gegensatz zu einem katholischen Priester, keinerlei Bekenntnisse und Absolutionen und auch keine spirituellen Übungen, die die Seele stärken und die Psyche von Unreinheiten befreien sollten. Yana schaute sich, bevor sie in ihr kurzgeschnittenes silbernes Kleid schlüpfte, das fischschuppenähnlich schimmerte, bloß noch einmal das an, was Ramon in Teddys Brieftasche und seinem Müll gefunden hatte.

Theodore Winston White III hatte noch nicht gehört, daß das Yuppietum, jenes Phänomen der 80er, das die Landschaft Amerikas um ein tolles Götzenbild bereichert hatte, inzwischen als *déclasseé* betrachtet wurde. Er dachte noch immer, derjenige mit dem meisten Spielzeug wäre auch der Größte.

Und so fuhr er einen Alfa-Romeo Quadrifoglio Spider. Er fuhr einen Lexus LS400. Und wenn er oben im Schnee war, dann fuhr er einen Toyota 4Runner, ausgerüstet mit Schlamm- und Schneebereifung, der ganzen Luxussonderausstattung, einem Skiträger und einer Seitenablage voller Skipässe für Squaw Valley, Incline und Village – auch wenn er gar nicht Ski fahren konnte.

Belege und Rezepte in seinem Müll verrieten neben Anzeigen, Godiva Schokoladenpapierchen, Wegwerfprodukten und Kaffeesatz (aus ganzen, fein gerösteten, frisch gemahlenen Guatemala-Bohnen, selbstverständlich):

Daß Teddy sich an drei Tagen in der Woche mit seiner eigenen Trainerin im World Gym in Kentfield trimmte, und sie dabei Sweatshirts mit der Aufschrift *Lebe gut, iß gesund, du stirbst trotzdem* trugen.

Daß Teddy, wenn er nicht in der Turnhalle war, Anzüge von Armani, Freizeitkleidung von Versace, maßgeschneiderte Hemden und Krawatten von Valentino, Unterwäsche von Dior und Bally-Schuhe trug.

Daß Teddy dem Mount Tam Racket Club und dem Pacific Union Club sowie durch seinen verstorbenen Adoptivvater dem Bohemian Club angehörte.

Daß Teddy Kreditkarten von I Magnin's, und Neiman Marcus besaß, sowie die American Express Goldcard, die Gold Master-Card und die Visa Gold (alle von je drei verschiedenen Kreditinstitutionen), außerdem die Tire Systems, die Discover Card, die Pacific Bell Telefonkarte, die AT&T Telefonkarte, die Sprint Telefonkarte und die MCI Telefonkarte.

Daß Teddy Kundenkarten von Travel Access, Western Airline (Travel Pass II), American Airlines, Alaska Airlines und United Airlines besaß. Hertz, Avis und Budget sowieso.

(Nicht, daß er auch nur eine davon je benutzt hätte.)

Daß Teddy *The New York Times* und *Time* und *Newsweek* und *The Wall Street Journal* und *National Review* und *Playboy* und *Penthouse* und *Skin Diver* und *Esquire* und *GQ* und *Spy* abonniert hatte.

(Nicht, daß er auch nur eine davon je gelesen hätte.)

Daß Teddy verbürgte Scheckkarten von sieben verschiedenen Banken besaß.

(Nicht, daß auch nur eine davon besonders gut gewesen wäre. Zwischen seinen monatlichen Treuhandschecks von der Bank war bei ihm ziemlich oft Ebbe.)

Daß Teddy außerdem blaß aussah und an Gewicht verlor, und daß er - was am vielversprechendsten war - eine Akupunkturbehandlung wegen leichter Ischiasbeschwerden bei einer chinesischen Doktorin namens Wu begonnen hatte.

Und eben jetzt war Teddy auf dem Weg zu seiner zweiten Kerzenlesung. Was bewies, daß Teddy trotz seines kultivierten Yuppietums ein Dummkopf war.

»Er ist da«, sagte Ramon mit leiser Stimme vom Gang aus.

»Ich zieh mich an. Laß ihn im Flur warten.«

Sogar das war sorgfältig berechnet. Der Gang war schummerig und der Weihrauchduft überwältigend. Durch ein geöffnetes Fenster hinter den Plüschvorhängen zog es klamm herein, und die altmodischen Kristalleuchter schaukelten in einem nicht abreißenden Klirren, ersonnen, um zu nerven. Und Teddy war in der Tat genervt: Im Halbdunkel sitzend, schaudernd und sich die Hände aneinander pressend, zitterte und zuckte er wie ein galvanisierter Frosch, als Ristik plötzlich vor ihm auftauchte.

»Yana ist jetzt bereit, Sie zu empfangen.«

Im *Boojo*-Zimmer war die Luft mit dem Weihrauch und dem wächsernen Dampf von achtzehn Kerzen geschwängert und so dick wie der Pesthauch der Hölle.

»Sie sind gekommen«, sagte Yana mit tiefer Stimme, die beinah nicht mehr ihre eigene war. Ihre Augen schimmerten wild. Heute abend waren ihre Lippen besonders rot, überreif - eine leicht obszöne Frucht, bereit, gebissen zu werden.

»Ich . . . ja, ich . . . heute abend . . . Sie . . .«

»Setzen.«

Teddy setzte sich ihr gegenüber an den kleinen Tisch. Der Raum war duster; da war keine Kristallkugel. Yana nahm seine Hände; es lag bereits Vertrautheit in dieser Bewegung, die beiderseitige Intimität verabredeter Liebhaber, eine implizierte Sicherheit, die sie unentbehrlich machte.

Sie schloß ihre Augen. Ihr silbernes Kleid schimmerte, als ihr Körper im Kerzenlicht begann, sich in einer geschmeidigen, zermürbenden, schlängelnden Wellenbewegung zu winden. Schweiß kullerte zwischen ihren halbentblößten Brüsten hinab. Der Weihrauch machte Teddys Kopf schmerzen, machte ihn verlangen, diese Schweißbächlein abzulecken, machte ihm, in Gottes Namen, eine Erektion!

Dann jedoch schrie Yana auf: *»Chi mai diklem ande viatsa!«* Mit einer Stimme, die definitiv nicht ihre eigene war. Einer Stimme tief, voll und kehlig, beinahe männlich. *»Chuda. Che chorobia.«*

Panische Angst machte ihn kühn. Er mußte es wissen. »Was bedeutet das?« verlangte er. »Was sagen Sie da zu mir?«

Sie war still. Ihr Körper hatte aufgehört, sich zu verwinden. Sie schien nicht einmal zu atmen. Ihre Augen waren wieder geöffnet. In dem düsteren Licht hatten ihre Pupillen die Iris verschluckt, und es blieben einzig obsidiane Knöpfe, die ihn anstarrten ohne jedes Zwinkern, nicht einmal ein einziges.

»Ich sehe eine Schlange. In deinem Gesäß. An deinem Bein herunter. Gib acht. Eine gelbe Frau berührt dich.« Ihre Stimme war männlich, rauh, bedrohlich. In ihrem Gesicht arbeitete es. »Nadeln. Nimm dich in acht.«

»Mein Ischias«, schnaufte Teddy. Auf keinen Fall hatte sie das wissen können. Sie besaß tatsächlich übersinnliche Kräfte. »Meine Akupunktur –«

»Die gelbe Frau hat dich krank gemacht.«

Teddy hatte zweimal Grippe gehabt, seit er bei Madame Wu in Behandlung war. Er hatte Rezepte deswegen bekommen.

»Sie hat dir ... *nein!* Die Schlange in deinem Körper stammt nicht von *ihr!* Aber ... die Schlange wächst ...«

Da war sie wieder. Die Schlange. Ihre Worte grausten ihn. Eine Schlange. In ihm. Die wächst. »Sie meinen Kre ...« Er hatte Schwierigkeiten, das Wort auszusprechen. *»Krebs?«*

»Dieselbe Schlange hat deine Mutter getötet.«

Er lehnte sich vor, seine Finger umklammerten ihre Handgelenke. »Meine *leibliche* Mutter starb an Krebs?«

»Du bist es, der von Krebs spricht. Ich spreche von der Schlange.« Obsidiane Augen, Reptilaugen, die *Augen* einer Schlange. Stumpf, schwarz, ohne zu blinzeln, ohne Pupillen. »Deine Mutter warnt dich aus dem Jenseits.« Ihr Gesicht, ihre Augen wurden weicher. »Möge sie sanft ruhen.«

Teddy hatte es immer gewußt, hatte in seinem tiefsten Herzen gewußt, daß seine leibliche Mutter tot war. Jetzt hatte es Madame Miseria bestätigt.

»Ich bin nichts als ein Rohr. Der Geist spricht durch mich hindurch. Sie sagt, du hast viel Geld ... das nicht wirklich dir gehört.«

»Der Geist meiner *Mutter*? Meine *leibliche* Mutter sagt, daß ich ...«

Doch Yanas Kopf war auf ihre Brust gesunken. Kraftlos ruhten ihre Finger in den seinen. Ihr Mund war aufgeklappt, wie in tiefem Schlaf, doch sie atmete schnell und flach, wie ein Mensch mit schlimmen Schmerzen. Plötzlich sprang sie von ihrem Stuhl auf.

»Mene!« rief sie - Wörter aus dem Alten Testament, die sie geliebt hatte, als sie lesen gelernt hatte. *»Mene, Mene, Tekel, Unsrasünd!«*

Sie starrte mit Augen über seinen Kopf hinweg, die weiter geöffnet waren, als Augen es irgend sein konnten - sie quollen aus einem Gesicht hervor, derart blutgefüllt, daß es beinahe von Purpur war. Teddy, keineswegs bibelfest, wirbelte herum, voll ängstlicher Erwartung, nein, nicht die Worte Jahwes auf Belshazzars Wand, sondern gräßliche Dämonen hinter seinem Rücken zu erblicken.

Nichts. Nicht einer. Nur ein leerer Raum. Er drehte sich zurück. Yana war auf ihren Stuhl zurückgesunken. Sie lag der Länge nach da wie eine Flickenpuppe. Ausgepumpt sah sie aus. Ihre Stimme war langsam und schleppend.

»Der Fluch steckt in deinem Körper ... dort wächst die Schlange ... denn ... als du klein warst ... hast du gewünscht ... deine Pflegeeltern wären tot ... *du* hast die Schlange ... aus verfluchtem Geld gemacht ...«

»Nein!« schrie Teddy. »Ich ... ich habe sie geliebt, ich ...«

Es verschlug ihm die Sprache. Als sie ihm gesagt hatten, daß sie ihn adoptiert hatten, hatte er in einem flüchtigen Moment gewünscht, sie wären tot, um das schreckliche Wissen, von den leiblichen Eltern verstoßen worden zu sein, ungeschehen zu machen. Oder hatte er ihnen den Tod gewünscht, damit er ihr *Geld* erben würde? War es möglich, daß dieser heimtückische Gedanke über die Jahre hinweg in einem Hinterhalt geschlummert hatte, genau wie die Schlange, die schließlich heranwuchs zu ... *Krebs?*

Er hob mit belegter Stimme an: »Woher haben Sie gewußt, daß ich -«

»Gib mir einen Dollar.« Sie war schroff, nahezu kalt. Sie schnippte mit den Fingern. »Schnell! Wir müssen prüfen, ob dein Geld verflucht ist. Falls die Schlange in deinem Körper wirklich von deinem Geld kommt, dann gibt es vielleicht eine Möglichkeit ... eine einzige Möglichkeit ... dich zu retten ...«

»Wie? Mich retten? Wie können? Sie? Sie *müssen* mich retten –«

»Den Dollar.«

Wie hypnotisiert zog er einen Dollarschein heraus und wollte ihn Yana überreichen. Sie schüttelte ihren Kopf und deutete auf den Tisch.

»Eine Berührung von mir würde sich auf die Macht des Fluchs auswirken, sie würde ihn noch stärker machen.« Eine weitere Handbewegung, diesmal auf einen Punkt hinter ihm. »Durch den Vorhang. Wasser. Eine Schüssel. Schnell!«

Teddy schmiß seinen Dollar hin und sprang von seinem Stuhl auf, und er spürte die grauenhafte dicke Schlange in seinem Hintern und an seinem linken Bein hinab, als er humpelnd durch das Zimmer rannte. Hinter dem Vorhang befand sich eine winzige Nische mit einem Waschbecken und einem Stapel Keramikschüsseln. Er füllte eine aus dem Hahn und trug sie zurück zu Yana.

»Stell sie auf den Tisch. Lege deinen Dollarschein hinein.«

Er nahm den Schein vom Tisch und ließ ihn in das Wasser fallen. Sie saßen beiderseits der Schüssel und beobachteten sie. Das Wasser begann sich zu verfärben. Jedoch nicht grün vom Farbstoff des Geldes, welches ohnehin wasserfest sein sollte. Nein. Es wurde rosa. Dann rot. Und roter. Blutrot. Seiner Mutter Blut. Sein eigenes Blut. In seinem Geld.

»Der Fluch«, sagte Yana mit tiefer Stimme, bar der Hoffnung und des Mitleids; und Teddy wußte, daß er sich übergeben würde.

10

Aber sie würde ihm nicht einmal das erlauben. Noch nicht.

»Wir müssen uns des Fluchs vergewissern, wir müssen das Böse schlüpfen lassen«, sagte sie ihm am Kopf der Treppe. »Wenn du nach Hause kommst, dann schlage ein frisches Ei in eine Socke ein und lege es in einen Schuh . . .«

»Einen ... Schuh? Aber ... was denn für einen ...!«

»Egal. Laß ihn einfach da stehen. Außerdem sammelst du alles Bargeld ein, das du kriegen kannst, und packst es mit dem Schuh und dem Ei in eine Papiertüte, und laß sie einfach stehen. Und wenn ich dich anrufe, dann bringst du beides mit zu mir.«

Erst dann war es Teddy, der wie in Fieber bibberte, gestattet, die Kerzen zu bezahlen, nach unten zu gehen und sein Grauen vor Madame Miserias Enthüllungen in die abfallende Gosse des Romolo Place zu erbrechen.

Da es ihn derartig gepackt hatte, verließ Larry Ballard sein 2-Zimmer-Studio-Appartement am Lincoln Way mitsamt den Akten seines Falls und allem Handwerkszeug. Aus einem Impuls heraus fuhr er ein Dutzend Blocks gen Westen am südlichen Rand des Golden Gate Parks entlang zu Jacques Daniel's.

Beverly hatte fünfmal einfach wieder aufgelegt, nur weil ihr Auto abgedeckelt worden war, und das war einfach nicht fair. Man mußte sich nur mal anschauen, was *ihm* passiert war – noch nicht einmal mit einer Versicherung, die die Sache übernehmen würde, so wie sie eine hatte.

Oh, Mann, er *hoffte* sehr, daß sie eine Versicherung hatte.

Bev und ihr Partner Jacques hatten eine alte Kneipe-um-die-Ecke in »Jacques Daniel's« umgetauft, die lokalen Schnapsnasen rausgeworfen, eine Espressomaschine reingestellt, Farne und unechte Tiffanylampen aufgehängt und angefangen, schicke Drinks auszuschenken, wie beispielsweise *Sex on the Beach.* Es war keine Kupplerbörse, darauf gab Beverly acht; eher ein Ort, an dem die Singles aus der Nachbarschaft Umgang und Verkehr miteinander pflegten. Und in jener großen alten Tradition hatten sie vor, ein Softballteam zu sponsern.

Ballard steckte seinen mit blauen Flecken überzogenen Kopf und seine Mähne sonnengebleichten Haars in den Schwall von Licht, Hitze und Lärm, der die Bar erfüllte. Hammer behämmerte Trommelfelle auf CD. Beverly und Jacques standen hinter der Theke und bedienten mit beiden Händen, als jedoch Ballard die Tür aufstieß und durch sie hindurchkam, ging Bev in die Luft.

»Raus!« gellte sie, den Lärm übertönend.

»Och, Bev, können wir nicht mal zusammen reden, über –«

»*Raus*, oder ich werfe dich raus! Jacques!«

Köpfe verdrehten sich, Augen starrten. Jacques seufzte, zog seine Schürze aus und legte sie auf den Kühlapparat. Klein, drahtig, schnell und kahl war er einst gemeinsam mit Costeau Taucher gewesen. Er und Ballard waren schon gemeinsam mit Sauerstoffflaschen getaucht, und sie bekamen Karateunterricht vom selben Lehrer - aber er *war* Beverlys Partner.

Ballard sagte beschwichtigend: »Bev, es war ein *Unfall*.«

»Mein schönes Auto.« Feuer loderte in ihren Augen. Ihre Lippen waren eine einzige zornige dünne Linie. »Jacques. Tu etwas.«

Ballard hob an: »Die Versicherung –«

»*Die Versicherung?* Das Auto hat einen Totalschaden. *Totalschaden!* Ich will keine Versicherung. Ich will mein –«

Ballard kapierte es nicht ganz. »Warum mußt du so ein Trotzkopf sein? Ich meine, wenn dir die Versicherung ein neues Auto bezahlt –«

Die lodernden Augen ruhten nun auf Jacques. »Wenn du diesen Bastard jetzt nicht rauswirfst . . .«

Jacques machte eine kleine nickende, besänftigende Geste in ihre Richtung. Er nahm Ballards Arm und sprach mit seinen gedehnten gallischen Vokalen.

»Lährie, du besser gehst jetzt . . .«

Ballard ließ sich nach draußen geleiten. Wenn er das mit Beverly noch einmal zusammenflicken wollte, konnte er sich nicht mit ihrem Partner schlagen: Er würde verlieren, wer von ihnen beiden auch immer mit dem Rücken in der Gosse endete. Draußen - hinter ihnen schwangen die Türen auf und zu - gab Jacques seinen Arm mit einem fatalistischen französischen Achselzucken frei. »Wie kannst du nur *maintenant* mit ihr debattieren? Du hättest zuerst anrufen sollen –«

»Hab ich. Fünf Mal. Sie hat jedes Mal aufgelegt.«

Unbelastet von Logik sagte er: »Wie ich's gesagt habe. Also gibt es jetzt mit ihr keine Debatte. Vielleicht auch nie, *hein*?« Er fügte mit einem burgeoisen Sinn fürs Machbare hinzu: »*Peut-être* das ist das Ende. *Fin.*«

»Jawoll. *Fin.* Scheiße.« Ballard machte sich rasch auf, die

Straße hinunter, drehte sich dann noch einmal um, um hinzuzufügen: »Entschuldige, *merde*« - bevor er weiterging.

Er fuhr geradewegs zum Montana, erhaschte den Windschatten eines fremden Wagens und marschierte durch die Garage, um sich die geparkten Wagen anzusehen. Kein Mr. Nice Guy mehr für Larry Ballard.

Und auch kein Mercedes für Larry Ballard. Zwölfter Stock - die Klingel geschlagene zwei Minuten gedrückt. Keiner zu Haus. Er schrieb KRIEG DICH NOCH in Blockschrift auf eine Geschäftskarte, die er zwischen Türknauf und Türrahmen steckte und umknickte.

Damit die kleine Kröte was zum Nachdenken hatte.

Den Rest der Nacht saß er in seinem Auto, das gegenüber der Garageneinfahrt stand, und döste und lauschte Live 105, *The Rock of the Nineties,* versunken in Melancholie - wegen Beverly. Sie konnte ihm doch heute abend nicht *ernsthaft* den Laufpaß gegeben haben, einfach so, oder nicht? In aller Öffentlichkeit, nur weil ihr Auto ...

Die aufgehende Sonne weckte ihn. Die Leute gingen zur Arbeit; keine Chance mehr, auf einen kleinen Spaziergang in die Tiefgarage zu kommen, und er gestand sich ein, daß er den Mercedes nicht bekommen würde. In zwei Stunden würde jemand anders den Auftrag erhalten.

Als er losfuhr, war er jedoch schon munterer: Egal wer diesen Wagen Pietro und seiner Schwuchtel abnehmen wollte, er mußte ein besserer Autogreifer sein als Larry Ballard.

Und Ballards Ego war groß genug, um zu fühlen, daß es davon nicht allzu viele geben konnte.

Ein paar Stunden früher, als Ballard noch von hypersteroiden Freddys träumte, die ohne den Segen eines Fallschirms, in Lederunterwäsche gehüllt, aus Fenstern im zwölften Stock fielen, fuhr Bart Heslip auf dem nachmitternächtlich verlassenen James Lick Freeway gen Süden durch San Francisco. Seine weißen Zähne funkelten vor Erwartung, als er die Ausfahrt an der Silver Avenue nahm, um an das äußere Ende des Mission Districts zu gelangen.

Kurz nach Mittag hatte er von den Spürhunden einen neuen Hinweis auf Sarah Walinski erhalten. Bis sie ihre magische Axt in Richtung des Kopfes jenes anderen Kerls geschwungen hatte, war sie Schichtarbeiterin bei Bonnard Die-Cutting auf der Tennessee gegenüber der alten Bethlehem Schiffswerft gewesen. Ballard hatte seine Ankunft bei Bonnard so getimed, daß er in der Cafeteria zur Mittagspause mit Leuten, die in Sarahs Schicht arbeiteten, ein wenig schwatzen konnte. Eine Polin, so alt wie die Gezeiten, hatte ihn an ihren Tisch gewunken.

»Hey, du. Du willst dir Sarah Walinski greifen? Hey, redma mit Mel Larson. N Fahrer.« Sie hielt eine Hand nach oben, Zeigefinger und Mittelfinger gekreuzt. »Sarah und Mel mögen das . . .« Sie fing an, ihre Finger in einem schockierend anschaulichen Rhythmus zu bewegen, und brach in ein heiseres Lachen aus. »Hey, das oben ist Sarah.«

Nachdem er sich versichert hatte, daß Larson mit seinem Truck draußen war, bediente sich Heslip eines Versicherungsbetrugs, um von einer Dame mit glänzenden Augen, die in der Personalabteilung arbeitete, zu erfahren, daß Larson in der Nähe der briefmarkengroßen grünen Spielwiese von Portola wohnte. Ein schmales, hohes, dreistöckiges hölzernes Reihenhaus, das einen Anstrich brauchte, und auf dem ZIMMER ZU VERMIETEN auf der Haustür stand, und das unten eine ebenerdige Garage mit Stellplatz hatte. Er schielte durch das verschmutzte Fenster. Leer. Aber frisches Öl auf dem Boden und zur Wand geschobenes Gerümpel bewiesen, daß hier ein Auto gestanden hatte.

Die Wirtin hatte weit mehr als nur ein Kinn, mehr als ganz Chinatown zusammen wohl, Trossen statt Knöchel, und sie frömmelte schlimmer als ein Wanderprediger, als Heslip fragte, ob Sarah Walinski hier übernachtete.

»O meine Güte, nein! Ich führe hier ein anständiges Haus . . .«

Der Chicano, der das kleine *Madre y padre* unten in der Straße führte, sang ein anderes Lied. *Sí,* Sarah wohnen in weißes Haus, was Farbe braucht. *Sí,* sie schließen ihr Auto nachts in der Garage ein. *Y caramba,* sie kaufen ihren Schnaps gallonenweise.

Heslip gab die neue Adresse im Büro nicht an, als er zurück zur DKA kam. Das kam nicht in Frage, bevor er nicht einen letzten Versuch gehabt hatte: Es gab kein Morgen für ihn und seinen Fall. Er hängte einen alten gelben Plymouth, der nur noch ein halbes Getriebe hatte, an seine Anhängerkupplung und stellte ihn, zurück bei Larsons Wohnung, vor der noch immer leeren Garage ab. Er steckte einen handbekritzelten Zettel aus billigem Papier unter den Scheibenwischer: *Mir tut leid, das nicht geht, bitte nix Polizei holen.*

Und am späten Abend, wenn Sarah aus welcher Kneipe auch immer, in der sie sich besoff, zurückkehrte, würde sie den alten Plymouth vor ihrer Garage finden, und er hoffte, daß sie – betrunken und leichtsinnig – den Charger auf der Straße stehenlassen würde. Von wannen, träumte Heslip, als er durch die Nacht fuhr, er ihn sich pflücken würde wie einen Apfel.

Der Charger war nicht da. Und auch in keiner Nebenstraße. Er hielt am Ende des Blocks, von wo aus er einen guten Blick auf das Haus hatte, und wartete darauf, daß die Kneipen schlossen. Und irgendwie hoffte er, daß, wenn sie käme, Larson bei ihr wäre, betrunken und kampflustig: Er hatte angefangen, sich vorzustellen, jemand männlichem, so groß wie er oder größer, mehrfach und sehr schnell hintereinander ins Gesicht zu schlagen.

Was nicht sein sollte. Bei Sonnenaufgang, als Larry Ballard am anderen Ende der Stadt verdrossen vom Montana wegfuhr, saß Heslip noch immer da, verfroren, steif und ebenso mit leeren Händen. Keine Sarah. Kein Charger. Und um zehn Uhr müßte er zurück im Büro sein, um ihre Akte einem anderen zu geben.

Eine Sekunde! Um 9 Uhr 45 kam die Wirtin, ihre Einkaufstasche in der Hand, mühsam die Außentreppe auf ihren geschwollenen Knöcheln hinunter. Sie watschelte schräg über die Straße zu seinem Auto und schnaufte nach solcher Anstrengung. Heslip leierte sein Fenster runter.

»Junger Mann«, sagte sie, »ich wünschte, ich hätte Ihnen gestern die Wahrheit über diese Frau gesagt. Sie *hat* bei Mr. Larson gewohnt, und sie ist eine fette faule Schlampe, die nur herumliegt und harte Sachen trinkt und nie die Laken wechselt. Alles, was sie gemacht haben, wenn er von der Arbeit nach Hause gekommen ist, war Saufen und Streiten - stundenlang in ihrem Zimmer da oben.«

Die Wahl der Zeitformen nicht überhörend, sagte Heslip: »Klasse.«

»In der letzten Nacht, so ungefähr um zehn Uhr, hatten sie einen furchtbaren Krach, und sie hat ihn die Treppe hinunter geworfen. Hat ihm drei Rippen gebrochen und eine Gehirnerschütterung eingebracht. Der Krankenwagen is gekommen und alles drum und dran. Die is nich ma mit ihm zum Krankenhaus gefahren - hat einfach gepackt und is ab. Ich hab Sie hier draußen sitzen sehen, die ganze letzte Nacht und heute morgen immer noch, und da hab ich gedacht, es ist einfach meine christliche Pflicht, Ihnen zu sagen, daß sie fort ist.«

Nachdem sie fort war. *Nachdem* er die ganze Nacht dagesessen hatte.

»Auch wenn Sie ein Nigger sin.«

Bart Heslip fuhr los, fluchte hinter ihr her und fluchte auf sich selbst, daß er ihr gestern nicht einen Zwanziger zugesteckt hatte, und daß er die vorletzte Nacht nicht zur richtigen Zeit hier gewesen war, und er fluchte auf Sarah und den Kerl, den sie die Treppe runtergeworfen hatte, und ganz besonders auf Dan Kearny, weil . . . tja, einfach allgemeiner Prinzipien wegen.

Kearny hatte sich an diesem Morgen früh zur Arbeit geschlichen, um die großen metallenen Fässer mit weggeworfenem Papier über einem Stück Segeltuch, das auf dem Betonboden lag, auszuleeren - zum ersten Mal war er froh darüber, daß sie mit dem Reinigungsservice so arge Probleme hatten. Er war vor allen anderen - vor allem vor Giselle - reingekommen, um nach Warrens Formular und nach Trins Geschäftskarte zu suchen. Sie mußten noch immer da sein, da sich der Müll seit Wochen stapelte. Und für Giselle gab es schließlich keinen Grund zu wissen, daß er sie brauchte, oder?

Vierzig Minuten später war er noch immer da und scharrte den Kram wieder weg, als ihre Stimme ihn einen Satz machen und herumwirbeln ließ, so als wäre er von einer in dem ausgestreuten Papier verborgenen Natter gebissen worden. Giselle hielt das unauffindbare Einstellungsformular und die verschollene Geschäftskarte hoch.

»Suchst du die?«

Er seufzte und ächzte, als er wieder auf die Beine kam, und klopfte den Staub von seiner Hose an den Knien ab. »Woher hast du gewußt, daß ich die brauche? Als ich die da weggeworfen habe, hatten die Zigeuner noch nicht einmal die Bank betreten ...«

»Weibliche Intuition.«

»Ja sicher.« Er beäugte die beschämenden Papiere, als handelte es sich um Kulturen kaltblütiger Viren. »Ein lügender, stehlender, hinterhältiger Mexikaner –«

»Aber ein Teufelskerl von Ermittler.«

»Wenn man ihn unter Kontrolle hat. Ich glaube mich erinnern zu können, daß niemand lauter Beifall geklatscht hat als du, als ich ihn zum ersten Mal gefeuert habe.«

Giselle zuckte mit den Schultern. »Die Zeiten ändern sich. Jetzt brauchen wir ihn.«

»Und dieser andere Kerl, Warren! Donald Duck mit Helium –«

»Er muß nicht reden, Dan'l. Nicht wenn er Autos schnappen kann. Womöglich ist er der großartigste Autogreifer, den die Welt je gesehen hat.«

»Ja«, sagte Kearny bitter, »sicher.«

Etwas, was weiblich und südländisch und höchstens wie 15 klang, ging um 11 Uhr an Trin Morales' Telefon. Morales nahm dem Mädchen den Hörer aus der Hand und brüllte kurz und angelsächsisch hinein. Das Telefon antwortete mit Kearnys Stimme.

»Zieh dir deine Hose an und bring deinen Arsch hier her. Sofort.«

Vier Stunden später hätte Ken Warren, ebenfalls vom Telefon herbeizitiert, am liebsten einen großen lauten SCHREI ausgestoßen. Nur hätte ihn ohnehin niemand verstanden. Er wollte schreien, da Kearny ihm Kram aus dem kleinen Einmaleins für Automechaniker zeigte. Und mit ihm redete, als hätte er einen Hirnfehler anstelle eines Sprachfehlers.

»Sie stecken eine Krokodilsklemme an den Pluspol der Batterie und die zweite an den Verteiler ...«

In Ordnung, dachte Ken, *ich weiß, wie man ein Auto kurzschließt.*

Kearny zeigte es ihm trotzdem. Und sagte dann: »Wir versuchen zur Zeit, die Schlüsselnummern von den Händlern zu bekommen und uns Schlüssel für die Türschlösser nachmachen zu lassen. Wenn Sie jedoch keinen Schlüssel haben, dann hilft Ihnen dieses lustige Ding, das ein wenig wie Buck Rogers' Strahlenpistole aussieht ...«

Ich weiß, wie man eine Schloßpistole benutzt, um ein Schloß zu öffnen.

Kearny zeigte es ihm trotzdem und sagte dann: »Zur Zeit benutzen wir einen Lochstanzer unter dem Armaturenbrett ...«

Ich weiß, wie man ein Zündschloß ausstanzt und hab meinen eigenen Stanzer. Ich weiß, wie man ein Auto unter dem Armaturenbrett kurzschließt. Ich weiß, wie ...

Kearny zeigte ihm all das trotzdem. Und sagte dann: »Befolgen Sie stets die Anweisungen auf dem Auftragsblatt. Wenn Sie eine Sofortverfügung haben, dann schnappen Sie sich einfach den Wagen. Aber wenn Sie zuerst Rücksprache halten müssen –«

»Ddann bwerd gchich nmit dähm Mmann spbrechen.«

»Jawoll, genau.« Kearny sah mit einem Mal aus, als hätte man ihm die Luft abgelassen, so als hätte er das Ausmaß von Warrens Sprachfehler vergessen. »›Bwerd gchich mit dähm Mann spbrechen.‹ Das ist sehr wichtig – mit dem Mann sprechen, wenn die Anweisungen zu dem Fall es verlangen. Der meiste Ärger, den wir mit unseren Klienten haben, kommt von Außenmitarbeitern, die nicht mit dem Mann sprechen.«

Er drückte Warren das Bündel Aufträge beinahe blind in die Hand und ging mit hängenden Schultern davon, hielt dann an und kehrte um. Er seufzte.

»Eins noch. Zwei von diesen Aufträgen sind ziemlich heikel.

Dieser Kerl da, Uvaldi, der mit dem Mercedes Cabriolet, der hat einen schwulen Freund, so eins-neunzig und hundertzwanzig Kilo, der springt mit einem Satz über Hochhäuser. Der –«

»Ddann bwerd gchich mit dähm Mmann *gnicht* spbrechen.«

Kearny schaute erstaunt drein, so als könnte man von einem Burschen wie Warren nicht erwarten, daß er Humor hätte. »Uhh . . . genau Ken, reden Sie *nicht* mit dem Mann. Meiden Sie den Mann wie die Pest. Die andere Person, vor der Sie sich in acht nehmen müssen, –«

»Ddie Fruh.«

Kearny dachte: Dieser Bursche mag seltsam sprechen, aber er ist mit Sicherheit nicht schwer von Kapee. Er hatte nur Zeit gehabt, *einmal* durch diese Akten zu blättern, und trotzdem weiß er, von welchen Fällen ich rede. Womöglich würde aus ihm noch ein richtiger Greifer?

Beinahe von Hoffnung erfüllt, sagte er: »Sie hat Heslips Kopf mit einer Kaffeekanne eingeschlagen, und Heslip ist ziemlich flink auf den Beinen – er hat neununddreißig von vierzig Profikämpfen gewonnen, bevor er –«

Warren stellte sich plötzlich in die gebückte Kampfposition, trippelte und tänzelte und setzte einen verdammt schnellen linken Haken, gefolgt von einem rechten Uppercut auf das Kinn eines imaginären Gegners.

»Gchich hap iihn voh gelf Hahren kämpfm sehn.«

»Hap iihn kämpfm sehn.« Kearny nickte, als wäre er über etwas erfreut und ging zurück, innerlich vor sich hin kichernd. »Treffend.«

Das war der Moment, in dem Ken Warren anfing, Dan Kearny zu mögen. Dan Kearny sprach vielleicht mit ihm wie mit einem Idioten, aber Dan Kearny machte sich über ihn lustig wie über einen Mann. Und ließ ihn mit einer Handvoll Sofortverfügungen und einem ganzen Wochenende allein, womit er beweisen konnte, daß er der beste Autogreifer war, den die Welt je gesehen hatte.

Als sie am selben Freitag morgen unten in L. A. die Drehkreuze bei den Universal Studios Tours geöffnet hatten, hatte Ephrem Poteet schon bezahlt und stand in der Schlange vor dem ersten langen Aussichtsbus, der zu den Sehenswürdigkeiten auf dem Filmgelände fahren würde. Es war gerade mal eine Woche seit dem Großen Cal-Cit Massaker vergangen, und er hatte bereits davon gehört.

Poteet war in den späten 30ern und noch immer gutaussehend, dunkeläugig und gut gebaut, auch wenn er dabei war, einen Wanst anzusetzen. Durch ausgefeilte Änderungen in seinem Auftreten, in seiner Kleidung, in Pose und Gang konnte er jedoch noch immer mit jedem Alter zwischen 25 und 50 durchgehen.

Heute war er ein Mittvierziger mit rotem Halstuch, dem grauen Schnauzer eines Revolverhelden und gepudertem Haar, das unter einem weißen breitkrämpigen Vierzig-Liter Cowboyhut steckte, wie ihn Tom Mix lange vor seiner Geburt in den Samstag-vormittag-Serien getragen hatte, und silbrig schimmerte. Er lief mit einwärts gerichteten Zehenspitzen in seinen Cowboystiefeln, ein wenig O-beinig vom Reiten des alten Kleppers in der einsamen *Prayree.*

Auch war er nüchtern - ein kleiner Triumph, den er nicht gänzlich alleine erzielt hatte, denn seine letzten dreißig Tage Knast im Bezirksgefängnis waren gerade letzte Woche zu Ende gegangen. Wenn er trank, wurde er fies, wenn er fies wurde, schlug er seine Frau, wenn er seine Frau schlug, geriet er in Kneipenschlägereien, wenn er in Kneipenschlägereien geriet, wurde er festgenommen und wegen Trunkenheit und Hausfriedensbruch angezeigt. Zwar hatte er seine Frau nicht mehr, er wurde jedoch noch immer betrunken, fies, in Schlägereien verwickelt und festgenommen.

An den meisten Tagen während der Hochsaison zwischen April und September kam Poteet früh am Morgen zur Arbeit in die Universal Studios. Einzig nach dem Labor Day, wenn die

Mengen dünner waren und er trotz seiner Verkleidung als Stammgast auffallen würde, wäre es zu riskant gewesen weiterzumachen.

Zu riskant, da Universal keine Ahnung davon hatte, daß er hier arbeitete.

Seine erste Beute war eine übergewichtige, rotgesichtige Frau mit zwei lärmenden Kindern und einer weit geöffneten Handtasche. Der Bus hielt an, und alle strömten heraus, um die Show mit den Erdbeben *Special-effects* zu sehen. Während er höflich neben ihr stand und in einem schleppenden Texanisch zu ihr redete, zog er mit einer Hand den Hut hoch und mit der anderen ihr die Brieftasche heraus.

»Sie sind zum ährsten Mal hier, Ma'am?«

»Ja. Wir kommen aus Indiana. Die Kinder sind so aufgeregt ...«

»Tscha, passen Sie auf, daß sie keine Angst bekommen - ist ja alles nuhr Spaß.«

Er saß auf der Zuschauertribüne hinter ihr und zog, als die Lichter ausgingen, zwei Zwanziger aus ihrer Brieftasche. Als das Publikum zum Ende des Einführungsblablas ihres Führers applaudierte, steckte er die Brieftasche zurück.

Wenn seine Beute nur ein oder zwei Scheine hatte, dann nahm er gar nichts. Wenn die Brieftasche, bevor er sie zurückgeben konnte, vermißt wurde, dann ließ er sie bloß zu Boden fallen. Wenn sie gefunden wurde und noch Geld darin war, dann waren sie glücklich: in einem Vergnügungspark mit den Kindern - wer wußte da schon genau, wieviel Bargeld er wirklich noch hatte?

Bis zum frühen Nachmittag hatte er fast 200 Dollar gemacht - ein sehr gutes Tagesergebnis - als er aus der Schlange vor dem nächsten Bus heraus sah, daß die Tür eines der Wartungshäuschen einen Spalt offen stand. Schrecklich früh in der Saison, aber die Sache war einfach zu gut, um sie sausen zu lassen, auch wenn Universal dann wissen würde, daß an diesem Tag einer im Publikum die Finger lang gemacht hatte. Er würde halt eine Woche mit der Arbeit pausieren, bis sich die Aufregung um Taschendiebe wieder gelegt hatte; der große

Schlag sollte die Einbuße beim regelmäßigen Einkommen mehr als wettmachen.

Er stieg lässig über den niedrigen Zaun, der den Gehweg begrenzte, und ging durch das abschirmende Gebüsch zu dem Häuschen. Eine Minute später kam er mit einem weißen knielangen Kittel, auf dessen Rücken WARTUNG stand, wieder heraus. Seinen Vierzig-Liter-Cowboyhut hatte er gegen ein offizielles WARTUNGs-Käppi getauscht, das tief heruntergezogen sein graugefärbtes Haar verbergen und seine Augen beschatten sollte. Sein Schnauzer war in seiner Tasche.

»Entschuldigen Sie, meine Damen und Herren, würden Sie mich bitte durchlassen?« Unbeholfen arbeitete er sich die Schlange vor der Imbißbude, bei der am meisten Betrieb herrschte, nach vorn - ein Schulterpuff hier, ein Ruck da, ein Rutschen und eine Hand, die sich sonstwo abstützte. »Entschuldigung, Ma'am, war ein bißchen rutschig da . . .«

Und die ganze Zeit: ein Griff, ein Griff, ein Griff - klevere geschäftige Finger, die in Hosen- und Handtaschen schnellten, während er weiterrückte und die Beute in die voluminösen Taschen des Wartungskittels gleiten ließ. Seine Mutter hatte ihn zu Spielplätzen mitgenommen, um, als er noch zu klein war, um verhaftet zu werden, an den Müttern anderer Kinder zu üben, und so hatte er geschickte Hände.

An der Spitze der Schlange scherte er zur Tür an der Seite aus, öffnete sie, steckte seinen Kopf und einen $ 20 Schein hinein und las dabei den Namen des am nächsten stehenden Mädchens vom Namensschild an der Brust ihres Kittels ab.

»Hei, Marie, kannst du mir zwei Double Cheeseburger, zwei Jumbo Pommes und zwei große Cokes geben? Alles in einer großen Tüte? Ein Generator unten bei King Kong hat einen Kurzen, und da werd ich den ganzen Tag nicht mehr wegkommen.« Sie schaute verdutzt. »Charlie Bilton. Wir haben am selben Tag angefangen zu arbeiten.«

Marie hatte ihn nicht erkannt, da sie ihn freilich nicht kannte, doch jetzt *dachte* sie, sie kenne ihn. »Na klar. Hi, Charlie.«

Ihre schnellen Hände heimsten zwei mächtige eingewickelte Burger, zwei Pommestüten und zwei Cokes zusammen, steckten alles komplett mit Servietten in einen großen Beutel mit buntem Logo auf der Seite, nahmen seine Scheine und gaben ihm das Wechselgeld.

»Dank dir, Marie. Bis später.«

Er arbeitete sich schnell rund um den Hügel, klapperte drei weitere Buden ab und kehrte dann zu dem Häuschen zurück. Drinnen leerte er das Essen in einen großen grünen Sack voll Blätter, behielt jedoch die Papiertüte - die Brieftaschen sahen darin aus wie Hamburger und Pommes und rochen auch so. Runter mit Kittel und Käppi, den Schnauzer schnell wieder angepappt, den O-verflixt-Ma'am-Cowboyhut wieder an Ort und Stelle und raus aus dem Häuschen.

Das war der Moment der größten Gefahr, wenn er noch immer die Brieftaschen bei sich hatte. Für gewöhnlich übergab man sie bei so einem Ding einem Komplizen. Aber er hatte keinen Komplizen, er mußte alleine arbeiten, der Rest dieser gottverfluchten Zigeuner hatte dafür Sorge getragen. Und das nur, weil er - in betrunkenem Zustand - *Marimays* mißachtet hatte, Stammestabus, die mit Frauen zusammenhingen. Und so war er in niemandes *Vitsa* länger willkommen.

Zwanzig Minuten später ging er in Richtung Haupttor, vorbei an Tonstudios und Bungalows, die die Namen laufender Fernsehshows trugen, vorbei am Alfred Hitchcock Theater, den Schneideräumen, und verschwand dann im neu renovierten Restaurant.

In der großen widerhallenden Herrentoilette im Untergeschoß leerte er aus den Lederteilen das Geld und die Kreditkarten und fütterte das klappernde Maul des Mülleimers mit den gereinigten und nackten Brieftaschen. Er entfernte seinen Schnauzer, fuhr sich mit nassen Fingern durch das Haar, um ein wenig Grau herauszulösen, und preßte seinen großen Cowboyhut in einem unauffälligen Oval unter seinem Arm zusammen. Er kam um zwölf Jahre jünger und ohne seinen cowboymäßigen O-beinigen Gang, bei dem die Zehenspitzen einwärts gerichtet waren, wieder heraus.

Durch das Haupttor hinaus, am Wärterkiosk vorbei, quer durch Lankershim zur Post in Universal City. Im Postfach nachschauen, dann den Bus runter zum LAX und die Kreditkarten einem Makler verkaufen. Morgen würden sie dann in New York einkaufen, bis die Sicherheitsnetze sie auf ihre Liste mit gestohlenen Karten bekamen.

Ein Eilbrief aus San Francisco lag in seinem Fach. An einem Tisch unter den GESUCHT-Plakaten steckte er die $ 50 Note, die darin gewesen war, in die Tasche und las sich das beiliegende Material der DKA durch. Die *Gadje* boten ihm *100 Dollar* für jeden heißen Tip, der zur Entdeckung eines dieser Cadillacs aus San Francisco führen würde, von denen er bereits gehört hatte.

Er war sich sicher, daß das Miststück von seiner Frau die Finger mit im Spiel hatte. Yana, die, egal wie oft er sie schlug, nicht wie eine anständige Zigeunersfrau arbeiten wollte, um ihrem Mann das Geld nach Hause zu bringen. Yana, die sich selbst *Lesen und Schreiben* beigebracht hatte, was *keine* anständige Zigeunersfrau tun sollte.

Da die *Roma* beschlossen hatten, ihn wie einen Ausgestoßenen zu behandeln, diese Schweinehunde, würde er sie gleich mit ihr zusammen büßen lassen. Er würde die Woche, die er sich von der Studio Tour freigenommen hatte, einmal wieder unter den *Roma* verbringen, hier ein Wort und da einen Namen aufschnappen und dann die Teile zusammenfügen. Dann würde er hin und wieder mit San Francisco telefonieren und seine Rache haben - eine wunderbare Rache, wiederholte Rache, sättigend wie gestohlene Eier, süß wie wilder Honig.

Rache für $ 100 die Folge. Gebühr zahlt Empfänger.

»Um Ihnen die Wahrheit zu sagen«, sagte Alvin Crichton, Doktor der Medizin, Chef der Neurochirurgischen Abteilung des Krankenhauses von Steubenville, »wir haben noch kein sauberes Röntgenbild von den Verletzungen Ihres Mannes.«

»Mein Karl ist jetzt schon seit Tagen hier«, sagte Lulu in ihrer Rolle als Margarete, »und Sie haben ihn hoch und runter gebracht in diesen Raum mit der großen Maschine und haben ihn immer wieder auf diesen kalten Tisch gelegt –«

»Die Röntgenbilder, die wir haben, sagen uns wirklich überhaupt nichts.«

Sie befanden sich in Zlachis halbprivatem Zimmer an einem wunderschönen Frühlingstag in Steubenville; die Vorhänge waren zurück- und die Jalousien hochgezogen, so daß sich die strahlende Nachmittagssonne über das Bett ergoß und wie Honig auf den Boden troff. Das andere Bett war unbelegt.

»Warum nicht?«

Crichton hatte einen Mordszinken und war groß und schlaksig und ein wenig krumm, so daß er in der Silhouette gegen das Fenster aussah wie ein Reiher, der im Begriff war, mit der Nase einen Fisch aufzuspießen.

»Weil Ihr Ehemann für die Röntgenaufnahmen nicht ruhig liegenbleibt.«

»Sie fügen ihm immer wieder diese ganzen Schmerzen zu«, schnauzte sie ihn an. »Auf den Tisch, runter vom Tisch –«

»Deshalb möchten wir ja ein paar Untersuchungen direkt hier vornehmen.«

»Wird das weh tun?« bebte Staley mit seiner schwachen alten Männerstimme.

»Ich hab 'ne Menge Schmerzen, sogar nur vom Liegen. Ich kann das aushalten, aber wenn ich mich bewege –«

»Ich weiß, aber es wäre für unsere Diagnose sehr wichtig, den Schmerz zu lokalisieren, herauszufinden, wo *genau* es wehtut.«

Wäre der Patient jünger gewesen, hätte Crichton irgendeine Art Betrug vermutet, aber dieser Mann ging auf die 80 zu, er hatte keine Versicherung, und es gab ein Dutzend Zeugen für seinen fürchterlichen Sturz kopfüber die Kaufhausrolltreppe hinunter.

Mrs. Klenhard überraschte ihn, indem sie den Arm ihres Mannes tätschelte.

»Karl, du mußt tun, was der Doktor dir sagt.«

»Wie du meinst, Mama«, antwortete er mit fügsamer Stimme.

»Wunderbar.« Crichton klingelte nach der Schwester, als er sich auf das leere Bett setzte und seinen Füllfederhalter hervorholte. »Haben Sie noch immer diese schlimmen Kopfschmerzen, Mr. Klenhard?«

»Die ganze Zeit, Doc.« Er legte eine Hand auf seinen Kopf. »Sie hören nie auf.«

»Auch nicht mit den Medikamenten?«

»Nachts manchmal, da tret ich irgendwie weg... aber sonst...«

Crichton kratzte ein wenig auf der Tafel des Patienten: »Und wie sieht es mit dem Schwindel aus?« Als er den Ausdruck auf ihren Gesichtern bemerkte, verbesserte er sich: »Benommenheit. Sie verlieren das Gleichgewicht beim Stehen?«

»Oh. Ja. Ich muß mich auf Margarete stützen, wenn ich ins Bad muß, Doc. Das ist sehr... das macht mich... *beschämt*, wissen Sie?«

Die Schwester kam herein, ein stämmiges, sommersprossiges Mädchen mit rotbraunem Haar und einer Himmelfahrtsnase. Crichton sagte, er wolle, daß sich der Patient für ein paar Untersuchungen neben das Bett stelle.

»Dann fangen wir mal an«, sagte die Schwester vergnügt. Sie zog die Decken zurück und griff nach Staleys Füßen. »Wir werden einfach –«

»Nein!« rief Margarete aus. »So wird er das nicht machen.«

Es wurde eine größere Operation, alle packten mit an, nur um Staley neben sein Bett auf zwei Beine zu stellen. Und auch dann noch stand er nicht aufrecht; er war vornüber gebeugt und kippelte zur Seite.

»Das ist prima!« rief Crichton mit gespieltem Enthusiasmus aus. »Jetzt möchte ich, daß Sie Ihre Arme zur Seite ausstrekken... ja... genau so... Jetzt schließen Sie Ihre Augen und berühren Sie Ihre Nase mit dem Zeigefinger.«

Staley versuchte es zuerst mit seiner linken Hand. Er drohte nach links umzukippen. Margarete, die das vorausgesehen hatte, war schnell genug, ihn aufzufangen.

»Puh, Herr Doktor, tut... tut mir leid...«

»Sie haben das prima gemacht. Könnten Sie es jetzt bitte mit der anderen Hand versuchen?«

Staley versuchte es mit der rechten. Und wieder kippte er nach links.

»Was hat denn das zu bedeuten?« wollte Margarete besorgt wissen.

»Es läßt vermuten, daß Ihr Mann seine schwerste Verletzung

auf der linken Seite hat.« Crichton klopfte Staley auf die Schulter. »Sie machen das prima, Mr. Klenhard. Sind Sie für noch einen weiteren kleinen Test bereit?«

Dieser war noch entmutigender. Staley sollte seinen Körper entspannen und dann versuchen, sich in der Taille zu beugen, so als wollte er seinen rechten Fuß mit der linken Hand berühren.

Er beugte sich ein paar Zentimeter nach vorn. Und fuhr wieder auf - schreiend.

Als er umgekehrt versuchte, seinen linken Fuß mit der rechten Hand zu berühren, kam Staley - blaß und zitternd - gute dreißig Zentimeter nach unten, bevor er aufjaulte und wieder hochfuhr, die Hand ins Kreuz gestemmt. Sie legten ihn - blaß und zitternd - vorsichtig doch rasch auf dem Rücken zurück ins Bett, auf dem die Decken noch immer zurückgeschlagen waren.

»War's das?« fragte er hoffnungsvoll. Lulu tupfte sein Gesicht mit einem Taschentuch ab. »Ich weiß nicht, ob ich ...«

»Nur noch eins, dann geben wir Ihnen etwas für die Schmerzen und lassen Sie allein.«

Lulu war grimmig. »Sie müssen ihm erst sagen was.«

»Ich möchte, daß Sie Ihr linkes Knie ein wenig anheben, Mr. Klenhard, und dann strecken Sie es wieder aus ...«

»Na, das sollte doch einfach sein!« rief Staley aus und zeigte das erste Mal an diesem Tag so etwas wie Enthusiasmus.

Beinahe entzückt fing er an, sein linkes Knie anzuheben. Und jaulte auf vor Qual - sich nach links zusammenkrümmend. Lulu stürzte schützend nach vorn. Die Schwester hielt sie zurück. Staley atmete schnell und flach. Schließlich lokkerte er sich wieder, und die von Schmerz gezeichneten Linien wurden weniger in seinem Gesicht. Er sprach mit Bedauern.

»Schätze, ich hab das nicht so gut gemacht, was Doc?«

»Sie waren prima.« Crichton schnitt selbst eine lütte Grimasse. »Wie wäre es ... dürfte *ich* Ihr Knie beugen, Mr. Klenhard?«

»Klar«, sagte Staley in einem Anflug seines vorherigen Enthusiasmus. »Vielleicht machen Sie das besser als ich, was?«

Crichton fing behutsam an, das Knie zu beugen. Staley jaulte auf. Diesmal stürzte sich Lulu auf Chrichton - die Hände zu Klauen - doch die Schwester stellte sich dazwischen.

»Das reicht. Mein Karl hat genug.«

Crichton runzelte die Stirn. »Wenn wir wenigstens noch sein rechtes Bein anschauen –«

»Schluß«, sagte sie mit dieser plötzlichen Entschlossenheit, die bislang dafür gesorgt hatte, daß niemandem das zweite Bett im Zimmer zugewiesen worden war. »Schluß für meinen Karl.«

»Mama«, sagte Staley. Diesmal begegnete er dem dunklen bedrohlichen Blick mit einem der seinen. »Wir müssen den Doktor herausfinden lassen, was er kann. Ein Bein noch, in Ordnung? Dann sind wir mit allem hier durch.«

Ein weiteres langes Innehalten von Lulu. Dann schließlich nickte sie widerwillig. »In Ordnung. Noch eins. Das rechte Knie.«

Staley wappnete sich und fing an, das rechte Knie zu beugen. Zwei Zentimeter. Vier. Fünfzehn. Er beugte es weiter. Es war beinahe vollständig gebeugt, als er mit einem Mal zusammenzuckte und es fallen ließ. Hechelnd lag er da, aber er sah dem Doktor triumphierend in die Augen.

»Na, das hab ich gut gemacht, was, Doc?«

»Sie waren wunderbar«, stimmte Crichton überein. »Und das war's dann auch für heute. In ein paar Minuten kriegen Sie Ihr Abendessen –«

Lulu sagte: »Ich glaube, er hat zu schlimme Schmerzen, um zu Abend zu essen.«

»Dann können Sie es für ihn essen«, grinste Crichton.

Er machte seine Notizen auf Staleys Tafel und ging mit der Schwester hinaus. Staleys Augen trafen auf diejenigen Lulus. Er zwinkerte. Sie zwinkerte zurück.

»Ich sorge dafür, daß die Schwester denkt, daß ich es war, die dein Abendessen gegessen hat«, sagte sie. »Und zur Besuchszeit heute abend werde ich dir was von *Jack in the Box* reinschmuggeln –«

»Was zum mit den Fingern essen, wie ich es im Fernsehen gesehen habe«, rief Staley begeistert aus. Seine Stimme klang tief und voll und keineswegs dünn und bebend wie zu den Gelegenheiten, in denen jemand anderes dabei war. »Mit ein paar von diesen schnörkeligen Pommes und einer Coke ...«

Marino war fort, um seine geheime Hotelsache voranzutreiben, aber die drei anderen in der *Kumpania*, die des Lesens und Schreibens mächtig waren - Yana, Immaculata Bimbai und überraschenderweise der fette Josef Adamo - füllten unter einer Vielzahl von Namen mit Adressen aus dem ganzen Land Kfz-Anmeldungen aus. Die Zulassungsbehörden solch freundlicher Staaten wie Georgia und North Carolina sandten jedem, der die Gebühr bezahlt und die Anmeldung eingeschickt hatte, einen gültigen Kfz-Schein zu, und schon befanden sich nur noch vierzehn der Wagen in der Bay Area.

Immaculata Bimbai war nur deswegen noch in der Stadt, weil sie noch ein großes Juweliergeschäft in der Post Street drannehmen wollte, bevor sie runter fuhr, um sich eine ähnliche Einrichtung auf dem Rodeo Drive in Beverly Hills vorzunehmen.

Sobald der fette Josef Adamo mit dem Papierkram für die Cadillacs fertig wäre, würde er in Richtung Seattle abdampfen. Sein Bruder war bereits dort oben und bereitete eine deutlich erweiterte Version des Straßenbaubetrugs vor, mit dem sich Josef für gewöhnlich refinanzierte.

Wasso Tomeshti war im Süden und inszenierte derzeit den ehrgeizigsten Schwindel seiner Karriere, bei dem ein Fernsehgroßhändler aus East L. A. und ein Bauunternehmer, der gerade ein schickes Hotel im Valley fertigstellte, eine Rolle spielten. Und dafür diente der neue Caddy ganz wesentlich zur Dekoration.

Auf dem Weg nach Florida war Kalia Uwanowich, der ein großes Ding als Dachdecker vor den Toren Fort Lauderdales plante.

Nanoosh Tsatshimo war in Chicago, wo ein Verwandter von ihm einen stillgelegten Metallverarbeitungsbetrieb unter falschem Namen gemietet hatte. Nanooshs Vergoldungsbetrügereien brauchten einen stofflich vorhandenen Geschäftsort, wo die gefälschten Edelmetallauflagen hergestellt werden konnten und nicht nur eine Briefkastenadresse.

Pearso Stokes war unterwegs nach New York; sie hatte sich darin spezialisiert, Banken beim Herausgeben von Wechselgeld übers Ohr zu hauen, und sie schätzte Manhattan, weil die New Yorker - sogar die Kassierer in den Banken - sich für zu gewitzt hielten, um reingelegt zu werden. Was dazu führte, daß sie wirklich sehr leicht reinzulegen waren, vor allem mit so einer altehrwürdigen Sache, die jedermann im neuen elektronischen Zeitalter des Computerdiebstahls längst vergessen hatte. Zigeuner sind nichts, wenn nicht Traditionalisten.

Nicht weniger als sieben Lovellis, jeder mit einem neuen Caddy, waren in Reno versammelt, um sich auf ihre jährliche Tour über die Jahrmärkte im mittleren Westen vorzubereiten, wo sie als Handleser, Fluch-Entferner, Hellseher, Astrologen, Telekinetiker, Karten- und Teeblattleser, Kristallkugelseher und ähnliche Weissager auftraten. Stets für fünfundzwanzig Scheine die Lesung, schnell rein und wieder raus, und aus die Maus und dankrechtschön, Gnä'Frau.

Alle fühlten sich wohl bei ihrer Arbeit, denn Jesus Christus persönlich hatte den Zigeunern seine Erlaubnis zum Stehlen erteilt. Denn als Er sterbend an dem schändlichen Kreuze hing, stahl ein Zigeuner den vierten Dorn der römischen Soldaten - den einen, der für Sein Herz bestimmt gewesen war. Und voller Dank erteilte Jesus den Zigeunern, die die *Gadje* bestahlen, auf immer Seine Absolution.

In dieser Welt voll unerleuchteter Seelen glaubten die *Gadje*, einzig weil sie diese Geschichte in ihren Bibeln nicht lesen konnten, selbstverständlich nicht an jenen Dispens; aber die *Kumpania* ließ sich nicht von ihnen beirren. Der *Kumpania* war es stets gestattet, Nicht-Zigeuner reinzulegen.

Respektive stets gelungen.

12

O'B beschäftigte sich am Freitag mit den Büros, aus denen telefoniert worden war. Er fing am Morgen damit an, im Büro des Ordnungsamts vorbeizuschauen, um einen Ermittlungsbeamten namens Sturrock aufzusuchen, mit dem er einst bei einem Inkassounternehmen gearbeitet hatte.

»Hey, alter Knabe, wie steht's?«

»O'Bannon, du Teufelskerl, was machst du denn hier?«

O'B lehnte sich nah genug zu Sturrock vor, damit dieser den Bourbon riechen konnte, den er sich auf der Herrentoilette um den Mund geschmiert hatte.

»Tja, ich, ähm, ich such Arbeit . . .«

Sturrock, der elende Kriecher, vergrub sich sofort in seinem sicheren Bau. »Schiet, O'B, du weißt doch, mit der Rezession und allem, wir haben keine Jobs für Neulinge . . .«

Dann freilich mußte er - schuldbewußt, da er seinen alten Kumpel wie ein benutztes Kondom wegen eines Alkoholproblems hatte fallen lassen - O'B herumführen, damit er die anderen Außenmitarbeiter kennenlernte, bevor er ihn die Tür hinauskomplimentierte. Eine Menge schweres Männergelächter, rauhe männliche Hallos, Schulterklopfen von Bursch zu Bursch, herzliche Machohandschläge rundherum - und O'B kam mit *vier* Visitenkarten der Ermittlungsbeamten, hinter denen er her gewesen war, zurück.

Jede davon war Gold wert, und zwar wegen des miniaturisierten - aber offiziellen - Siegels des Ordnungsamts in der Ecke.

Vor dem knalligen blauen Gebäude des Telefonunternehmens, das die Islaisbucht flankierte, zog O'B eine weiche wollene Mütze über seinen roten Schopf, bevor er dem uniformierten Wächter an der Tür unter die Augen trat. Der war ein großer rotgesichtiger Lackel mit fiesen kleinen Augen, der sein Quentchen Macht genoß.

»He, zu wem wollen Sie und warum?«

Sogar während er sprach, untersuchte der Wächter den Rükken einer vorbeigehenden Sekretärin mit kalter Gier. Hervor kam O'Bs erste Karte: William Ready, Ordnungsamt, Ermittlungsbeamter. Und von des Wächters Blicken inspiriert, kamen O'Bs Greiferstimme und -gesicht hervor. Hervor kam auch O'Bs Hand, um den Stoff der Wächtersuniform zu befingern.

»Hübsche Uniform. Ihr Leihbullen habt hier einen hübsch bequemen Lenz - die Tür beobachten und die Mädchen, die rein und raus kommen.« Er beugte sich nahe an ihn ran, so daß der Wächter sein aus zwei Margaritas bestehendes Mittagessen riechen konnte. »Ihr beobachtet sie wohl ein bißchen zu dicht, Kumpel, was? Uns sind Beschwerden zu Ohren gekommen ...«

Ein schuldbewußtes Jammern: »Hören Sie, ich weiß nicht, wovon Sie -«

»Wenn du nicht in einer Sekunde verschwunden bist, dann knallt's, Kumpel.«

O'B schlenderte weiter, ohne sich einzutragen, schwenkte die zweite Karte - P. Dana Anderssen - von Büro zu Büro, bis er zu Ms. Pegeen Gibson gelangte und wußte, er könnte sich wie zu Hause fühlen. Das Mädel hatte milchig-weiße irische Haut, prächtig bäuerliche Brüste, runde Wangen und sah aus, als würde sie einen mittelalten rothaarigen Mann mit müdem Trinkergesicht und einer breiten Palette von irischem Schmuskram mögen. Obendrein *schätzte* es das Telefonunternehmen, mit dem Ordnungsamt zusammenzuarbeiten - vor allem, wenn es nichts kostete.

»Hey, Roter, wie kommt ein Karottenkopp wie du dazu, mit einem Namen wie Anderssen zu enden?«

»Ich glaub, das waren die Wikinger, die unsre Küsten überfielen und ihren Spaß mit den irischen Mädels hatten, Pegeen mein Herz«, strahlte O'B. Er lümmelte sich in den Stuhl neben ihrem Schreibtisch. »Und außerdem - Pegeen *Gibson?* ›Schöne Perle‹ auf Gälisch - und ein Nachname wie ein Martini mit 'ner Zwiebel drin?«

»Vielleicht ist es eine Perlzwiebel.« Hübsche Grübchen zeigten sich auf ihrem Gesicht, als sie ihn ansah. »Trinkt noch immer jemand Martini, Roter?«

»Mit mir nicht. Bushmills mit Wasserbegleitung.«

»Ich wünschte, alle Ermittler wären wie Sie. Harry erzählte mir bei der Kaffeepause, daß dieser wirklich ekelhafte Kerl vom Ordnungsamt –«

»Ich möchte wetten, das war Will Ready«, sagte O'B rasch. Er war froh darüber, daß sein rotes Haar unter der weichen karierten Mütze, die jetzt in seiner Manteltasche steckte, verborgen gewesen war. »Der hat Ärger zu Hause, und das macht ihn ein wenig feindselig.«

Dann, nachdem er sich ihrer Freundschaftlichkeit versichert hatte, kam er auf die Telefonräumlichkeiten zu sprechen. Er sagte nichts von Cadillacs, Zigeunern, der DKA oder der Cal-Cit Bank.

»Ich versteh nicht, was das Ordnungsamt damit zu tun hat«, sagte Pegeen.

O'B verstand es auch nicht, jetzt da sie es erwähnte. Gescheites Mädel, die. Er wünschte, er hätte seiner Tarnung etwas mehr Sorgfalt angedeihen lassen. Aber wer erwartete schon einen scharfen Verstand bei einem Bürokraten?

»Ähm, da läuft ein Riesenbetrug mit alten Leuten und Zahlungen von der Krankenversicherung, die ihnen zustehen, und da der Schwindel von diesen Räumen aus angezettelt worden ist, sind wir dafür zuständig.«

Sie nahm es ihm ab und holte die acht Telefonnummern auf den Bildschirm, die Stan Groner für O'B aus den Unterlagen der Bank herausgesucht hatte. Da das hier die Zentrale von Pac Bell war, fand Pegeens Computer alle Nummern.

Sie sah zu O'B auf. »Was wollen Sie denn nun wissen?«

»Auf wen die Telefone eingetragen sind. Wie sie sie so schnell ohne jede Wartezeit bekommen konnten. Die Anschriften, wo sie eingerichtet worden sind, und die Namen der Vermieter. Und falls sie irgendwelche Referenzen angegeben haben, *deren* Namen, Telefonnummern und Adressen.«

Ihre Finger flogen über die Tastatur, und als die Informationen über den Bildschirm scrollten, runzelte Pegeen die Stirn. O'B stand auf, um ihr über die Schulter zu schauen. Nie hatte er ein Textverarbeitungssystem beherrscht, und er wußte, daß er auch nie eines beherrschen würde, aber den Bildschirm konnte er ablesen, und er machte sich schon Notizen auf *seinem* Klemmbrett.

»Das ist sehr merkwürdig«, sagte sie. »Für die Schnelleinrichtung muß man irgendwelche medizinischen Gründe nachweisen ...« Sie scrollte weiter. »›Krankes Kind ... ›Betagte Eltern‹ ... ›Behinderter Sohn‹ ... ›Mutter, die mit Krebs im Sterben liegt‹. Die hier sind alle berechtigt. Und sie haben ein entsprechendes ärztliches Attest beigelegt. Aber die anderen sind alle als Firmen eingetragen - Tom's Paving, Sally's Dress Shoppe, Harry's Air Conditioning, Mary's Catering - und sie haben sich gegenseitig als Referenzen angegeben. *Und ...«*

Jetzt war O'B froh darüber, daß ihr Verstand so schnell arbeitete. Sie war dabei, seine Arbeit zu erledigen. »Und?«

»Acht verschiedene Telefone, vier verschiedene Anschriften, drei verschiedene Vorwahlen - aber ein und derselbe Arzt aus San Francisco. Rob Swigart, M. D.«

»Sutter Vierhunderfünfzig«, bemerkte O'B. »Doktor Swigart muß ziemlich erschöpft sein, wenn er immer die ganze Küstengegend abklappert.«

Doktor Swigart hatte seine Praxis draußen auf der Sutter, Hausnummer 450, in einem Ärztehaus mit der Apotheke gleich im Erdgeschoß. Bei der Miete konnte er kein zweifelhafter Kunde sein, und so hatten sie ihn vielleicht drangekriegt, *weil* er eine Reputation zu wahren hatte.

Noch nicht ganz fünf Uhr, da könnte der achtbare Doktor doch noch am Stochern und Bohren und am Schreiben geschmackloser Rechnungen sein. War er auch. Die Schwester am Empfang war eine große Frau in einem adretten weißen Kittel mit lachenden Augen und klarem Gesicht. Dr. Swigart war zwar da, aber viel zu beschäftigt, um sich mit Herrn ... Morrell - das war doch richtig? - mit Herrn Morrell zu treffen. Ohne Termin? Völlig undenkbar. Es gab noch andere Patienten, die warteten ... O'B legte die dritte Karte vom Ordnungsamt auf den Schalter.

»David Morrell vom Ordnungsamt«, sagte er sittsam. »Abteilung für Ermittlungen. Telefonbetrug.«

Sie runzelte die Stirn, doch eher verwirrt denn verärgert. Sie stand hinter ihrem Schalter auf. Sie war runde eins-achtzig groß.

»Nun, ich werd's ihm sagen, aber ich weiß nicht, was –«

»Geben Sie ihm auch diese Liste.« O'B schrieb die Adressen der bewußten Räumlichkeiten auf ihren Notizblock. »Das könnte ein wenig Zeit sparen.«

Die Adressen sagten ihr offensichtlich nichts. Sie verschwand durch die Tür hinter dem Schalter. Um zwei Minuten später zurückzukommen - entschwunden ihr Lächeln aus Augen und Ton. Die Adressen *hatten* Dr. Swigart offensichtlich etwas gesagt.

»Der Doktor kann Sie jetzt gleich dazwischenschieben«, sagte sie kühl.

Rob Swigart, Doktor der Medizin, war in den späten 40ern, hager, entspannt, mit sandfarbenem Haar, fragenden Augen und einer warmherzigen, besorgten Art zu reden, die nichtsdestotrotz erkennen ließ, daß da ein vielbeschäftigter Mann saß. Er kam in den Untersuchungsraum hinein, die Karte vom Ordnungsamt in der einen, O'Bs handgeschriebene Liste in der anderen Hand, so als handele es sich um Urinproben.

»Schauen Sie«, er sah auf die Karte, »Morrell. Ich habe keine –«

»Wie sind die Zigeuner auf Sie gekommen, Doc?«

»Ich weiß nicht, wovon Sie reden.«

»Ich bin vom Ordnungsamt und nicht vom Gesundheitsamt. Wir tragen keine Samthandschuhe, und ich *mag* keine Ärzte, Doc. Das ist kein Altherrenprogramm, das wir veranstalten, wenn wir Ihre kleinen Sünden aufdecken - *Ihre*, denn Sie gehören dazu.« Er beugte sich vor und pochte mit dem Finger auf die Adreßliste. »›Krankes Kind‹ ... ›Betagte Eltern‹ ... ›Behinderter Sohn‹ ... ›Mutter, die mit Krebs im Sterben liegt‹ ... Das ist Telefonbetrug, Doc, und wir können es beweisen. Dafür können wir Ihnen die Approbation entziehen.«

Swigart hatte sich weiß verfärbt. Jäh setzte er sich auf den Stuhl, der für gewöhnlich den Patienten reserviert war.

»Betrug?« fragte er schwach. »Schauen Sie, wenn ich Ihnen erkläre –«

O'B hatte die Hände nach oben gereckt, die Handflächen nach vorn. »Keine Schwüre.«

Swigart stand auf und fing an, den begrenzten Raum auf und ab zu laufen. O'B hatte sich auf den Untersuchungstisch gepflanzt, um aus der Bahn zu sein und Swigarts Schuldgefühlen freien Lauf zu lassen.

»Ich fühl mich nur so ... so dumm, das ist alles.« Er blickte zu O'B. »Die meisten Ärzte spielen Mittwoch nachmittags Golf. Ich fliege. Von Peninsula aus, Palo Alto Flughafen.«

Das ging nicht in die Richtung, die O'B erwartet hätte, und so fragte er, um die Dinge am Laufen zu halten: »Mit Ihrem eigenen Flugzeug?«

»Ja. Mit einer Mooney 201. Hat 'ne ganz schöne Stange gekostet, fünfundfünfzigtausend gebraucht. Aber ich habe ewig nach einem alten Doppeldecker gesucht. Vorkriegsmaschine – aus den Dreißigern.«

»Ich denk mir, Sie können sich das leisten.«

In knieschlotternder Verteidigung rief Swigart aus: »Jedermann denkt immer, Ärzte würden haufenweise Geld verdienen, aber die Steuern und die Kunstfehlerversicherung und die Bürokosten ...«

Mit seinem Flugzeug war er hoch zu einem kleinen privaten Platz im Sonoma County geflogen, um Starts und Landungen bei Seitenwind zu üben, und dort hatte er eine alte Belgian Stampe gesehen, die allerliebst restauriert worden war. Laut bewundert hatte er sie vor dem Mann und der Frau, die oben auf der abgestützten Tragfläche waren, um gerade das Cockpit zu öffnen. Sie kletterten wieder zurück nach unten – über sein Loblied entzückt.

›Wir haben sie selbst restauriert‹, sagte der Mann in einem Englisch mit spanischem Akzent. Er erklärte, daß sie aus Argentinien kämen und ihr Geld mit Rindern verdienten. ›Mehr als tausend Stunden haben wir gebraucht, um sie wieder aufzubauen und neu zu lackieren ...‹

Derzeit würde es jedoch mit der Gesundheit des Vaters von

Señor Gonzales bergab gehen, und sie würden heimkehren, um die *Estancia* zu übernehmen; also mußten sie das Flugzeug leider verkaufen. Und in der Tat hatten sie sie aus dem Hangar gerollt, um sie einem potentiellen Käufer zu zeigen, der in ...

Swigart wolle nicht von ihrem Mißgeschick profitieren, aber wenn es ohnehin schon einen möglichen Käufer gebe, na, was sie denn für die Maschine verlangten? Sie sahen sich einander an, zuckten gleichzeitig in südländischer Manier die Schultern und lachten gleichzeitig, südländisch und reuig. Da er sie so bewundert hatte, und da sie es so eilig hatten: $ 20 000.

»Wieviel ist denn das - gemessen am normalen Preis für so eine Maschine in so einem Zustand?« fragte O'B.

»Ein Geschenk. Ein *Geschenk.* Dreißig hätten es sein müssen, mindestens.«

Ganz richtig hatte der alte P.T. Barnum nicht gelegen mit seiner Bemerkung, in jeder Minute werde ein Trottel geboren. Er hätte in jeder *Sekunde* sagen sollen.

»Also haben Sie ihnen auf der Stelle einen Scheck zur Anzahlung ausgestellt -«

»Natürlich. 5 000 Dollar.«

Sie hatten ihm eine Quittung ausgestellt, aber als er in der nächsten Woche zurück nach Sonoma kam, um den Rest zu bezahlen, hatte ein Fremder das Flugzeug aus dem Hangar gerollt und war im Begriff davonzufliegen. Swigart war außer sich gewesen, allerdings über den Umstand, daß *die Maschine dem Fremden gehörte!* Und was es noch schlimmer machte: In das Cockpit war eingebrochen worden, und unersetzliche Originalteile waren aus dem Armaturenbrett gerissen worden.

O'B konnte ein Lachen nicht unterdrücken. »Die Brooklyn Bridge.«

»Was meinen Sie?«

»Die Zigeuner haben Ihnen die Brooklyn Bridge verkauft.« Er stieg vom Untersuchungstisch runter, noch immer kichernd. »Warum in drei Teufels Namen haben sie die nicht einfach bei den Polypen angezeigt? Das Betrugsdezernat würde sich freuen ...«

Swigart plumpste wieder in den Patientenstuhl. Er verzog das

Gesicht und drückte beide Augen zu, so als könnte er das, was er zu sagen hatte, kaum mit ansehen. Schließlich öffnete er sie wieder und blickte zu O'B.

»Ich ... ich habe nicht gewollt, daß meine Frau erfährt, was für ein Esel ich gewesen bin. Weder sie ... noch meine Partner ... noch die Kumpels aus dem Club ... Und außerdem hatten sich diese Leute einfach ... in Luft aufgelöst. Ich hab nicht mal gewußt, daß es Zigeuner waren, bis ...«

»Bis sie wieder aufgekreuzt sind?« half ihm O'B. »Weil Sie nicht zur Polizei gegangen sind?«

Das hatte ihnen gezeigt, daß er verwundbar war. Und so verlangten sie ein Attest ... wenn er es nicht ausstellte, dann würden sie seiner Frau und seinen Freunden eben erzählen, was für ein Trottel er war ... Aber dann wollten sie noch ein Attest und noch eins und noch eins ... Und jetzt war auch noch das Ordnungsamt hinter ihm her, und ...

»Haben Sie den Scheck denn nicht sperren lassen?«

»Hab ich versucht, aber es war viel zu spät, klar.«

»Wo ist er eingelöst worden?«

Der Doktor zuckte die Achseln und streckte seine Hand in suchender Geste aus. »Ich kann mich nicht erinnern, ob ich das je gewußt habe. Ich könnte es natürlich herausfinden, aber ich verstehe nicht, wozu das gut –«

»Finden Sie es heraus.«

»Und sonst ...«

»Alles, was ich will, sind Informationen«, sagte O'B. »Alles, was Sie mir erzählen können. Alles, woran Sie sich erinnern.«

Kleinigkeiten nur, aber Hinweise. Der Flugplatz oben in Sonoma ... der Kerl, dem das Flugzeug in Wirklichkeit gehörte ... wo sie Swigarts Scheck eingelöst hatten ... Detaillierte Schilderungen, das war's ... Allesamt kleine bunte Steinchen in einem Mosaik ...

13

Es war jedoch, wie man es hätte erwarten können, Dan Kearny, der die erste Beute schlug. Es war ihm erlaubt worden, von der Couch im Gästezimmer ins eheliche Bett zurückzukehren, da jedoch Jeannie noch immer so stachlig wie ein Igel war, hatte er sich vorgenommen, den ganzen Samstag über zu Hause zu bleiben. Ein wenig Zeit angenehm mit seiner Frau verbringen, den Rasen mähen, vielleicht anfangen, den vorderen Zaun zu reparieren, den der Sturm am letzten Mittwoch zerschmissen hatte. Er hatte es sogar energisch abgelehnt, irgendwelche Zigeunerunterlagen mit nach Hause zu nehmen, um das Wochenende über daran zu arbeiten.

Am frühen Nachmittag jedoch, als er die letzte Ladung geschnittenen Grases auf den Komposthaufen im Hinterhof kippte, sah er sich noch immer mit dem Namen beschäftigt, den der Zigeuner in allen Zweigstellen der Bank verwendet hatte. Angelo Grimaldi. Für gewöhnlich benutzten sie kurze angelsächsische Pseudonyme, warum also hatte er einen solch atypischen Namen verwendet, um diese Konten zu eröffnen? Und alle bei derselben Bank? Vielleicht sollte er bei dem spärlichen Verkehr, der samstags herrschte, einfach kurz zum Büro reinfahren, um diese Akten nochmals durchzusehen. Sie brauchten irgendeine Art Halt auf der glatten Fläche dieses Schwindels.

Also ging er ins Haus und rief Giselle in ihrer Wohnung in Oakland an. Hatte er sie doch erwischt. Und er sprach beinahe anklagend.

»Ich dachte, du wärst vielleicht im Büro.«

»Nee. Ich wasch Geschirr und Klamotten und meine Haare - das mach ich immer gern, wenn ich nicht mehr sagen kann, ob ich blond bin oder nicht.«

»Ich dachte, du würdest dich mit dem Polypen vom Betrugsdezernat des SFPD unterhalten, der sich auf Zigeuner spezialisiert hat.«

»Der hat bis Montag frei.«

»Ich werd ins Büro fahren und die Mappe über Grimaldi durchsehen –«

»*Ich* hab bis Montag frei.«

»Ich hol dich in einer halben Stunde ab.«

Er legte auf, bevor sie widersprechen konnte. Er wußte, daß sie Zeit für sich brauchte, um irgendein normales Leben zu führen, den richtigen Kerl zu finden, zu heiraten und Kinder zu kriegen. Mit 32 lief ihre – wie sagte man noch – lief ihre Uhr ab? Aber noch nicht jetzt. Jetzt hatten sie diese Zigeuner, mit denen sie fertigwerden mußten.

Bis zum letzten Jahr, als sie fahren gelernt und ihren Führerschein gemacht hatte, war Giselle jeden Morgen mit ihm zur Arbeit gefahren. Er kapierte das nicht, aber jene 45 Minuten im Auto hatten für den Erfolg der DKA eine große Rolle gespielt. Von jeglichen Telefonen und Unterbrechungen verschont, hatten sie die Einsätze besprochen, die Strategie den Klienten gegenüber geplant und die Erfolge der Ermittler diskutiert. Sie hatten sich über computerisierte Berichte, Versicherungen, Pläne zur Gesundheitsfürsorge, Pensionen und Gewinnbeteiligung und über automatisierte Gerichtsschreiben und Suchmeldungen gestritten. Sie hatten wegen Ex-Betrügern, die man einstellen konnte, wegen verschlafener Ermittlungen und toten Türmern miteinander gefochten.

Während dieser Fahrten war aus der DKA das geworden, was sie jetzt war.

Jetzt versuchten sie das am Morgen, bevor alles zu hektisch wurde, an seinem Schreibtisch nachzuholen, aber es war nicht dasselbe.

Giselle trug Jeans, die aussahen, als hätte jemand Säure über sie gekippt, und ein malvenfarbenes Sweatshirt mit Figuren, die einem wie Blitze in die Augen stachen und *Alvin Ailey* buchstabierten. Ohne Make-up und mit blonden Haaren, die zu einem Pferdeschwanz zusammengebunden waren und unter einer *Giants*-Kappe steckten, sah sie aus wie eine Zwölfjährige. Wie eine große, wohlproportionierte Zwölfjährige.

Aber, als sie in den Wagen stieg, war das zornige Funkeln in ihren Augen alles andere als jugendlich. Andererseits hatte sie einen Arm voll Akten bei sich. Sie hatte sich an diesem Wochenende nicht ganz so der Freizeit verschrieben, wie sie es vorgegeben hatte.

»Verdammt noch mal, Dan, ich hab ein bißchen Zeit für mich verdient, um –«

»Du auch, hä?« unterbrach er verständnisvoll.

Sie erreichten die überwachte Ampel an der Auffahrt zur Bay Bridge, die das Wochenende über abgeschaltet war. Sie schnallte sich an und räkelte sich ein wenig in ihrem Sitz, bis sie bequem saß. Sie kämpfte gegen ein Grinsen an. Schließlich nickte sie voll Reue.

»Ja. Ich auch. Am Montag seh ich bei dem Zigeunerkerl im Betrugsdezernat nach, diesem Inspektor Harrigan, und bei der Gesellschaft für Gute Geschäfte und beim staatlichen Amt für Konsumentenbetrug.«

»Warum gerade jetzt, Giselle? Das war ein großer, ein bedeutender Coup, einer der sogleich im Märchenbuch der Zigeuner Eingang finden wird. Jemand, der wirklich gescheit ist - offensichtlich der Kerl, der sich Grimaldi nennt - hat lange Zeit nachdenken und planen müssen, um die Sache zu organisieren. Warum hat er die Falle gerade jetzt zuschnappen lassen?«

Draußen vor ihrem Fenster und hinter den vorbeizischenden Geländerstäben der Brücke war die Bay mit einer weißen Haube aus hunderten von Segelbooten überzogen, die von einer steifen Brise durch das Gate getrieben wurden.

»Er war in Lauerstellung. Alles war vorbereitet, und so . . .«

»Das nehm ich ihm nicht ab.« Kearny legte hinterm Steuer die Stirn in Falten. »Ich denke, wir sollten mal mit unserer Rechtsabteilung und mit sämtlichen uns bekannten Privatdetektiven, die was mit Zigeunern zu tun haben, reden, um herauszufinden, ob gerade irgendwas Großes auf der Welt abgeht.«

»Ich dachte, wir wollten, daß niemand sonst von dem Fall erfährt.«

»Wir *sagen* ihnen nichts - wir *fragen*.« Er hielt inne. »Ja, und wenn du dich mit diesem Polypen vom Betrugsdezernat triffst, dann frag ihn auch nach allen anderen Merkwürdigkeiten, die mit Zigeunern und neuen Caddys zu tun hatten und die in unseren Zeitraum fallen - ach, verdammt, frag ihn nach *allen* Caddies in den letzten paar Wochen. Ich glaube, es ist, wie du gesagt hast: Dieser Bursche, Grimaldi, hat den Namen für irgendein zigeuneruntypisches Ding benutzt. Irgendwas wirklich Großes, exakt geplant... Und es muß etwas noch größeres gewesen sein, was ihn dazu gebracht hat, die erste Sache zu gefährden, indem er den Coup mit den Caddies so überhastet gestartet hat.«

Sie drehten und wendeten die Sache noch immer, als sie an der Achten Straße von dem Skyway abfuhren, um die Harrison zur Elften zu nehmen und damit zum Büro hinunter zu fahren. Dies war das Herz der Leichtindustrie von San Francisco, schäbig und malochig mit schmutzigen, wochenendverlassenen Kreuzungen, an denen die Ampeln von Rot auf Gelb auf Grün und wieder auf Rot schalteten - ein sinnloser Refrain für nicht-existenten Verkehr.

Was das Auto mitten im Block vor ihnen hervorstechen ließ. Ein weiß-blauer Eldorado mit dem auf Wunsch erhältlichen Hardtop. Ohne Nummernschilder, aber mit einem provisorischen Wisch in der Ecke der Windschutzscheibe.

»Der gehört zu uns«, sagte Kearny mit angespannter Stimme.

»Da kannst du dir doch nicht sicher sein, Mr. K -«

»Guck dir den Kerl hinterm Steuer an! Durch und durch Zigeuner. Ich bin mir sicher.« Und sie wußte, daß er das war. Der animalische Instinkt eines Wilden, der ihn zum Besten in der Branche gemacht hatte. »Fertigmachen zum Rüberrutschen.«

»Dan'l -«

Aber Kearny hatte schon - dem Eldorado hinterher - auf die ganz linke Spur gewechselt, so daß er dicht hinter ihm war. Zu dicht. Als er vor der roten Ampel an der Zehnten bremste, krachte er ihm ins Heck.

»*Daniel*, bist du *verrückt?* Was -«

Aber Kearny hatte schon den Gang rausgenommen, der Motor lief, und er sprang hinaus. Die Tür ließ er offen. Vor ihnen machte der Fahrer des anderen Wagens dasselbe, auch er ließ die Tür offen, und Zorn überflutete seine dunklen, finsteren Züge. Giselle kapierte mit einem Mal, eben als sie auf den Fahrersitz hinüberrutschte. Mit Vergnügen hätte sie gegen das Lenkrad getrommelt.

Draußen trafen Kearny und der Zigeuner - ganz sicher, er war ein Zigeuner - dort aufeinander, wo Kearnys vordere Stoßstange die hintere des Eldorados küßte. Der Zigeuner faßte sich ins Genick.

»Was zum Teufel machen Sie da? Wo zum Teufel haben Sie denn fahren gelernt? Das war wie ein Peitschenhieb für meinen Nack–«

»Das war Ihre Schuld«, rief Kearny aus. »Derartig schnell auf die Ampel zurasen und dann auf die Bremse latschen.«

»Auf die Bremse latschen? Sie klebten mir doch an der Stoßstange.«

Giselle zog beinahe unhörbar die Tür zu, gerade so, daß die Verriegelung einrastete und die Tür an Ort und Stelle hielt, dann stieß sie ein Stück zurück. Kearny ging in die Hocke, um sich die Stoßstange des Cadillacs anzuschauen, die durch Giselles Aktion freigelegt worden war.

Auch der Zigeuner begab sich in die Hocke, er hielt sein Genick und verzog theatralisch das Gesicht, als täte er dies vor Schmerz. Dann jedoch schrie er auf und rappelte sich wieder hoch - jetzt faßte er sich auch noch ins Kreuz.

»Kein einziger Kratzer dran«, sagte Kearny.

»Außer den Nackenschmerzen scheint auch noch eine Bandscheibe rausgerutscht zu sein.« Er stöhnte; noch immer faßte er sich mit der einen Hand ins Genick, mit der anderen ins Kreuz. »Unwas sagen Sie zum Auto? Sehen Sie sich doch diese Delle an! Und diese Beule! Den abgesplitterten Lack!«

»Abgesplitterten Lack?« brüllte Kearny ihn an. »Sie sind verrückt!« Er stand wieder aufrecht da, zeigte anklagend auf den Wagen und lenkte den Blick des Zigeuners auf das Heck des Eldorado. »Da ist kein –«

»Da! Und dort! Und hier! Und was ist mit meinem Genick? Ein ernsthaftes Schleudertrauma. Und mein Kreuz. Eine rausgerutschte Bandscheibe, das ist sehr gefährlich.« Sogleich wurde er blasser, experimentierte mit den Beinen unter sich und beugte jetzt die Knie ein wenig, so als könnte er sie nicht mehr durchstrecken. »Und auch noch Bänderrisse in beiden Knien, das kommt vom Schlag gegens Armaturenbrett. Das heißt, daß ich zu drei Ärzten muß und ins Krankenhaus, Röntgenbilder machen, was mich auch noch Arbeitszeit kostet . . .«

Er hielt sich noch immer das Genick und das Kreuz und ließ seine Knie gebeugt, als die Ampel auf Grün schaltete. Kearny ließ ihn einfach stehen und schlüpfte auf den Fahrersitz des Cadillacs. Ein wenig verspätet sprang der Zigeuner neben den beiden Wagen wieder auf, die Augen traten ihm hervor, und das Schleudertrauma, die Bandscheibe und die gerissenen Sehnen waren unversehens und gar wunderbar geheilt.

»Hey, was zum Teufel bilden Sie sich eigentlich ein –«

Kearny jagte den Eldorado über die grüngeschaltete Kreuzung, die Tür noch immer offen. Der Zigeuner setzte ihm ein Dutzend Schritte hinterher, schreiend und mit den Armen rudernd; dann, als Giselle hinter ihm beschleunigte, wirbelte er herum, um sich ihr in den Weg zu stellen, seine Arme streckte er aus, als wollte er Schafe hüten.

»Hey, Du, halt an –«

Sie riß mit Gewalt das Steuer herum, setzte auf, und prallte an der Kreuzungsecke mit einem lauten *Bumms!* gegen die Bordkante und jaulte um die Ecke in die Zehnte. Er schlug mit zorniger Hand gegen den hinteren Kotflügel, doch sie war bereits an ihm vorbei.

Und fort.

Und Kearny war im Eldorado auf und davon.

Ah. Erste Beute.

14

Die zweite Beute ging - ausgerechnet - an Trinidad Morales. Der nicht an den Zigeunerakten arbeitete, ja, der wegen Kearnys Paranoia nicht einmal von den Zigeunerakten *wissen* sollte. Aber am Freitag nachmittag hatte er den vorgeblich leeren Aktenschrank oben durchschnüffelt, der eine so große Faszination auf Kearny, Giselle, O'B, Heslip und Ballard auszuüben schien. Und er hatte genug vom Material über die Zigeuner überflogen, um zu wissen, daß fast jeder neue Cadillac mit provisorischem Nummernschild und dunkelhäutigem Fahrer ein schönes Stück Wild war.

Dann hatte er jemanden auf der Treppe gehört, also schnappte er sich eine von Giselles Listen - mit Farbe und Beschreibung der Wagen, Modell und Fahrgestellnummer - schob die Schublade wieder zu und war auch schon den halben Gang hinunter, als Kearny auftauchte.

»Hast du was verloren, Morales?«

»Ich such nur mein Büro, Mr. K., nur mein Büro. Ist ganz schön anders hier als drüben in Nummer 760.«

Nicht daß Morales vorhatte loszugehen, um sich nach den Zigeunerautos von dieser Liste umzusehen. Er war geheuert worden, um die Fälle zu bearbeiten, die von jenen, die auf die Zigeuner angesetzt waren, abgegeben worden waren; und außerdem gab es noch keine direkten Spuren, denen man hätte nachgehen können. Zunächst wollte er nur einmal wissen, was abging. Wissen war Macht, und all das. Und er würde die Sache auch künftig verfolgen. Vielleicht gab es einen Weg, den anderen Kerlen einmal die Butter vom Brot zu nehmen, um einen schnellen Dollar zu machen - oder zwei.

Aber das war Freitag gewesen. Jetzt, am Samstag nachmittag, dachte Morales nicht an die Zigeuner. Statt dessen war er drüben in East Bay auf der Suche nach einem Fürsorgebetrüger, den Ballard wegen dessen Mazda verfolgt hatte. Typische Ballard-Scheiße, dachte er, die Akte einfach den anderen aufs Auge zu drücken mit seiner getürkten Gehirnerschütterung.

Er konnte Ballard noch immer auf den Tod nicht ausstehen wegen dieser Maria Navarro Sache.

Die Golden Gate Rennbahn steckt wie ein Schuhlöffel zwischen der I-80 und der ausgefransten Bucht bei Albany, gerade etwas südlich von Richmond. An diesem Samstag war Renntag, und da ein bemerkenswert großer Anteil der Fürsorgeschecks von Bund und Staaten auf Rennbahnen eingelöst wird, und da in der Vergangenheit des Mazdamanns Ponys eine Rolle gespielt hatten, standen die Chancen beim Patrouillieren des Parkplatzes an der Bahn nicht schlecht.

Er wartete bis zum dritten Rennen, zu dem die meisten Besucher wohl schon da waren, und suchte dann methodisch alle halbe Stunde nach dem dreitürigen blauen Mazda 323/Protege, Baujahr 1990, der links vorn - das hatte Ballard bei einem früheren Versuch notiert - einen eingepaßten grauen Kotflügel hatte.

Ziemlich leicht zu bemerken, wenn er in der Nähe war. War er aber nicht. Und da hatte er seine klevere Idee.

Rennbahnen waren außerdem noch prima Plätze, auf denen man nach Zigeunern Ausschau halten konnte.

Die meisten von ihnen kannten sich mit Pferden verdammt gut aus, was noch aus den Tagen herrührte, in denen sie mit Planwagen anstelle von Cadillacs umhergezogen waren; Zigeuner, die auf Pferde setzten, gab es massenhaft, und eine Menge anderer waren Aushilfstrainer, Stallburschen oder Trainingsreiter. Nach allem, was er wußte, gab es sogar Zigeunerjockeys. Bislang hatte er noch nie einen ehrlich gewordenen Zigeuner getroffen, niemals, nirgends, aber er vermutete, daß es ein paar geben mußte.

Hinter dem Gelände, auf der anderen Seite der Zufahrtsstraße gab es einen separaten Parkplatz, auf dem die Eigentümer und Trainer Dutzende Geländewagen und Pferdeanhänger und große schlammige Luxusautos geparkt hatten. Innerhalb von fünf Minuten hatte er drei neue Cadillacs ausgemacht und den alten Adrenalinstoß verspürt. Zigeuner waren das schwierigste Wild, das es zu erlegen gab; für einen Menschenjäger kam der Fang von einem dem Schuß in den Flügel einer Krähe gleich, diesem listigsten aller Vögel.

Und technisch gesprochen, war er nicht wirklich losgezogen, um nach Zigeunern Ausschau zu halten, nicht wahr? Natürlich nicht. Aber wenn ihm einer dieser Wagen zufällig in die Hände fiel, dafür konnte man ihm doch keinen Vorwurf machen, oder?

Er parkte gegenüber und etwas unterhalb der Caddys und studierte die Liste mit den Modellen, Farben und Fahrgestellnummern. Caddy Nummer Eins kam nicht in Frage. Er hatte gültige Nummernschilder aus Kalifornien, und noch war es einfach zu früh, als daß einer der Zigeunercaddys Schilder hätte haben können – es sei denn, sie wären gestohlen oder aus einer Schrottplatzkiste. Unwahrscheinlich; noch. Die Zigeuner würden noch immer denken, sie wären zu schlau, als daß jemand herausfinden könnte, wer sie waren, geschweige denn, wo sie sich befanden. Also, streiche Caddy Nummer Eins.

Caddy Nummer Zwei und Drei waren eine echte Chance.

Aber gerade als er dies dachte, erschien eine sehr große, sehr dünne, sehr blonde und sehr angelsächsische Frau, deren blasse Haut so transluzid wie Alabaster war und die eine fabelhaft geschnittene rote Reiterjacke mit perlgrauen Reithosen trug, zwischen zwei Pferdeanhängern. Bei ihr war ein grauhaariger alter Mann, der eine Schlägermütze und kniehohe Gummistiefel trug, die mit angetrockneter Pferdekacke bespritzt waren. Sie schüttelten sich die Hand, und die Blondine stieg in Caddy Nummer Zwei. Bevor sie losfuhr, nahm sie ihr Taschentuch, um sich die Hand abzuwischen, die der alte Kauz geschüttelt hatte.

Wenn die eine Zigeunerin war, dann war Morales Madonna.

Damit blieb der silberne Coup de Ville übrig, der vor lauter Sonderausstattungen aus allen Schweißnähten platzte. Es juckte ihn, aus seinem pummeligen kleinen Firmenwagen auszusteigen und dort hinüber zu laufen, um zu versuchen, einen Blick auf die Fahrgestellnummer zu werfen. Aber wenn es eines der Zigeunerautos war und er bei seiner Kontrolle entdeckt würde, dann wären sie weg wie der Blitz.

Wenn du Zweifel hast, dann tu lieber nichts. In den folgenden 27 Minuten wägte er ab, was er tun könnte, wenn er sich den Wagen krallte. Er war auf Kosten der DKA hier, ein Ermittler, den die Firma angestellt hatte, aber die Bank würde das nicht wissen. Vielleicht könnte er es also heimlich, still und leise drehen und mit seiner noch gültigen Lizenz als Privatdetektiv auftreten? Wahrscheinlich würde er bei der Bank direkt eine ganze Stange mehr kassieren als das, was er von der DKA bekäme: Lohn, Spesen und - eventuell - eine prozentuale Beteiligung an der Wiederbeschaffungsgebühr. Vorausgesetzt, daß Kearny, wie es Morales vermutete, für die DKA so einen süßen kleinen Vertrag herausgeschunden hatte, der sie für jedes wiederentdeckte Auto extra belohnte.

Nein, das konnte er verbrennen. Er mochte Kearny nicht, aber er war klug genug, ihn zu fürchten. Er mußte sich nur diesen einen Zigeunerkarren greifen, schon würde es Kearny herausfinden und seinen Hintern auf die Straße setzen. Und wenn die Behörden seine Lizenz einzögen, dann stünde er draußen in der Kälte.

Also, da's keine andere Möglichkeit gab, sei ein guter Junge. Hol einen für den Boss ...

Ein kleiner dunkelhäutiger Mann und ein hübsches Mädchen von ungefähr 15 Jahren - ein Alter, das Morales in diesen Tagen mehr und mehr zu schätzen lernte - kamen ihm entgegen. Beide hatten braune Haut und glänzendes schwarzes Haar: Zigeuner, so sicher wie das Amen in der Kirche. Mann und Frau? Zigeunerhochzeiten wurden mit einem Preis für die Braut geschlossen ... Nee, so wie sie miteinander umgingen, waren sie Vater und Tochter. Nu, wenn sie bei dem Caddy anhielten ...

Machten sie. Okay, wenn er also eine Chance bekäme zuzugreifen, dann würde er es tun, auch wenn er nicht mit letzter Sicherheit wissen konnte, ob es eines der Autos war, die zur Bank gehörten. Ohne Schlüssel würde er ein paar Minuten brauchen, um es ungesehen aufzubrechen, die Nummern von Giselles Liste zu überprüfen, das Zündschloß auszubauen und es durch eines von seinen zu ersetzen ...

Das Mädchen setzte sich hinter das Steuer des de Ville, ließ den Motor jedoch nicht an. Der Mann redete mit ihr durch das geöffnete Fenster, und Morales glitt unbemerkt aus seinem Wagen, einen halbfertigen Plan im Kopf. Als der Zigeuner sich aufmachte, zwischen den Anhängern zu verschwinden, eilte Morales, der mit seinen groben Zügen und seinem grausamen, dicklippigen Mund selbst als *Roma* durchgehen konnte, ihm rasch hinterher. Zigeuner gaben sich oft als *Chicanos* aus, wenn sie die Fürsorge betrogen oder auf der Straße herumschwindelten; Morales hatte vor, den Spieß nun einmal umzudrehen.

»Hey!« rief er.

Der Zigeuner drehte sich um. »Jaja. Was wollen Sie denn?« Seine Stimme war tief und kehlig.

»*Za Devalesa.*« Das war der einzige Brocken Zigeunersprache, den Morales kannte, ein traditioneller Gruß, den er als Kind im Mission District aufgeschnappt hatte. Irgendwas wie *Grüß Gott* - womöglich.

Er sagte das laut, damit es auch das Mädchen im Wagen, die zu weit entfernt war, um etwas in normaler Lautstärke zu hören, verstehen konnte.

»*Za Devalesa*«, entgegnete der Zigeuner, den offensichtlich der Gedanke, daß Morales auch ein *Roma* war, für einen Moment verblüffte.

Morales legte einen Arm um seine Schultern und ging mit ihm rasch zwischen den Anhänger weiter, dem Mädchen aus der Sicht. Für sie mußte es, nachdem sie das Austauschen der Grußformel gehört hatte, so aussehen, als wäre Morales ein anderer Zigeuner, ein Freund ihres alten Herrn. Zumindest hatte er die Hoffnung, daß das ihr Eindruck war.

»Ich hab ein gutes Pferd für dich im letzten Rennen«, sagte er zu dem Zigeuner. »Saratoga Longshot.«

»Es gibt in diesem Rennen kein Pferd mit diesem Namen.«

»Ohne Uz?« Morales drehte sich zur Seite und schüttelte wie in Erstaunen seinen Kopf. »Schätze, ich hab gestern vergessen aufzustehen.«

Er ließ den Zigeuner stehen; der kontrollierte in heller Aufregung seine Taschen für den Fall, daß Morales ein Dieb gewesen war. Der Coup de Ville stand noch da, das Mädchen hinterm Steuer, das Fenster noch immer offen. In seinem strengen Gesicht setzte Morales etwas auf, von dem er dachte, es sei ein charmantes Lächeln. Sein Goldzahn glitzerte im fahlen Sonnenlicht des Nachmittags. Das würde sie mögen, dachte er - Zigeuner waren wie diese scheiß Elstern: Sie mochten glänzende Sachen. Alles, was aus Gold war, selbst Zähne.

»*Za Devalesa*«, sagte er zu ihr. Es hatte das erste Mal funktioniert, also was soll's? Rasch fügte er hinzu: »Dein Daddy hat gesagt, Du sollst mir helfen, mein Auto anzulassen. Gerade dort hinten in der Ecke vom Parkplatz. Er hat gesagt, du wirst eher zurück sein als er.«

Er ging um den Caddy herum und ließ seinen massigen Körper auf den Sitz neben sie gleiten. Nach einem kurzen Augenblick ließ sie den Motor an.

Morales deutete nach vorn. »Dort entlang.«

Und unaufhörlich dachte er: Los, mach schon. Auch wenn sie fuhr, und er sie nicht einmal mit Handschuhen anfaßte, war sie minderjährig, und - technisch gesehen - war aus der Sache, in dem Moment, in dem sie losrollte, eine Entführung geworden.

»Meine Batterie ist leer, und ich sitz hier rum, seitdem das Rennen angefangen hat; meine Schwester hätte mich abschleppen sollen, aber ihr ist in Fresno bei einem miesen Wildbraten die Kohle ausgegangen.«

Da sie ihn in offensichtlich freundschaftlichem Umgang mit ihrem alten Herrn gesehen hatte, war bei ihr anscheinend dieser zigeunermäßige Gehorsam den Älteren gegenüber aktiviert. Sie schien es ihm abzunehmen. Nur noch zwei Minuten ...

»Da drüben, wir sind gleich da, der braucht nur einen kleinen Schubs, damit er wieder läuft ...«

Während er sie über diesen beinahe ausgestorbenen Quadranten des Parkplatzes, der am weitesten von der Rennbahn entfernt war, dirigierte, suchte er sich einen alten Chev Corsica aus, um den herum viel Platz war. Er ließ sie den Coup de Ville einen knappen Meter vor der hinteren Stoßstange anhalten.

»Du fährst den Chevy, ich schieb ihn an. Die Schlüssel liegen unterm Vordersitz. Er hat einen Schalthebel, er wird wirklich ganz einfach anspringen.« Das Mädchen zögerte nicht einmal, bevor sie die Tür öffnete und ausstieg. Morales rutschte rüber hinter das Steuer. Da der Chevy aller Wahrscheinlichkeit nach verschlossen war, fügte er hinzu: »Schau erst mal nach der Stoßstange, wenn ich hinter ihn komme. Ich will sichergehen, daß sie passen ...«

Estúpida! Folgsam ging sie, um nach der Stoßstange zu schauen. Sie fing sogar an, Morales zu winken, ihre Augen auf den Platz zwischen den beiden Autos geheftet.

Morales legte bloß den Rückwärtsgang im Caddy ein, stieß zurück und fuhr dann in einem weiten Bogen, der das Zigeunermädchen in seinem Staub wie einen zornigen Pekinesen kläffen ließ, auf und davon. Über die Parkplätze zurück in Richtung Autobahn, die Anhänger meidend, wo ihr alter Herr inzwischen wahrscheinlich feststellen mußte, daß der Caddy fehlte. Wenn er sicher sein konnte, daß der Zigeuner und seine in Unehre gefallene Tochter weggegangen waren, würde er zurückkommen, um den Firmenwagen auf eine Anhängerkupplung zu schnallen.

Weit von ihnen entfernt, hielt er dann an, um die Fahrgestellnummer, die auf einem kleinen Schild auf dem Armaturenbrett befestigt war, durch die Windschutzscheibe hindurch zu überprüfen. Er sah nach, ob sie zu einer der Nummern auf der Liste paßte, die er aus der Schublade im Aktenschrank der DKA gestohlen hatte und die er jetzt auf seinem Klemmbrett hatte.

Jawoll!

Zweite Beute.

15

Larry Ballard erhielt nicht viele Aufträge im North Bay, denn O'B konnte all dem Sonnenschein nicht widerstehen, wenn sich die City unter einer Schicht von Küstennebel den Arsch abfror. Und so kam es, daß Ballard, als er an jenem Sonntag nachmittag hoch nach Santa Rosa fuhr, ganz beeindruckt davon war, wie die Bauunternehmer sämtliche Gewalt über die Planungsabteilung des Marin County gewonnen hatten, wenn er mal kurz nicht hinsah. Auf beinahe jeder Hügelspitze schossen zwei- und dreigeschossige Wohnhäuser aus dem Boden; nördlich von San Rafael, wo er sich eines kleinen französischen Restaurants mit Ententeich entsann, produzierte ein Ungetüm von Kraftwerk den Strom für all diese Hänge, die mit hochverdichteten Siedlungen wie mit Aknepickeln übersät waren.

Jemand mußte ein wachsames Auge auf das Marin County werfen, und zwar rasch.

Während er auf der sechsspurigen Autobahn weiter gen Norden in das noch immer ländliche Sonoma jagte, sah sich Ballard mit der Frage beschäftigt, ob Beverly ihn jemals wieder in ihr Leben lassen würde. Es war ihnen zur simplen Routine geworden, sich gemeinsam mit Bart und Corinne zu verabreden – ein Film und hinterher ein Drink, dann er und Bev zu ihr, um ...

Das Problem war, er mochte sie *arg*, manchmal dachte er, sie seien ineinander verliebt. Aber einer von beiden war dann doch immer zurückgeschreckt vor einer dauerhaften emotionalen Bindung. Und jetzt war alles vorbei.

In Santa Rosa fuhr er von der Autobahn ab und hielt Ausschau nach dem stuckverzierten Haus im Stil der 30er Jahre, Redwood Highway Nummer 15431. Er hörte auf, an Beverly, und fing wieder an, an die Arbeit zu denken. Nun, vielleicht nicht gänzlich an die Arbeit. Vielmehr stellte er Vermutungen über die Frau an, deretwegen er nach Norden gefahren war, um sie zu suchen.

Ballard hatte sich die Adresse in der alten Akte nicht ansehen müssen; sie war ihm sofort in den Sinn gekommen, als er beschlossen hatte, sich auf die Suche nach der wunderschönen Wahrsagerin mit dem Namen Yana zu begeben. Vor ungefähr drei Jahren hatte Yana ihm einen Tip gegeben, der der DKA geholfen hatte, ihre Lizenz vor dem Zugriff des Staates zu bewahren.

Und das war nicht alles, was sie ihm gegeben hatte. Entgegen aller bekannten Logik, Zigeuner und *Gadje* betreffend, war Yana mit ihm ins Bett gestiegen – in jenem großen Motel an der Straße zu ihrer Wahrsagerbude.

Nur das eine Mal; sie hatte es nicht gewagt, es noch einmal zu tun. Sie war im Alter von 13 Jahren für $ 3000 an so ein fieses *Zigeunerschwein* verkauft worden und hatte seitdem bei ihm und seiner Mutter, Madame Aquarra, gelebt. Madame Aquarra konnte sie auf den Tod nicht ausstehen und versuchte beharrlich und unbeirrbar, Yana anzuschwärzen, damit sie rausgeworfen werden konnte und ihr Ehemann den Brautpreis zurück erhielt.

Da Yana der einzige Zigeunerkontakt war, den er hatte, mußte er mit ihr reden. Oder, falls sie nicht mehr da war, mit Madame Aquarra, um sie zu finden. Es war Nacht gewesen, als er das erste und letzte Mal für wenige Augenblicke mit der alten Frau geredet hatte, also würde sie ihn wohl kaum nach drei Jahren wiedererkennen. Oder?

Seine Spekulationen waren akademischer Natur: Es gab keinen Redwood Highway mehr. Nur noch so eine blöde Einkaufsstraße. Niemand war da, den man hätte fragen können, wo sich die Wahrsagerbude jetzt befand, und da es Sonntag war, konnte er nicht einmal mit einem möglichen Trick die Nachsendeadresse auf der örtlichen Post erfahren. Und überhaupt, nur wenige Zigeuner konnten lesen und schreiben, und so bekamen sie nicht viel Post außer von staatlichen Behörden - egal. Yana konnte, so erinnerte er sich, nur Telefonnummern und Straßennamen lesen, obwohl sie sich bei Zeitungen und Speisekarten wirklich gut durchmogelte.

Da Madame Aquarra eine nicht verzeichnete Telefonnummer hatte, dauerte es zwei Stunden, um ihre neue Adresse herauszufinden. Draußen in der sprießenden Vorstadtlandschaft, westlich vom eigentlichen Santa Rosa, wo sich die alte Calistoga Road von der Cal 12 abzweigend die Hügel hochmäanderte.

Spirituelle Beratung stand auf dem Schild über der Tür, aber es war schlicht und einfach eine bessere Wahrsagerbude. Auf der vorderen Veranda der imitierten *Hacienda* aus Stuck und Ziegeln standen Keramiktöpfe in allen Grundfarben, bunte Figurinen und Aschenbecher, allesamt Touristenschund, sowie ein exquisites Della Robbia Medaillon, das in den Stuck neben der Tür versenkt war. Ein fast lebensgroßer krauser Stoffgorilla saß in einem Schaukelstuhl aus Korbgeflecht mit einer erloschenen Zigarre in der Faust.

Ballard knirschte über den Kiesplatz und nahm die drei Stufen zur Veranda. Er läutete. Bingo! Madame Aquarra, die Schwiegermutter. Sie rauchte einen langen schwarzen Stumpen, so einen, wie ihn der Gorilla hatte, ließ ihn jedoch schnell hinter ihrem Rücken verschwinden, als sie einen womöglich zahlenden Kunden an der Tür erspähte.

»Madame Aquarra weiß alles«, intonierte sie.

Dieselben Worte, die sie vor drei Jahren benutzt hatte. Offensichtlich konnte sie den mutmaßlichen Bullen nicht erkennen, der ihre Schwiegertochter für eine Nacht zum Ficken entführt und den sie nur halb im Dunkeln gesehen hatte. Wenn er bedachte, was Yana und er so lustvoll bis zum Morgengrauen getrieben hatten, war es viel mehr gewesen als eine Nacht mit Reckarschgen und Schmuckfözgen.

Jetzt spielte er den Konfusen.

»Ich suche die *andere* Madame Aquarra.«

Sie starrte ihn an. Dieselben eisigen Augen, derselbe flaumige Schnurrbart, der ihre Oberlippe zierte, dasselbe glänzende schwarze Haar, das ganz leicht mit Grau durchsetzt war und sich auf ihrem Kopf kringelte, dieselben zusätzlichen 50 Pfund, die ihren bunten Seidenrock straff über den meterbreiten *Derrière* spannten.

»Es gibt keine andere Madame Aquarra. Durch Äonen hindurch, in allen Ländern aller Jahrhunderte, hat es zu jeder Zeit stets nur eine Madama Aquarra gegeben, die in die Zukunft sah, um –«

»Verdammt«, rief Ballard aus. »Zu dumm aber auch.«

»Zu dumm.«

Weder ganz Frage, noch ganz Aussage. Der Wunsch, informiert zu werden. Fast schon, wenn auch noch nicht ganz, irgendwo Geld in der Sache riechend.

»Genau. Zwischen zwanzig und dreißig - *Roma* wie Sie –«

»Was wissen Sie von den *Roma?*« forderte sie ihn umgehend auf.

»Ich weiß, daß sie die einzigen wahren Seher sind. Ich weiß nur, daß sie wahrlich mit dem zweiten Gesicht und dem dritten Auge gesegnet sind.«

Er wußte gar nicht, was er da eben gesagt hatte, aber es schien Madame Aquarra zu gefallen. Sie nickte weise.

»Woher wissen Sie das?«

»Von der jungen *Roma*-Frau, von der ich dachte, sie sei Madame Aquarra. Sie hat mir die Zukunft vorausgesagt, und das hat mir am Ende eine Menge Geld eingebracht. Ich möchte ihr etwas davon abgeben.«

»Sie hat Ihnen hier Ihre Zukunft vorausgesagt? In meinem *Ofica*?«

Ballard überlegte schnell. Yana war offensichtlich nicht hier, und er wußte, daß das alte Mädel sie haßte; also schalt er sie mit einem wackelnden Finger.

»Sie stellen mich auf die Probe, nicht wahr, Madame Aquarra? Natürlich nicht hier, in Ihrem *Ofica*. In ...« Er machte mit seiner Hand eine wegwerfende Geste. »Aber sie ist fort von dort ...«

Er verfiel in Schweigen. Schweigen war nützlich: Vielleicht half es sogar bei dieser bösen alten Zigeunersfrau, die von Zorn und Gier getrieben war.

»Madame Aquarra weiß, von wem Sie sprechen«, gab sie mit einer unvermutet wohltönenden Stimme zu. »Und natürlich kennt Madame Aquarra den Weg, auf dem sie Ihre Kraft freigesetzt hat, mit der Sie zu finanziellem Erfolg gekommen sind. Also ...«

Ballard stand einfach da und strahlte sie an, die Hände in den Taschen. Er hatte sie. Gottverflucht, er hatte sie. Oder nicht er – sondern die Gier.

»Also geben Sie mir das Geschenk, das Sie für sie haben, und ich werde es ihr geben.«

Ballard bewegte seinen Kopf langsam von einer Seite zur anderen, noch immer, ohne etwas zu sagen, noch immer mit dem dämlichen Lächeln auf seinem Gesicht. Der Jähzorn, den er erhofft hatte, verzerrte ihre Züge: *jawoll!* Sie haßte ihre Schwiegertochter so sehr, daß sie bereit war, sie an einen *Gadjo* zu verkaufen.

»Was zahlen Sie für sie?« fragte Madame Aquarra unverblümt.

Er zog seine Hand aus der Tasche, sie umklammerte zwei 50-Dollar-Scheine. Madame Aquarra glotzte sie an, dann trafen sich ihre Augen - seine unverbindlich, ihre zornig. Ein Schaudern überkam ihn. Auch wenn sie käuflich war, sie hatte eine mächtige Ausstrahlung.

»Madame Miseria. San Francisco.«

Er gab ihr einen einzelnen Fünfziger. Schweigend. Wieder sprach sie, als würde er die Worte körperlich aus ihr herausziehen.

»North Beach.«

Madame Miseria. Jetzt erinnerte er sich an ihr Schild am ... Romolo Place, das war es. Er kam viel in der City herum, die meisten Straßen kannte er gut. Also war Madame Miseria Yana! Heiße Scheiße!

Er gab Madame Aquarra den zweiten Fünfziger. Die gleich darauf schrie: »Los! Finden Sie sie! Reißen Sie ihr die Augen aus!«

Dann schlug ihm Madame Aquarra die Tür vor der Nase zu.

Ballard ging zurück zu seinem Auto, begeistert und beklommen. Er hatte sie gefunden - es sei denn, die alte Dame hatte ihn reingelegt. Nein. Sie hatte nicht mehr an die Geschichte von der Belohnung geglaubt, sie hatte gedacht, der *Gadjo* wolle Yana für irgend etwas hinter Schloß und Riegel bringen. Ihr Haß war mit ihrer Gier verschmolzen, und sie hatte sie für einen Groschen verraten.

Es sah also so aus, als wäre Yana von ihr fortgekommen - und als hätte sie auf die eine oder andere Weise ihren Brautpreis mitgenommen.

Ballards Beklommenheit rührte von der Tatsache her, daß er seinen Wagen so geparkt hatte, daß Madame Aquarra sein Kennzeichen hätte erkennen können, wenn sie Lust dazu gehabt hätte. Er glaubte nicht an die Flüche der Zigeuner, aber er glaubte an die Effizienz ihrer Nachrichtennetze.

Er fuhr mit dem Gedanken los, daß er ihr vielleicht die Nachricht zukommen lassen sollte, daß Yana etwas wirklich Furchtbares zugestoßen sei. Das würde sie glücklich und womöglich Larry Ballard vergessen machen.

Was wiederum Larry Ballard diese Nacht besser schlafen lassen würde.

Schlaf war an diesem Wochenende knapp gewesen für Ken Warren. Irgendwie hatte er sich in den Kopf gesetzt, daß jene drei Tage so etwas wie eine Probe für ihn waren. Dan Kearny zeigen, daß er ein echter Autogreifer war, und der DKA-Job wäre der seine.

Es gab überraschend viele Tätigkeiten, mit denen sich ein Kerl, der Warrens Behinderung hatte, über Wasser halten konnte, und er hatte die meisten davon selbst ausgeübt, von der Arbeit als Zivilist vor zwanzig Jahren in Vietnam (niemand mit seinem Sprachfehler konnte zum Militär, er hatte es ernsthaft genug versucht), zum Wanderarbeiter, zum Schauermann am Hafen, zum Mann für die Takelage, bis hin - ausgerechnet - zum Barkeeper.

Aber Autodetektiv, das war das, was er am liebsten war, und er war wirklich gut, wenn sie nicht gerade versuchten, ihn zum Reden zu verleiten. Als Autodetektiv mußte er auf seine Gewitztheit vertrauen. Er mußte herausfinden, was der andere Kerl gemacht hatte und was er als nächstes vorhatte. Es gab Aufregungen und Herausforderungen und dann und wann äußerste Gefahr. Der perfekte Job.

Nicht, daß er an diesem Wochenende irgendwelcher Gefahr ins Auge zu sehen hatte.

Die Frau mit der Kaffeekanne hatte sich abgesetzt.

Der Bursche mit dem großen Freund war nicht zurückgekommen.

Aber eine Menge anderer Leute waren zu Hause gewesen.

Fußgänger mittlerweile, jeder von ihnen. Der Kerl in Fairfax im Marin County, oben auf dem Hügel mit der unbefestigten Straße, der mit ihm über seinen Truck hatte streiten wollen, bis Warren ihn wie ein Baby unter den Armen gepackt, hochgehoben und gleich einer Farbdose auf ein Regal in seiner Garage gesetzt hatte.

»Dda bplaips dtu bies gchich pfeg bpin.«

Der Bursche sah nicht so aus, als ob er die Worte verstanden hätte, aber er blieb auf dem Regal, bis Warren mit seinem Pick-up davongefahren war.

Der Mann und seine Frau unten in Burlingame auf Peninsula mit ihren beiden zwillingshaften Buick Reattas - *für sie & für ihn* - und dem bissigen Wachhund. Warren hatte den ersten Buick um drei Uhr in der Früh gestohlen, den zweiten um halb Vier, den ersten von der Straße weg, den zweiten vom Einstellplatz, ohne den Rottweiler auf dem Hinterhof auch nur zu wekken. Am Ende hatte er eine große rote Schleife, die er im Fond eines der beiden Wagen gefunden hatte, an die Tür zur Hundehütte gebunden - als kleinen Scherz.

Es hatte einen kleinen haarigen Moment im Castro District von San Francisco gegeben, als ihn ein Haufen feindseliger Homos dabei beobachtet hatte, wie er einen Ford Aerostar Van aufbrach. Aber irgend so ein Kerl hatte ihm beigestanden, sie wieder zu beruhigen, und dann, als Ken im Begriff war davonzufahren, hatte er ihm die Schlüssel in die Hand gedrückt! Der eingetragene Besitzer. Er hatte einfach dagestanden und zugeschaut, wie Ken sich den Wagen nahm - schamerfüllt hatte er zugeben müssen, daß er mit den Zahlungen im Rückstand war.

Dann der andere Kerl südlich vom Markt, der auf die Haube seines eigenen Plymouth Laser gesprungen war und seinen Mantel vor der Windschutzscheibe ausgebreitet hatte, um Warren daran zu hindern wegzufahren. Der Laser prallte gegen einen Telegrafenmast, lief jedoch noch, und so kam der Wagen besser davon als der Kerl auf der Haube: der landete im Krankenhaus - mit Brüchen, Quetschungen und einem übel ausgehöhlten Mund, was vom Zungenkuß mit einem Kanaldeckel herrührte.

Nein, die Probleme, mit denen sich Ken Warren konfrontiert gesehen hatte, hatten mit den Leuten, deren Autos er zusammensuchte, nichts zu tun gehabt. Das erste hatte darin bestanden, daß ihm am Montag so ungefähr um 5 Uhr früh der Sprit ausgegangen war - ihm, nicht seinem Auto - und er war während seiner Überwachung an der Kreuzung 25th Ave/El Camino del Mar in Seacliff eingeschlafen. Die Lady mit dem BMW 535i war nicht aufgetaucht, und er erwachte trüben Auges und nebeldurchfroren um halb Sieben. Er wusch und rasierte sich in der Herrentoilette des Seacliff Motel hinter den Sutro Heights und nahm sogar Toast und Kaffee, bevor er widerwillig zurück zum Büro der DKA fuhr.

Widerwillig, denn dort wartete sein zweites Problem. Er hatte keinen Schlüssel für die Garage der DKA gehabt, und so hatte er die Autos, die er zurückgebracht hatte, rund um den Block, in dem sich das Büro befand, auf der Straße geparkt. Und was noch schlimmer war: Als ihm die Parkplätze ausgegangen waren, hatte er den letzten Wagen rechtwinklig über den Gehweg gestellt, so daß die vordere Stoßstange gerade gegen das schwere Garagentor der DKA stupste.

Er mochte wetten, daß Kearny deswegen wirklich sauer war.

16

Als Dan Kearny am Montag um 7 Uhr 33 zum Büro kam, war er sauer. Irgendein Idiot hatte sein Auto doch tatsächlich quer über den Gehsteig gestellt und blockierte das Garagentor der DKA. Und - als ob das nicht genug wäre - es war kein einziger Parkplatz in Sichtweite, wo er *seinen* Wagen hätte abstellen können, um den anderen da wegzuschaffen.

Nachdem er - Warnblinker an - auf der Straße in zweiter Reihe geparkt hatte, ging er durch das Büro, um die Alarmvorrichtungen abzuschalten, und dann hinten hinaus, um die schwere hölzerne Schiebetür aufzuschließen und den Schalter an dem kleinen Motor umzulegen, der sie zur Seite rumpeln ließ. Vor sich hin grummelnd, schaffte er es, den Wagen anzulassen, und war gerade dabei, auf die Straße zurückzustoßen, als Giselle hinter ihm anhielt und ihn einschloß.

»Was macht denn der hier?« wollte sie wissen.

»Das frag ich mich auch. Ich werd ihn auf der Straße stehen lassen, dann können ihn die Cops notieren und abschleppen -«

»Wirst du nicht. Bis wir letzte Woche unsere Fälle getauscht haben, hatte ich die Papiere für den.«

»Verdammich!« sagte Kearny. »Der muß bei dem Packen dabei gewesen sein, den ich Ken Warren am Freitag gegeben habe. Er muß ihn sich geschnappt haben, und dann hat er ihn hier abgestellt, weil er keinen Garagenschlüssel hat. Gar nicht so übel für einen neuen Mann.«

»Auf der anderen Straßenseite steht noch einer von meinen.«

»Dann hat er zwei gekriegt? Hei, pfundig!« Er hielt inne, plötzlich beklommen. »Äh, hör mal, Giselle, ich hab am Freitag den Reinigungsdienst gefeuert.«

»Du hast *was*? Warum hast du nicht gewartet bis ich jemand anders gefunden hab, mit dem wir rechnen können – «

Das war der Moment, in dem O'B vorfuhr und sich aus seinem Auto schälte.

O'B hatte den längsten Teil des Samstags auf dem Flugplatz oben in Sonoma verbracht, um eine Spur zu den Zigeunern zu finden, die Doc Swigart den altertümlichen Doppeldecker »verkauft« hatten – kein Glück – er hatte den längsten Teil von gestern im Alten Muschel Haus unter der Autobahn in der Nähe der Abfahrt zur Army Street verbracht und den längsten Teil des vergangenen Abends in einer die ganze Nacht über geöffneten Sauna auf der Market Street, Muschelsaft aus seinem Körper schwitzend.

Einen Fuß auf dem Asphalt reckte er vorsichtig seinen Hals über das Dach des Autos, als hätte er noch immer seinen Katzenjammer – trotz des in der Sauna frisch geschrubbten Boskopps. Schamlos gurgelte er in seinem besten süßholzraspelnden irischen Akzent die *Rs* – ein leicht heruntergekommener Rotschopf mit blutunterlaufenen Augen.

»Glaube und Hoffnung, das sind die winzigen Kobolde, die das gesegnete Wochenende über so geschäftig waren.«

»Was heißt –?« wollte Kearny wissen, obwohl ihm langsam ein Licht aufging, daß er es womöglich schon wußte.

»Wer die Schuster verscheucht in der Nacht, bei Lichte wird zu Fall gebracht.«

»Wie viele kommen von dir?«

O'B ging um seinen Wagen herum und patschte eine schlanke sommersprossige Hand auf die Haube eines grünen Cutlass Supreme, der gleich vor dem Büro stand.

»Dieser hier.« Er drehte sich herum und deutete die Straße hinab. »Und der da. Und der Pick-up dort drüben aus Marin. Und noch zwei um die Ecke ...« Er grinste Kearny an. »Vielleicht lernen Sie es jetzt zu schätzen, wieviel Arbeit ich im Laufe eines Tages erledige –«

Kearny hatte gerade begonnen, darauf aufmerksam zu machen, daß jemand anders die ganzen Autos, die O'B zugeteilt waren, einkassiert hatte und nicht der Ire selbst, als Larry Ballard vorfuhr.

Ballard war schon einmal um den Block gefahren durch die kleine, einen Block lange Norfolk Alley, und es gab nicht einen verdammten Parkplatz. Normalerweise gab es am frühen Montag morgen ein Dutzend, die frei waren.

Und jetzt das: mitten auf der Straße Leute, die mit den Armen winken. Was ging denn da ab? Eine Tagung?

Oder vielleicht gab es Ärger. Jawoll, da standen Kearny, Giselle, O'B ... das Auto von irgendeinem Kerl blockierte die Garage ... Mit kreischenden Reifen hielt er hinter O'Bs Wagen an und fühlte, während er ausstieg, hinter seinem Sitz nach dem großen Schraubenschlüssel und realisierte dann erst mit einiger Verspätung, daß außer der DKA-Crew niemand dabei war. Er ging zu ihnen.

»Was ist passiert?«

Kearny schwang seinen Arm in einer alles-umfassenden Geste. »Wie viele von denen waren dir zugeteilt, Larry?«

Zum ersten Mal begutachtete Ballard die Kennzeichen.

»Ver ... damm ... mich ...« Er schüttelte den Kopf. »Da sind die Zwillingsbuicks von Peninsula, ich möcht wetten, da war ich ein Dutzend mal, ohne auch nur an den Wagen schnuppern zu können – nur dieser verdammte Hund, der versucht hat mir die –«

»Sag es nicht!« rief Giselle alarmiert.

» – die Füße abzubeißen«, beendete Ballard den Satz und sagte dann zu O'B, gleichfalls alarmiert: »Unserem Pietro hat niemand den Mercedes abgenommen, oder? Ich –«

»Ich hab ihn nicht gesehen.« O'B wandte sich zu Kearny. »Wieviel Jungs *hattest* Du denn rausgeschickt übers Wochenende, Hochwürden?«

Noch bevor Kearny antworten konnte, fuhr Bart Heslip vor.

Er hechtete aus dem Wagen, so in Eile, als hätte jemand an der Haustür geschellt.

»Wer ist überfahren worden?«

»Die Fälle von letzter Woche«, sagte Ballard.

»Ich versteh nicht.«

»Jemand hat etwas verstanden. Und zwar wiederholt.« Jetzt war Ballard an der Reihe, seinen Arm herumzuschwingen wie Balboa auf einem Gipfel in Darién. »Wie viele davon erkennst du wieder, Bart?«

Erstaunen ließ Heslips Augen weiten.

»Der Laser da mit der eingedellten Front ist einer von mir.«

»Ich hoffe, wir sind nicht für die Delle verantwortlich«, sagte Kearny rasch.

»Weiß ich nicht. Ich hab, solange ich den Auftrag hatte, den Wagen nie gesehen. Ich hatte schon angefangen zu glauben, der Kerl wäre aus Rauch ...« Er unterbrach sich in plötzlicher Panik. »Es hat doch niemand Sarah geschnappt, oder? Wenn ich mein ganzes Wochenende damit verbracht hätte, ohne die geringste Spur Zigeuner zu jagen, und jemand hätte den Charger einkassiert –«

»Auf der Straße hab ich ihn nicht gesehen«, sagte Ballard. »Außer er steht drinnen –«

»Die Jungs, die ich übers Wochenende draußen hatte, haben keine Schlüssel für die Garage«, sagte Kearny.

Heslips Augen hatten sich auf ein anderes geparktes Auto geheftet. »Hey, da ist ja der Aerostar Van, der, den –«

»Draußen im Castro«, nickte Giselle, die ihm den Fall ursprünglich übertragen hatte.

»Ich hatte nur eine Woche«, sagte Heslip sich verteidigend.

»Und wo ich noch die ganzen anderen Fälle hatte, an denen ich arbeiten mußte –«

»Der Bursche, der den Wagen jetzt aufgetrieben hat, hatte nur ein Wochen*ende* Zeit«, unterbrach ihn Kearny in der beleidigendsten Art, die er beherrschte.

Und Heslip war tatsächlich beleidigt. »Was für ein Bursche?«

»Ich hatte nur zwei Männer draußen, und einer von beiden ist noch grün hinter den Ohren, er hat erst am Freitag angefangen. Also hat wahrscheinlich Morales –«

Und in diesem Moment fuhr Morales vor – *in einem der Zigeunercaddys!*

Anstatt dankbar zu sein, war Kearny, dieser *Chingada*, wie der letzte Schrottplatzhund hinter ihm her.

»Was machst du mit diesem Cadillac?«

»Fahren«, antwortete Morales süffisant, als er ausstieg. Er war ihn das ganze Wochenende über gefahren – Jesses, was ein Schiff! Power ohne Ende. »Ich bring ihn her, um meinen Bericht fertig zu machen, und –«

Ballard hatte durch die Windschutzscheibe geschaut, um die Fahrgestellnummer mit ihrer Liste der Zigeunercadillacs zu vergleichen.

»Ja, das ist einer von uns«, sagte er mit geknickter Stimme. »Aber trotzdem, warum arbeitet dieser Bastard da wieder für uns?«

»*Chinga tu madre, maricón!* Willst du herkommen –«

Heslip stellte sich zwischen die beiden, denn Ballard war bereit *herzukommen* – das letzte Mal hatte Morales ihn niedergeschlagen, dieses Mal würde es nicht so leicht für ihn werden. Ballard war älter, weiser, fitter und hatte ein paar Jahre Karate unter dem Gürtel.

Nicht daß Karate, wo wir gerade davon sprechen, für den furchtsamen Freddie in der Lederunterwäsche einen großen Unterschied gemacht hätte.

Das Gezänk ignorierend, sagte Kearny: »Wir haben zwei Mann zusätzlich gebraucht, damit wir mit den Akten weiterkommen, die ihr abgegeben habt und ihr euch mit diesem Zigeunerkram beschäftigen könnt.«

»Nur *zwei* Mann?« Giselle sah sich wie benommen um. Offensichtlich waren *alle* Parkplätze mit wieder einkassierten Autos besetzt. »Zwei Jungs? Und all das?«

Kearny hatte sich jedoch daran erinnert, daß Morales von dem Zigeunerfall nichts wissen sollte, geschweige denn an ihm arbeiten durfte.

»Du hast in diesen Zigeunerakten herumgeschnüffelt!« brauste er auf. »Das war es, was du gemacht hast, als ich dich am letzten Freitag oben im vorderen Büro gesehen habe! Verdammt, Morales, ich will –«

»Hey, ich hab einen geschnappt, nicht wahr?« Morales deutete mit dem Daumen auf Ballard. »Und das ist mehr als unsere Kanone hier übers Wochenende zustande gebracht hat.« Er ging näher auf Kearny zu – einen anzüglichen Ausdruck im Gesicht. »Hör mal zu, ich möchte wetten, daß du jedem für jeden Zigeunerwagen, den er zurückbringt, einen Bonus zahlst, nicht? Und es hat mir den Anschein, daß, wenn ich mit den andern Jungs den Zigeunerfall beackern würde, daß . . .«

»Keine Boni, und dir kann ich sowieso nicht trauen«, sagte Kearny schlankweg. »Nicht bei so einer Sache. Ich hab dich geholt, damit du die Fälle, die –«

»Ich würde immer noch gerne wissen, wer diese ganzen Autos geschnappt hat, da es ja offensichtlich keiner von uns gewesen ist«, sagte O'Bannon.

Das war der Moment, in dem Ken Warren vorfuhr.

Er hatte es gewußt, er hatte es einfach gewußt. Der Wagen, den er vor dem Garagentor hatte stehen lassen, war halb auf die Straße zurückgefahren, und Kearny fuchtelte vor irgendeinem mexikanischen Typen, der in der Mitte einer Gruppe von Leuten stand, mit den Armen herum, so als könnte da ein Unfall stattgefunden haben.

Er konnte sich keines spanischen Nachnamens auf den Akten, an denen er gearbeitet hatte, entsinnen, aber er hatte sie ziemlich schnell runtergerissen – könnt schon sein, daß er da einen Namen vergessen hatte. Er hatte sich noch nie in seinem Leben an so vielen einfachen Fällen versuchen dürfen. Diese DKA-Burschen mußten wohl wirklich mit den Leuten *reden*, wie Kearny das gesagt hatte, statt die Autos einfach zu greifen.

Ken Warren mochte es wirklich, sich Autos einfach zu greifen.

Er parkte seinen Firmenwagen wie alle anderen in zweiter Reihe und zehenspitzte gewissermaßen auf die Gruppe zu. Hei, das waren doch alles Ermittler, mochte er wetten. Tatsächlich mochte er sogar darauf wetten, herausfinden zu können, wer wer war - und zwar einzig aufgrund der Lektüre der Berichte in den Akten, die er bekommen hatte.

Den Mex konnte er nicht einsortieren, aber der Mick mit dem roten Haar und den Sommersprossen und dem Säufergesicht, das mußte O'Bannon sein, derjenige, der mit O'B unterzeichnete.

Der schwarze Bursche, den er kämpfen gesehen hatte, das war Bart Heslip. Nicht sehr auffällig für einen ehemaligen Mittelgewichtsprofi.

Kearny hatte gesagt, die große blonde hübsche Lady wäre Giselle Marc, die Büroleiterin. Sie arbeitete auch draußen - konnte er ihr nicht verübeln, da ging schließlich die Post ab.

Und der schlanke gutaussehende muskulöse Kerl, der ziemlich viel surfen oder tauchen mußte, damit seine Haare derartig - beinahe weiß - gebleicht waren, der mußte Ballard sein.

Unvermeidlich - Kearny erblickte ihn. Er kam rüber, und es arbeitete in seinem Gesicht, und er fuchtelte mit den Armen, wie er es gerade noch bei dem Mexikaner gemacht hatte.

»Warren, was zum Teufel, haben Sie über das Wochenende *gemacht*?«

Giselle hauchte ihm gerade laut genug für Kearny zu: »Was denkst du denn, was er gemacht hat? Er hat bewiesen, daß er der *größte* Autogreifer ist, den die Welt je gesehen hat.«

Alle anderen hatten sich herumgedreht, um Warren anzustarren, als wäre er von einem anderen Planeten - und er hatte bislang noch nicht einmal den Mund aufgemacht.

Unbehaglich verlagerte er das Gewicht von einem Fuß auf

den andern und versuchte herauszufinden, welche Antwort Kearny von ihm hören wollte. Dann überkam ihn die Inspiration.

»*Hey, Mr. Kearny, chich thap mnit däm Mmann spbrochn*!«

Kearny versetzte ihn in höchstes Erstaunen, indem er in Lachen ausbrach. Und ihm dann auf die Schulter klopfte und fragte: »Du hast mit *allen* Männern sprochen?« Es schien, als bekäme er den Bogen raus, in der Art von Ken zu sprechen.

»Tja, nee, nu nit tdänen, die –«

»Wie viele Autos hast du dir denn seit Freitag nachmittag unter den Nagel gerissen?«

Er mußte nicht lange seine Unterlagen zu Rate ziehen, um das zu beantworten. Er hatte sie während des Frühstücks durchgezählt. »Tdiebtähn.«

»Siebzehn?«

»Ja.«

»Polizeiberichte?«

»Ja.«

»Zustandsberichte?«

Die hatte er beim Frühstück fertig gemacht, und da er lieber was zeigte als erzählte, hielt er das Bündel ausgefüllter Formulare hoch. Kearny schaute sie an, nickte dann und drehte sich zu den andern, die noch immer herumstanden und glotzten, als wären sie im Fleishacker Zoo.

»Ken Warren«, sagte Kearny mit schwungvoller Gestik und fügte dann mit meisterhaftem Understatement hinzu: »Er wird für euch arbeiten, solange ihr an dem Zigeunerfall seid.«

»Für uns *alle*?« fragte Ballard.

»Er und Morales, ja.« Kearny deutete auf die von zurückgebrachten Autos überfüllte Straße. »Ist irgendwas nicht in Ordnung, Larry?«

»Teufel, nein, nichts ist, ich frag mich nur, wie ein Kerl . . .«

Ballard verstummte. Der Kerl hatte *siebzehn* Autos in drei Tagen einkassiert! Siebzehn – das war ein gutes Ergebnis für einen guten Mann in einem guten Monat. Zum ersten Mal in seinem Berufsleben fühlte er so etwas ähnliches wie Ehrfurcht vor der Arbeit eines anderen Mannes außer Kearnys; der Große Weiße

Vater war natürlich stets der beste. Er machte einen Schritt nach vorn und streckte Ken Warren die Hand entgegen.

»Ich bin Larry Ballard.«

»Glich bpin gKen Gwarren.«

Dann versammelten sie sich alle um ihn herum, schüttelten ihm die Hand und klopften ihm auf die Schultern, wie Football-Spieler, die über den Kerl herfielen, der sich das Ei beim ersten Kickoff grapschte, durch die Reihen jagte und den Touchdown schaffte. Warren begriff mit einem Mal, warum ihn die andern angestarrt hatten. Nicht weil sie gehört hatten, daß er etwas seltsam redete. Teufel nein. Weil sie *beeindruckt* waren.

Zum ersten Mal in seinem Leben, zum allerersten Mal, hatte Ken Warren das Gefühl, zu einer Gruppe zu gehören, die sich einen Dreck darum scherte, wie er redete. Wie auch immer er es schaffte, er sprach ihre Sprache.

Kearny sagte: »Okay, Warren hat Berichte zu schreiben und Autos, die zu Händlern gebracht werden müssen. Giselle und Trin haben beide einen Zigeunercadillac, mit dem dasselbe zu tun ist. Und wir andern: Für uns gilt, die Zigeuner werden keine Zeit verlieren, die Nachricht zu verbreiten, daß jemand am Wochenende zwei ihrer Schiffe versenkt hat.«

»Heiliger Klabautermann«, sagte O'B, »die sind beide im Vorbeigehen geschnappt worden. Vielleicht denken sich die Zigeuner, daß einfach das Gesetz der großen Zahl zugeschlagen hat. Wer mit so vielen neuen Cadillacs herumfährt –«

»Glaubst du das wirklich?« wollte Kearny ungläubig wissen.

»Nö.«

17

»Wir wußten, daß irgendwer aufpassen würde«, unterbreitete Marino vorsichtig. Sie waren in der Küche von Yanas *Ofica*, und, obwohl er es niemals zugegeben hätte, Yana war auf ihrem eigenen Boden ganz schön beeindruckend.

»Und eine Rennbahn ist ein geeigneter Ort, um nach Zigeunern Ausschau zu halten«, stimmte Ristik eifrig zu. Aber irgendwie klang er, ganz wie Marino, als wolle er sich verteidigen, und das, obwohl Yana seine kleine Schwester war; und so fügte er hinzu: »Das war nur irgendein Autodetektiv mit viel Glück.«

»Was für eine Art Glück.« Yana schüttelte ihren Kopf. »Nein. Jemand, der sehr gut und sehr gescheit ist, ist hinter uns her.«

»Autodetektive sind nicht gescheit«, sagte Marino verächtlich.

»Die hier schon.«

»Oder dein Ehemann benutzt wieder seine alten Tricks und verkauft unsere Autos an die *Gadje*, und du hilfst ihm vielleicht dabei . . .«

Seine Stimme erstarb: Er war zu weit gegangen, und er wußte es. Einen Augenblick lang sah ihr Gesicht knochenbleich aus; er spürte einen Stich abergläubischer Furcht. Dann entspannte sie sich und zuckte mit den Schultern.

»Wenn Ephrem Geld machen kann, indem er die *Roma* an die *Gadje* verrät, dann wird er das tun - aber von mir erfährt er nichts. Ich weiß nicht, wo er ist, und ich will es auch nicht wissen. Aber ob sich jemand an unsere Fersen geheftet hat oder nicht, wir müssen den *Kumpanias* sagen, daß wir zwei Wagen verloren haben. Und ich will Gewißheit über diese Detektei.«

»Das herauszufinden dürfte nicht allzu schwierig sein«, sagte Marino.

Gleichzeitig sagte Ristik: »Warum es jetzt schon den *Kumpanias* sagen? Die meisten unserer Leute sind doch eh schon fort von hier –«

»Dann kläre das ab«, sagte sie zu Marino, und dann zu Ristik: »Denn wenn eine Agentur über uns Bescheid weiß, wird sie versuchen, uns quer durch das ganze Land zu verfolgen. Außerdem kann ich hier noch nicht weg –«

»Wegen Theodore Winston White dem Dritten«, flötete Marino süßlich.

Sie warf ihm einen giftigen Blick zu.

»Wenn du mehr Zeit mit deinem St. Mark Hotel verbringen würdest, anstatt die Mitglieder deines Clans hinter uns herzuschicken in der Hoffnung, uns das pinkfarbene 58er Cabrio abnehmen zu können, dann wärst du vielleicht –«

»Was weißt du vom St. Mark?« fragte Marino sie wütend. Sie lachte laut auf und wirbelte zu ihm hin, so daß ihr flatternder Rock die wunderschönen Beine zeigte.

»Ich weiß, was ich weiß.«

»Wenn du dich da einmischst –«

»Laß deine Finger von Teddy White.«

Es gab ein langes Innehalten. Schließlich nickte Marino und stand vom Küchentisch auf, an dem er und Ristik gesessen hatten.

»Einverstanden.«

Sie wurde ein wenig sanfter. »Ich brauch nur noch ein paar Tage ...«

»Ich auch.«

Für einen langen Moment starrten sie einander in die Augen. Dann brachen beide gleichzeitig in Gelächter aus.

»Möchtest du nach Zlachis Tod Hofdame meines Königs werden?«

»Und willst du meiner Königin Hofnarr sein?«

Als er jedoch einige Minuten später die Treppe hinunterpolterte und es keinen Grund mehr gab, die Fassade zu wahren, war kein Lächeln mehr in Marinos Gesicht.

Konnte es eine Detektei geben, die gut genug war, sie als diejenigen, die die Bank mit den Caddies drangekriegt hatten, zu erhaschen? Konnte es nicht. Keine Agentur war so gut. Trotzdem, Yana hatte recht, zwei Wagen an einem Wochenende von den vierzehn, die noch in der Küstengegend waren, waren zuviele.

Und inzwischen war die Zeit knapp, und seine Leute hatten auf der Suche nach dem pinkfarbenen Eldorado Cabriolet Baujahr 1958 kein Glück gehabt. Wenn sich Yanas Vermutung über die Ermittler als richtig herausstellen sollte, dann müßte er sich das zunutze machen, um das Cabrio aufzustöbern. Nicht daß er etwa dachte, sie könne doch recht haben.

Als er die ersten Stufen am Romolo Place hinabstieg, passierte ihn ein großer blonder Mann mit Hakennase und kalten blauen Augen, der nach oben ging. Einen Moment lang arretierten sich ihre Augen wie jene sich feindlich gesinnter Adler; dann war der Mann verschwunden. Einer plötzlichen Eingebung folgend, drehte sich Marino um, ihm die Straße hoch nachzusehen. Ja. Er hielt vor Madame Miserias *Ofica* an, genau wie Marino es irgendwie erwartet hatte.

Theodore Winston White III? Nein. Der Mann, der auf Kerzenlesungen hereinfiel und auf Geld, das blutete, nachdem es mit Spezialfarbe dafür vorbereitet worden war, und wahrscheinlich auch auf das vergiftete Ei und vielleicht sogar auf eine Friedhofsgrabung, dieser Mann hätte die Welt niemals durch derart kalte, realistische, blaue Augen angesehen. Viel wahrscheinlicher, daß er ein Bulle war.

Vielleicht steckte sie in Schwierigkeiten. Gut! Er hoffte, daß es so war.

Yana sagte gerade: »Wir müssen herausfinden, wer diese Cadillacs einkassiert hat, und wir haben nicht die Kontakte zur Polizei wie Rudolph sie hat. Wenn sich einer von unserer *Kumpania* als –«

Ristik ließ sie mit diesem charakteristischen Achselzucken der Zigeuner, das Augenbrauen, Hände, Handgelenke, Unterarme, Schultern und die Neigung des Kopfes auf eine Seite mit einbezog, verstummen.

»Ich frag mich noch immer, warum die ganze Mühe?«

»Rudolph wird sie benutzen, um uns in Panik zu versetzen, damit wir den pinkfarbenen Cadillac bewegen. Er glaubt, daß er ihn uns abnehmen und ihn dem König als seinen eigenen vorzeigen kann.«

Ristiks Augen blitzten auf. Er wackelte mit einem strengen Zeigefinger in Richtung Decke. »Er wird ihn nicht bekommen! Nicht solange mein Herz noch schlägt –«

Yana kicherte.

»Danke, Colonel Wilde. Oder soll ich Victor Mature zu dir sagen?«

Ristik schaute verlegen drein. »Okay. Aber wenn er glaubt –«

Der Türsummer summte.

Ristik öffnete die Tür und starrte an dem blonden Mann hoch, der sagte: »Ich möchte zu Madame Miseria.«

Ristik war froh darüber, daß er sich beim Aufmachen gewohnheitsmäßig in die Mitte des Türrahmens gestellt hatte. Dieser Kerl sah aus wie ein Polyp. Yana konnte keine Polypen brauchen, die neugierig oder aufgebracht waren, nicht wo Teddy White so wunderbar anbiß. Also färbten sich Ristiks kluge Knopfaugen trüb vor Stumpfsinn, und seine Kehllaute wurden zäh wie Motorschmiere.

»Madame Miseria ist nicht da.«

Er versuchte, die Tür zu schließen, aber der Schuh des blonden Mannes war dazwischen. Ristik erhob seine Stimme zum Nutzen Yanas, die hinter dem Vorhang oben an der Treppe wartete.

»*Sie brauchen einen Durchsuchungsbefehl, wenn Sie* –«

»Ich bin kein Cop.«

Kein Cop. Das vereinfachte die Sache. Er versuchte noch einmal, die Tür zu schließen. Der Fuß hatte sich nicht bewegt. Er legte seinen besten Drohblick auf. Der blonde Mann sprach mit Verachtung in der Stimme.

»Du bist Yanas Mann?«

Ristik war überrascht; nur wenige *Gadje* kannten den *Roma*-Namen seiner Schwester.

»Ich weiß von niemandem mit dem Namen Yana.«

»Dann lassen Sie mich mal Ihre Genehmigung für diese Wahrsagerbude sehen.«

»Sie haben gesagt, Sie wären nicht von der Polizei.«

»Ich hab gelogen.«

»Dann zeigen Sie mir mal Ihre Marke.«

In diesem Moment rief Yana von der Treppe herunter: »Ramon. Das ist in Ordnung. Laß ihn hoch.«

Ballard war sich nicht sicher gewesen, ob er den richtigen Ton getroffen hatte, aber – sieh an – jetzt war er dabei, hinter dem Zigeuner, der an die Tür gekommen war, die Treppe rauf zu trotten. Und dort oben am Kopf der Treppe stand Yana, die auf ihn hinab sah, und die schöner war denn je. Schön, auch wenn ihr Gesicht verschlossen war, man nichts in ihm lesen konnte.

Als er ihre Höhe auf dem Gang erreichte, sagte sie: »Ramon ist mein Bruder, und er gibt auf mich acht.«

Sie ging den Flur entlang in Richtung *Duikkerin*-Zimmer, das mit den Samtvorhängen und der Kristallkugel, und redete über die Schulter hinweg zu Ballard – ein verwirrter Ristik zuckelte hinterher.

»Wie hast du –«

»Deine Schwiegermutter.«

Im Zimmer drehte sie sich um, um ihn anzusehen, nahm seine beiden Hände in die ihren und fing an zu lachen.

»Wieviel hast du ihr dafür zahlen müssen?«

»Genug.«

»Zu viel, vielleicht?« Ihre Stimme war neckend.

Sanft sagte er: »Es ist nichts zu viel, um dich wiederzusehen.«

Ristik blickte von einem zum anderen, als wäre er bei den U.S. Open. Yana behandelte diesen *Gadjo* wie einen alten Freund! Er öffnete seinen Mund, um zum Reden anzusetzen, spürte dann jedoch die Kälte in Yanas stechenden Augen. Er schloß seinen Mund, öffnete ihn dann wieder – duckmäuserisch.

»Ich mach etwas Tee«, sagte er.

Sie nickte in der Art einer Königin, da sie und Ballard sich einander gegenüber an den *Bojoo*-Tisch setzten. Sie sprachen unisono.

»Also, warum hast du –«

»Und wie bist du –«

Beide hielten inne. Beide lachten. Über den Tisch hinweg nahm sie seine Hände, wie sie es mit Teddy White gemacht hatte, wie sie es mit allen *Gadje* machte. Aber war das hier nicht ein wenig anders? Nicht sogar sehr anders?

»Also, warum hast du mich in Santa Rosa gesucht?«

»Alte Zeiten?« fragte Ballard.

Sie schüttelte bloß den Kopf. Er nickte. Machte einige Gesten, die quer durch den Raum mit seinen langen, Geheimnisse verbergenden Vorhängen zielten.

»Könnten wir vielleicht woanders hingehen, um –«

»Nein.«

Wieder nickte er, machte langsam, ließ sie den Ton bestimmen. Sie war alles, was er hatte, jedoch mehr als nur das - sie war gar von noch blendenderer Schönheit als vor drei Jahren. Und von Beverly war er rausgeschmissen worden ...

»Vielleicht später? Ein andermal?«

Yana spürte, wie sie schwach wurde, spürte, wie ihr Atem schneller ging - wie beim letzten Mal. Aber damals war sie ein Mädchen gewesen, das gegen die gefürchtete Rückkunft ihres Mannes rebellierte. Jetzt war sie eine Frau, sie durfte ihrem Verlangen nach diesem großen blonden Mann nicht nachgeben.

»Mögen Sie Ihre Zukunft vorhergesagt bekommen?« fragte sie beinahe kokett.

Ballard starrte sie an, versuchte, in ihrem Gesicht zu lesen.

»Was immer es dazu braucht«, sagte er.

Also verspürte er es auch. Aber auch wenn, es durfte nicht sein. Sie hatte sich selbst das Lesen und Schreiben beigebracht, und als ihr Mann zurückgekommen war und sie dafür geschlagen hatte, hatte sie Madame Aquarras Zuhause und ihr *Ofica* mitsamt dem Brautpreis verlassen und war nie wieder zurückgekehrt.

Jetzt - bei der San Francisco *Kumpania* - war sie eine Frau, die Ansehen genoß und einen Sitz in ihrem Rat hatte. Und in Kürze, wenn sie Rudolph davon abhalten konnte, sich den pinkfarbenen Cadillac unter den Nagel zu reißen, würde sie die Königin aller Zigeuner sein.

Der pinkfarbene Cadillac. Der zweiunddreißigste Cadillac. Wenn sie nur ...

Und da wußte sie - *wußte* sie, bevor er es sagte - warum Ballard hier war. Sie schauderte, denn niemals hatte sie an ihren eigenen Hokuspokus geglaubt: Wenige der Wahrsager unter den Zigeunern taten das, oder zumindest würden es nur wenige zugeben. Hier jedoch hatte sie die Antwort auf ihr Problem.

Ballard sagte: »Du erinnerst dich noch daran, daß ich, als wir uns kennengelernt haben, Detektiv war - auf der Suche nach -«

»Ja. Nach einer Frau, die für eure eigene Firma gearbeitet hatte.«

»Dieses Mal bin ich noch immer Detektiv und auf der Suche nach einer Horde Zigeuner.«

»Ja. *Sie* hatte *gewußt, was er sagen würde*. Und jetzt ... jetzt wußte sie, daß sie Rudolph das antun würde, was er geplant hatte, ihr anzutun. Sie legte Hohn in ihre Stimme.

»Also kommst du in meine *Ofica* und bittest mich um einen Verrat an –«

»Ich will nicht, daß du irgend jemanden verrätst«, sagte Ballard glühend.

Natürlich wollte er das. Deshalb war er ja gekommen. Aber ... nicht wirklich. Wirklich – es war die Erinnerung an jene Nacht aus Samt ...

Yana zog ihre Hände von seinen zurück, setzte sich auf und warf einen abschätzenden Blick über den Tisch, sie sagte nichts. Ballard räusperte sich.

»Es können nicht alle Zigeuner im Land deine Freunde sein.«

Lautlos teilten sich hinter ihm die Vorhänge, und Ristik kam mit einem Tablett hindurch, auf dem Tassen und eine Teekanne und verschiedenes Gebäck und tropfender Honig standen. Yana kniff die Augen in seine Richtung zusammen, und er zog sich genauso still zurück.

»Nein«, stimmte sie ihm ernsthaft zu. »Nicht einmal die meisten von ihnen.«

»Also, wenn jemand, dem gegenüber du dich nicht verpflichtet fühlst, –«

»Was getan hat?« fragte sie ihn schnell.

»Ähm ... ein paar Cadillacs gestohlen hat –«

»*Gestohlen?*«

»Sich mit ihnen davon gemacht hat. Veruntreut hat.«

Nach einer dramatischen Pause sagte sie: »Und wenn ich zu den Zigeunern gehören würde, die das gemacht haben, dann würdest du vermutlich –«

»Gehörst du?«

Nicht Zögern. Zögern entlarvt die Lüge. »Nein.«

»Selbst wenn es so wäre, ich würde darüber hinwegschauen.«

Es war nicht *wirklich* eine Lüge. *Er* würde darüber hinwegschauen. Der Rest der DKA zwar nicht, aber er würde. Yana beugte sich zu ihm vor.

»Es gibt noch eine andere *Kumpania*, die vor kurzem in die

Küstengegend gezogen ist; sie wird von einem Mann namens Rudolph angeführt - ich kenne seinen Nachnamen nicht, noch weiß ich, wie er aussieht - ich hab ihn nie kennengelernt. Aber er ist ein schlechter Mensch und ein kühner Mann - für Geld würde er beinahe alles machen. Solche Leute sind es, die den *Roma* bei den *Gadje* einen schlechten Ruf einhandeln, und so ein Typ könnte gut seine Finger im Spiel haben, wenn jemand ... jemand Cadillacs geklaut hat ...«

Ballard fühlte, wie seine Aufregung wuchs. Wenn er nur ein paar Hinweise von ihr bekommen würde ... »Es geht um mehr als dreißig Autos«, sagte er.

»Natürlich könnte ich mich ein bißchen umhören, herauskriegen, was sie denn so treiben und wo sich vielleicht ein paar von diesen Cadillacs befinden ... das würde mich Geld kosten ... und es wäre nicht ungefährlich ...«

»Hundert Scheine für jeden Wagen, den wir wieder auftreiben«, sagte Ballard prompt, keine Spur von Desillusionierung in seiner Stimme. Zweifelsohne wollte sie das Geld auf die Hand, und wenn Hände sich berührten ...

Wieder lehnte sie sich vor, voll gespannter Ungeduld, wie ein Kind, Aufregung und Neugier in ihren Augen, gerade so, als hätte die Aussicht auf Geld ihre Gefühle für ihn wieder entflammt. Sie legte ihre Hand mit der Innenfläche nach oben auf den Tisch. Fast kicherte sie wieder.

Und sagte dann: »Drück mir Silber in die Hand.«

Ballard zögerte einen Moment, wühlte seinen Geldscheinclip hervor und zählte fünf Zwanziger in ihre Hand. Damit hatte er noch drei Dollar. Sie schloß ihre Hand um das Geld.

»Ich möchte dir zeigen, wie rein mein Herz ist«, sagte sie, »und deshalb werde ich heute ein Auto für dich finden. Und nach dem heutigen Tag, werde ich dir, wenn ich etwas weiß, eine Botschaft zukommen lassen, die nur wir beide verstehen, und du wirst hier herkommen, und ich werde dir die Zukunft voraussagen, und du wirst -«

»- dich für die Lesung bezahlen«, vollendete Ballard.

»Und nur du und ich werden davon wissen, niemand sonst! Ich werde dein ... wie sagt die Polizei noch? Dein V-Mann sein!« Sie lächelte selbstzufrieden und lehnte sich in ihrem Stuhl zurück. Die $ 100 waren verschwunden. Beiläufig warf sie einen Blick hinter ihn und fügte entzückt hinzu: »Und da ist Ramon mit dem Tee!«

Ristik kam wieder mit seinem Tablett durch die Vorhänge, so als käme er geradewegs aus der Küche und hätte nicht hinter den Vorhängen gelauert und gelauscht. Ballard ignorierte ihn und fragte sich hoffnungsvoll, was Yana noch für ihn werden könnte - außer seiner V-Frau.

18

Die beiden billigen Metallschildchen waren so aufgestellt, daß jedermann sie lesen mußte, der sich in dem engen Kabuff auf den kaputten Drehstuhl vor dem Schreibtisch setzte. Auf dem einen stand INSPEKTOR HARRY CALLAHAN und darunter *Dirty Harry*. Auf dem anderen stand WIEG DICH HEUT NACHT IN SICHERHEIT - NIMM 'NEN BULLEN MIT INS BETT.

»Ziemlich gut, hä?« wollte eine Stimme hinter ihr wissen.

Giselle drehte sich um. Der Mann trug einen Anzug von der Stange und Polo Aftershave, das er offensichtlich in der Herrentoilette aufgetragen hatte, nachdem er gesehen hatte, wie gut sie aussah. Der billige Anzug verriet den ehrlichen Polizisten; das Aftershave und das anzügliche Grinsen, das er ihr trotz seines Eherings zuwarf, den Hurensohn. Verriet Giselle: Trau dem billigen Anzug nicht.

Sie streckte ihre Hand aus und sagte, von dieser Einsicht getrieben: »Inspektor . . . Callahan? Gerry Merman, freie Journalistin. Ich möchte einen Artikel über Zigeuner schreiben, und -«

»Harrigan, nicht Callahan. Betrugsdezernat.« Er ging um seinen Schreibtisch herum und ignorierte ihre Hand, ganz im Gegensatz zu dem, was sie in der Bluse hatte. »Die andern Jungs haben mir das Schild geschenkt, weil ich Harry heiße und weil ich die ganzen schmutzigen Jobs bekomme.« Auf ihr Schweigen hin fügte er hinzu: »Sie kennen doch Dirty Harry Callahan ... aus dem Kino ...«

Giselle nickte schließlich. Harrigan war beim SFPD der Zigeunermann, und seiner neugierigen Augen zum Trotz - sie brauchte seine Hilfe.

»Clint Eastwood«, ergänzte sie.

»Genau. Und was das andere Schild anbelangt ...«

»Äußerst gewitzt«, pflichtete sie ihm ein wenig zu rasch bei.

»Ja.« Ein wenig säuerlich.

Er zündete sich eine Zigarette an, lehnte sich zurück und verschränkte die Hände hinterm Kopf. In den frühen Vierzigern, Ire, rotes Haar, das aufgrund der Grauen darin zu Pink verblichen war, ein Gesicht voll Geilheit. Einst hatte er wohl gut ausgesehen und darum gewußt, und noch immer würde er sich selbst applaudierend in den Spiegel schauen.

Genau das Gegenteil von O'Bannons heiterer, vierschrötiger, irischer Art.

»Also, Gerry, Sie wollen über mich und die Zigeuner einen Artikel machen. Tja, lassen Sie mich Ihnen ein Beispiel geben ...«

»Zwei pensionierte Brüder, beide über 80, wohnten in einem dieser Altersheime am Boulevard gegenüber von Marina Green. Ein Zigeunerpärchen, Männlein und Weiblein, klopfte an ihrer Tür und behauptete, sie seien vom Wohnheim, Fürsorgeabteilung ...«

»Die ham die beobachtet und sin ihnen dann nach, denn die zwei alten Jungs gehörten zwar zum Wohnheim, von 'ner Fürsorgeabteilung hatten se aber noch nie was gehört ...«

Giselle ging auf, daß die Arbeit im Betrugsdezernat noch deprimierender war als die bei der Mordkommission. Im Tod lag wenigstens eine harte Wahrheit. Beim Betrug war alles Lüge - Lügen gegen ungeschützte alte Menschen, die dachten, sie hätten der Polizei geholfen, einen bösen Buben zu schnappen, indem sie ihr Sparbuch leerfegten, nur um später herauszufinden, daß sie die Ersparnisse ihres ganzen Lebens irgendeinem Lumpen gegeben hatten, der sich einen neuen Bauernfängertrick hatte einfallen lassen.

»Jedenfalls, die Frau spricht mit den beiden, deutet wahrscheinlich an, was sie ihnen *besorgen* kann - Sie können mir doch folgen . . .« Er schielte lüstern durch den Zigarettenqualm zu ihr herüber. »Inzwischen spaziert ihr Partner durch das Haus. Die Zigeuner *riechen* Geld. Einer der beiden Alten hatte dreizehnhundert in bar in der Tasche seines Anzugs im Kleiderschrank, sein Bruder hatte fünfhundert. Das macht achtzehnhundert Scheine!«

»Unglaublich«, sagte Giselle, um irgend etwas zu sagen.

»Aber die Zigeuner haben einen Fehler gemacht. Von der Garderobe haben sie eine goldene Taschenuhr gestohlen, so ein altes Ding. Also hab ich die beiden natürlich geschnappt, als sie versucht haben, das Teil zu versetzen.«

»Natürlich.« Ihre Ironie blieb jedoch unbemerkt.

»Genau. Solche Sachen mach ich jeden Tag. Und was ich nachts mache . . .« Wieder schielte er lüstern zu ihr herüber und deutete auf das Schildchen. »Ham Sie Interesse? *Wieg Dich heut nacht in Sicherheit. Nimm nen* -«

»Ich wieg mich schon in Sicherheit.«

Sie brauchte eine Zigarette, dringend; aber Dan Kearny war ein derartiger Quälgeist, daß sie schon wieder aufgehört hatte. Gottseidank hatte sie Harrigan einen falschen Namen und einen falschen Beruf angegeben. Jeder Anruf bei jeder Frau der Welt, den dieser Mann aus jedem Grund tätigte, der auch nur denkbar war, mußte auf Schweinkram hinauslaufen.

»Wenn du dich noch sicherer fühlen willst, Mädel, dann ruf den alten Harry an - bei ihm gibt's safen Sex.« Er fing schallend an zu lachen und sagte nochmals: »Safer Sex. Sollte 'ne Mieze drangehn, dann legst du natürlich auf.«

Noch schallenderes Gelächter. 'Ne Mieze. Seine Frau. Zum Teufel mit ihm. Sie nahm eine seiner Zigaretten. Natürlich war Harry gleich mit einem Feuerzeug zur Stelle - in der Hoffnung auf einen weiteren kurzen Blick in ihre Bluse. Und, als hätte man es nicht geahnt, das Feuerzeug war ein altmodisches Zippo mit dem Wappen der 82. Luftlandetruppe auf der Seite. Sie drückte die Zigarette nach einem einzigen Zug aus. Sie hatte wie der Rauch eines alten Reifens geschmeckt. Hätte man das nicht auch beinahe ahnen können? Man sündigt und hat nicht mal Spaß daran.

Sie fragte: »Haben Sie irgend etwas von einem Zigeuner gehört, der sich Angelo Grimaldi nennt und zuletzt in der Küstengegend gearbeitet hat?«

»Grimaldi?« Er schüttelte den Kopf. »Kein Zigeuner nennt sich Grimaldi; die suchen sich kurze angelsächsische Namen aus - Adams, Marks, Wells . . .«

»Sieht blendend aus, Mitte Dreißig, verzaubert berufstätige Frauen . . .«

»Ein Typ mit Klasse?« Harrys Gesicht leuchtete wieder auf. »Jetzt *weiß* ich, daß er kein Zigeuner ist. Zigeuner haben keine Männer mit Klasse. Und der ist auch nicht aus der Gegend, das kann ich Ihnen sagen. Ich kenne alle Zigeuner aus der Gegend.«

»Er treibt sich hier herum«, insistierte Giselle. »Wir glauben, daß er ein wirklich ungewöhnlicher Zigeuner ist, über den wir eine Story machen können.«

»Ja, nu, in New York und Chicago werden Fürsorgebetrügern die Daumenschrauben angesetzt, deshalb kommen in letzter Zeit 'ne Menge Zigeuner von dort nach Kalifornien. Vielleicht -«

»Das Land der unbegrenzten Möglichkeiten«, sagte Giselle ironisch.

Es war jedoch seine erste interessante Bemerkung. Vielleicht war Grimaldi gerade angekommen. Freilich nicht für Fürsorgebetrügereien, aber . . .

»Und, haben die irgendwelche Neuigkeiten mitgebracht?«

»Könnte sein, daß sie sich 'nen neuen König suchen müssen - es gibt da 'n paar Gerüchte, daß der alte irgendwo im mittleren Westen im Sterben liegt . . .«

Noch besser. Ein sterbender König würde Kearnys Frage nach dem Zeitpunkt des Cadillac-Coups beantworten. Die Zigeuner brauchten die neuen Autos, um stilvoll zu dem großen Lager der Zigeuner *Vitsas* und *Kumpanias* zu kommen, das nötig sein würde, um einen neuen König zu wählen.

»Dieser König, der im Sterben liegt - wer ist denn das? Und wo? Und wann?«

»Wer weiß, wen interessiert's, was soll's?« Seine Augen waren gerade dabei, ihr die Bluse aufzuknöpfen. »Irgendwo im Korngürtel.«

Sie mußte vorsichtig sein; Polizisten waren notorische Schwarzarbeiter, viele arbeiteten freiberuflich als Autodetektiv, und auf keinen Fall wollte sie ihm einen Hinweis auf die einunddreißig Küstencadillacs geben, die es einzukassieren galt. Aber sie benötigte auch sämtliche Informationen, die er nur hatte. Also - dreh den Spieß um.

»Schon irgendwelche Geschichten gehört - über ein paar Zigeuner, die hier mit einer ganzen Flotte neuer Cadillacs unterwegs sind?«

»Eine ganze Flotte? Hier unterwegs? Lieber nich. Obwohl man 'ne ganze Stange extra verdienen könnte, wenn man sich die Dinger unter die Nägel reißen würde.« Er drückte seine Kippe aus. »Aber nee. Hätt ich von gehört. Mit Sicherheit.«

»Mit Sicherheit.«

»Was soll's auch, der Präsident kommt in ein paar Tagen, und ich werd mich 'ne Weile nich um Zigeuner kümmern können. Alle Mann vom Betrugsdezernat sind in der Stadt als Sondertrupp gegen Taschendiebe abgestellt.«

»Um die Politiker auf frischer Tat zu ertappen?«

»Teufel nein, die Langfinger grasen die Menge ab . . .« Er hielt inne und kapierte mit einiger Verspätung, daß es sich um einen Witz gehandelt hatte. Er fing zu brüllen an vor Lachen. »Ho! Ho! Ho! Um die Politiker auf frischer Tat zu ertappen! Das ist gut.«

Giselle wußte, daß sie wohl alles, was von Interesse war, aus Dirty Harry Harrigan herausgeholt hatte, aber eine Frage hatte sie noch.

»Gibt's sonst noch irgendwelche Cadillac-Geschichten, die die Runde machen?«

»Jetzt, da Sie es erwähnen - ein Kollege aus Palm Springs hat Suchzettel verschickt wegen einem pinkfarbenen alten restaurierten 58er Eldorado Cabrio, das irgend 'nem Gebrauchtwagenhändler abgeluchst worden ist.« Noch mehr Gelächter. »Der Autohändler hat das Geld ausgesetzt, denn der Caddy gehörte ihm gar nich - er hatte ihn sich nur von seinem Boß für 'ne Promotion geliehen!«

»Von Zigeunern aufs Kreuz gelegt?« Giselle beugte sich in bester Absicht vor.

»Araber. Das Mädel hatte 'nen Leibwächter mit 'nem großen Messer, sie ham den Kerl gezwungen, 'nen Scheck zu nehmen, ham unterschrieben und sin einfach mit dem Cabrio davongefahren.«

»Ich nehme an, der Scheck ist geplatzt.«

»Man hat den Knall bis zum Transamerica Tower gehört.«

»War er auf eine Bank in San Francisco ausgestellt?«

»Nee. Arabien. Bahrain oder so was.«

Giselle runzelte die Stirn. »Und warum hat das dann bis zu Ihnen die Runde gemacht? Ein paar hundert Dollar bei 'ner Schwindelei –«

»Ein paar hundert? *Sechzigtausend* warn's! Scheiß Araber.«

Diese scheiß Araber interessierten Giselle hochgradig. Es war leicht, falsche Schecks zu drucken, auf denen was Arabisches stand, und es gab nicht gerade einen Haufen arabischer Betrügerinnen, die herumzogen.

»Könnte die Frau eine Zigeunerin gewesen sein, die sich nur als Araberin ausgegeben hat?«

»Könnte sein, denk ich, aber warum sollte sie's drauf ankommen lassen? Wir haben es hier mit schwerem Diebstahl zu tun. Und Zigeuner wollen keine alten Autos - die wollen immer den neuesten Caddy, um damit die Straße unsicher zu machen.«

Was stimmte. Und trotzdem ... und trotzdem ... irgendwas war an der Geschichte dran.

Vielleicht war es dieser Art: Ein Zigeunerkönig liegt im Sterben, ein zweiter Zigeuner bedient sich eines ungewöhnlichen Falschnamens - eines Namens, von dem Kearny glaubte, daß er für eine andere große schon vorbereitete Sache ausgesucht worden ist - und er gefährdet oder verkompliziert den Coup zumindest, indem er eine Bande Zigeunerkumpels darauf ansetzt, eine Bank auszutricksen und eine ganze Flotte neuer Cadillacs abzustauben.

Warum? Vielleicht, weil es zu Grimaldis Nutzen ist, wenn sie mit diesen Cadillacs zur Beerdigung des Zigeunerkönigs fahren?

Als nächstes wird einem Gebrauchtwagenhändler - gewißlich nicht die typische leichte Beute - ein pinkfarbenes 58er Eldorado Cabrio, das runde 60 Riesen wert ist, von einer Zigeunerin abgeluchst, die sich als Araberin ausgibt. Ein schweres Vergehen, für das man einige Zeit sitzen müßte, für ein Auto, das Zigeuner normalerweise nicht interessiert.

Um Grimaldi den letzten Schliff zu verleihen, damit die Wahl des neuen Königs auf ihn fiele?

Aber wie könnte ein 58er Cabrio dazu beitragen? Ihr mußte ein wesentliches Stück des Puzzles fehlen. Urplötzlich verspürte Giselle den Drang, mit dem Autohändler in Palm Springs zu reden.

Und sie wollte mehr wissen über die speziell angefertigte Limousine, die Angelo Grimaldi bei *Jack Olwen Cadillac* eingesackt hatte.

Und sie wollte abchecken, ob eines der besseren Hotels von San Francisco einen Gast mit dem Namen Angelo Grimaldi registriert hatte.

Denn, wenn ein Zigeuner, der sich Grimaldi nannte, ein größeres Ding laufen hatte, dann würde es sicherlich zur Ankunft des Präsidenten über die Bühne gehen. Waren die Polypen damit beschäftigt, die Zuschauermassen zu kontrollieren, wie Dirty Harry gesagt hatte, dann kämen sie seiner Sache wohl kaum auf die Schliche, bevor es ohnehin zu spät war.

Eine Menge Wenns und Vielleichts - aber sie fügten sich allesamt zu einem Bild: Grimaldi könnte noch immer hier in San Francisco sein und auf die Ankunft des Präsidenten warten. Und wenn er noch hier war, würde Giselle Marc ihn festnageln und ...

Unsanft wurde sie durch Dirty Harrys schmutzige Stimme in ihrem Ohr und seiner schmutzigen Hand auf ihrem Arm wieder auf den Boden der Tatsachen gebracht.

»Hör mal, Mädel, ich hab diese einäugige Schlange in meiner Hose ...«

Das war zuviel. Egal welche kleinen schmutzigen Phantasien

er über sie hegte, es machte ihr nicht wirklich etwas aus, aber daß er dachte, sie könnte sie mit ihm teilen wollen, war unerträglich. Das Mädel hier mußte wohl etwas unternehmen gegen Dirty Harrys schmutzige...

»Okay, okay, Sie haben gewonnen - ich geb's zu, Sie haben mich neugierig gemacht.« Lasterhaft fügte sie hinzu: »Kommen Sie heute abend um halb acht in meine Wohnung ... Ich laß die Haustür offen ...«

Genauso wie sie ihm einen falschen Namen genannt hatte, gab sie ihm nun eine falsche Adresse: die der Sappho Selbstverteidigungsgruppe. Ballard mit seinem braunen Gürtel hatte ihr einmal in leicht ehrfürchtigem Ton von dieser extrem militanten, feministisch-lesbischen Kampfsportgruppe auf der Clement Street erzählt.

Wenn Dirty Harrigan heute abend, ohne anzuklopfen, dort hineinstolzieren würde, dann war sie sicher, daß er, wenn schon nicht die Nacht seiner Phantasievorstellungen, so doch aller Wahrscheinlichkeit nach das bekommen würde, was er verdiente.

19

Als Giselle hitzig davonhetzte, um in verschiedenen Richtungen gleichzeitig nach Angelo Grimaldi zu suchen, suchte Rudolph Marino - so kühl wie ein Eisschrank - nach ihr. Oh, nicht nach ihr speziell, sondern über seinen Kontakt zum SFPD nach der Detektei, die sich über das Wochenende die beiden Zigeunercadillacs geschnappt hatte.

Er benutzte ein öffentliches Telefon in der Lobby des St. Mark; inzwischen telefonierte er von seiner Suite nur noch mit dem Zimmer- und dem Weckservice, da seine Anrufe zweifelsohne von der Zentrale überwacht wurden. Mit der rauhen Stimme, die Spitzeln so häufig zu eigen ist, fragte er nach seinem handzahmen Polypen.

»Marino«, sagte er, als der Mann an den Apparat ging, sagte ihm die Nummer des Fernsprechers und hängte ein. Als es drei Minuten später klingelte, ging er ran: »Was haben Sie für mich?« Er hörte zu, nickte. »Morales ... Marc ... DKA? Steht für ... verstehe ... Daniel Kearny Associates ...«

Er hörte weiter zu. Also hatte Yana recht gehabt. Dieselbe Agentur hatte beide Autos aufgegabelt. Schlechte Neuigkeiten und gute. Schlechte, weil die Agentur tatsächlich herausgefunden haben mußte, daß es Zigeuner gewesen waren, die die Bank mit den Cadillacs drangekriegt hatten. Gute, weil er dies Wissen vor Yana geheimhalten konnte, während er der DKA so lange Informationen über ihre *Kumpania* zuspielen konnte, bis sie in Panik geriet und das 58er Cabrio aus dem Versteck holte, so daß er oder seine Leute es schnappen konnten ...

»*Giselle* Marc?« rief er überrascht.

Einer der Ermittler war eine *Frau*? Breit grinste er in sich hinein. Die Frau war noch nicht geboren, an die er sich nicht ranmachen konnte.

Tja, Yana vielleicht.

»Gerry Merman ... aha ... verstehe ... eine Journalistin, die was über Zigeuner macht ... verstehe ... freiberuflich ...«

Er hängte ein, die Stirn runzelnd. Dann lächelte er. Gerry Merman, Schreiberling. Giselle Marc, Autodetektivin. Er hatte noch nie von einer Autodetektiv*in* gehört, aber ihm gefiel ihr Schachzug, sich als freiberufliche Journalistin auszugeben, um Hinweise auf Grimaldi zu bekommen, ohne die Ermittlungen der DKA zu verraten. Freiberuflerin, damit der Polizist, sollte er einen höchst unwahrscheinlichen Superriesen-IQ haben und mißtrauisch werden, ihre Cover-Story nicht überprüfen konnte.

Es war einfach ihr Pech, daß Harry Harrigan, der Zigeunerspezialist im Betrugsdezernat vom SFPD, zufälligerweise auch der Polizist war, den Marino in der Tasche hatte. Andererseits war es ihr Glück, daß er, Rudolph Marino, demnächst König der Zigeuner, sie von jetzt an mit Infos über Yanas *Kumpania* versorgen würde.

Natürlich nichts über Stupidville. Wenn sie davon hörte, wäre Giselle Marc, wie's schien, schlau genug, um auf der Versammlung der *Roma*, die einberufen war, um den neuen König nach ihres alten Tod zu proklamieren, aufzukreuzen und sich ein paar Caddys zu schnappen.

Ihr alter König war dem Tod in Wirklichkeit nicht gar so nahe, aber Dr. Crichton, der seine Visite machte, war seinetwegen nichtsdestotrotz besorgt. Der arme alte Karl schien keinen sonderlich großen Willen mehr zum Leben zu haben, und jetzt mischte sich die Versicherung des Kaufhauses ein und bestand darauf, daß, bevor sie auch nur den laufenden Ausgaben zustimmten, in Anbetracht der in diesem Alter explodierenden Krankenhauskosten weitere Tests durchgeführt werden müßten.

Schlecht für seinen Patienten, schlecht für alle.

Was Crichton nicht wußte, war, daß Barney Hawkins, Sachverständiger der Democrat National Assurance Company, in diesem Moment in Staleys Zimmer war und ihm Kugelschreiber und Verzichtserklärung unter seine betagte Nase hielt. Hawkins hatte schlechte Zähne, er war übergewichtig und hatte nur noch ein paar Fransen Haar rund um seinem Hinterkopf, so als wäre ihm für das religiöse Leben die Tonsur erteilt worden. Gerissene braune Augen, in die Staley voll Schmerz und mit der schmerzlichen Offenheit eines alten Mannes und auch voll Verwirrung hineinsah.

»Wasis?« murmelte er in seiner arzneiumnebelten Art.

»Nur eine Verzichtserklärung« schleimte Hawkins. »Dann werden Ihre Arztrechnungen bezahlt, und Sie können in diesem netten Krankenhaus bleiben, bis es Ihnen wieder rundum bessergeht.«

Staley hatte den Kuli schon genommen, aber jetzt fiel er ihm aus seinen schwachen Fingern, und sein Kopf kippte auf eine Seite, so als würde er vor lauter Medikamenten mit einem Mal wegdösen. Ihm entwich ein Schnarcher.

»He - jetzt wird nicht geschlafen. Unterschreiben Sie einfach dieses Formular . . .« Der Sieg schien nahe, und da beging Hawkins den Fehler, eine ältliche Schulter anzupacken und ihn durchzuschütteln. »He - Opa, wachen Sie auf -«

Staley bäumte sich schreiend auf. Hawkins sprang entsetzt zurück und karambolierte mit der solide gebauten Lulu, die im Badezimmer gewartet hatte, wo sie Staleys spitzer Schrei hatte herausstürmen lassen.

»Was machen Sie mit meinem Mann?«

Als sie sich an dem verblüfften Sachverständigen festhakte, flog die Tür auf, und herein rauschte Crichton mit der rothaarigen, sommersprossigen Schwester, die ihn auf seiner Visite begleitete.

»Was ist hier denn los?«

Die Schwester packte Lulus Arme, um sie von Hawkins abzubringen - der brüllte: »Diese verrückte alte Schnepfe hat mich angegriffen -«

»Ich war im Badezimmer, und als ich wieder rausgekommen bin, hat er meinen Karl geschüttelt -«

»Ihn *geschüttelt?*« Crichton - fuchsteufelswild - stieß den Sachverständigen quer durch das Zimmer. »Sie haben ihn *geschüttelt*? Dieser Mann hat eine Rückenmarksverletzung, weil er eine Rolltreppe runtergefallen ist, und Sie *schütteln* ihn?«

Staley stöhnte laut in seinem Bett. Alle Augen wandten sich ihm zu. »Er wollte, daß ich irgendein Papier unterschreibe«, sagte er in seiner Altmännerstimme.

Crichton kannte Hawkins nur zu gut. »Eine Verzichtserklärung?«

»Mein Karl wird keine Verzichtserklärung nicht unterschreiben«, sagte Lulu laut und abgehackt. »Der Anwalt hat mir gesagt, daß er das nicht machen soll -«

»Anwalt?« rief Hawkins alarmiert. »Welcher Anwalt?«

»Der Anwalt, der gesagt hat, daß ich bei *ihm* etwas unterschreiben soll.«

»Machen Sie das bloß nicht«, sagte Hawkins mit erschreckender Heftigkeit. Er hatte letztes Jahr eine beschissene Erfolgsquote vor Gericht gehabt, das brauchte er nicht noch einmal. »Unterschreiben Sie ja keine Verträge bei irgendwelchen Rechtsanwälten -«

»Warum denn nicht?«

»Tja, ähm, er wird Ihnen, ähm, die Hälfte von dem abnehmen, was Sie von uns bekommen. Er wird Sie, ähm, reinlegen. Lassen Sie uns Ihnen einfach ein Angebot unterbreiten, und –«

Staley stöhnte von neuem in seinem Bett. Auf der Stelle sagte Lulu: »Mein Karl hat viel zu große Schmerzen, um über so was zur Zeit nachzudenken.«

»Raus«, kläffte Crichton, »alle Mann raus. Die Schwester ist hier, um den Patienten gründlich zu waschen.« Er legte zärtlich eine Hand auf Lulus Schulter. »Sie auch, Mrs. Klenhard. Gehen Sie in die Cafeteria, und trinken Sie dort eine Tasse Kaffee. In einer halben Stunde oder so können Sie wiederkommen.«

Draußen auf dem Korridor warf Hawkins Lulus entschwindender Gestalt einen finsteren Blick hinterher. »Sie wissen genau, daß der alte Mann das alles nur vortäuscht, Doc.«

»Unsinn.«

»Ich sage Ihnen, er täuscht es vor.« Er blätterte durch die Unterlagen, die er in der Hand hielt. »Nicht ein einziges Röntgenbild, das auch nur einen Pfifferling wert ist.«

»Das ist nicht ungewöhnlich; Patienten mit akutem Schmerz halten beim Röntgen nicht still genug. Ich habe mehrere Untersuchungen an seinem Körper durchgeführt, die die Sache mehr als –«

»Solche Untersuchungen reichen mir nicht, Doc.«

»Der Mann ist fast achtzig Jahre alt! Er ist die Rolltreppe heruntergefallen - in einem Geschäft, das Sie versichert –«

»Ich verlange eine Lumbalpunktion.«

Nach einer langen Pause des Zorns, sagte Crichton eisig: »*Ich* treffe die Entscheidungen, welche Untersuchungen an meinen Patienten durchgeführt werden.«

»Ach, tatsächlich? Das haben wir doch alles schon hinter uns, Doc. Ich gehe stets zum Direktor des Krankenhauses, und er antwortet stets . . .«

»Mit der Deckelung«, vollendete Crichton dumpf.

Die Deckelung. Wenn die Versicherungsgesellschaft es ablehnen würde, für die laufenden Krankenkosten von Mr. Klenhard aufzukommen, würde man den alten Mann in eine Einrichtung des Countys verlegen, die Crichton für kaum besser als eine Schlangengrube hielt. Er seufzte resigniert.

»Er *muß* der Lumbalpunktion zustimmen.«

»Okay. Aber jetzt gleich. Bevor seine Frau zurückkommt.«

Die beiden Männer starrten einander voll herzlicher gegenseitiger Abscheu an. Crichton seufzte und drehte sich um. Hawkins lächelte seinen Rücken an. Die alte Frau war der härteste Brokken. Wenn sie nicht dabei war, wäre der alte Mann wie Wachs in seiner Hand.

Die Schwester hatte Staley bereits gewaschen und dieses erstaunliche Kunststück aller Schwestern - die Laken zu wechseln, *während* der Patient im Bett liegt - schon vollführt.

Crichton schickte sie fort und sagte behutsam: »Wir haben über Ihren Fall gesprochen, Mr. Klenhard. Wir möchten, daß Sie sich einer Lumbalpunktion unterziehen.«

»Was ist denn das?« Staley schaute ängstlich von Gesicht zu Gesicht, um darin die Antworten zu finden, die er in den Worten allein nicht fand.

»Ich ziehe etwas Flüssigkeit aus Ihrem Spinalkanal, um zu überprüfen, ob –«

»Ziehen? Was heißt das: ziehen?«

»Abzapfen«, warf Hawkins ungeduldig ein.

»Wie mit einer Nadel?«

»Ja.«

»Einer *großen* Nadel?«

»Ja«, sagte Crichton unversehens, »mit einer *sehr* großen Nadel.«

»Es wird weh tun, nicht? Schlimm?« Sein Kinn war entschlossen, und seine Augen blickten störrisch wie ein Esel. »Das werde ich nicht machen, noch mehr Schmerzen halte ich nicht aus.«

»Mr. Klenhard –«

»Nein.«

Staley starrte schnurgeradeaus, so als wäre er allein im Zimmer. Crichton zog Hawkins zum Fenster. Draußen gingen Aprilschauer nieder, um die Blumen im Mai blühen zu lassen.

»Sie haben es gehört. Noch mehr Schmerzen hält er nicht aus.«

»Von Schmerzen hätte er gar nichts gewußt, wenn Sie keine Andeutungen gemacht hätten«, knurrte Hawkins. »Ein kleiner Nadelstich –«

»Hat man je bei Ihnen eine Lumbalpunktion gemacht, Mr. Hawkins?«

»Nein, aber –«

»Das dachte ich mir. Und ich hoffe ernsthaft, einmal die Möglichkeit zu bekommen, das bei Ihnen nachholen zu dürfen. Gegen seinen Einwand kann ich es nicht riskieren.« Er verbesserte sich: »Ich *werde* es nicht riskieren. Bei seiner Schmerzempfindlichkeit könnte die Punktion zu zusätzlichen dauerhaften Verletzungen führen.«

»Zusätzlichen? Ich sage Ihnen mal was, Doc . . .« Der Sachverständige hielt für einen Moment inne. Dann sagte er mit leiser Stimme: »Okay, ich bin mit einer Untersuchung der Reflexe einverstanden, wenn Sie sie jetzt sofort in meinem Dabeisein durchführen.«

»Darauf treffen dieselben Einwände zu«, sagte Crichton ebenso leise. »Jeder zusätzliche Schmerz –«

»Wenn's dem so schlecht geht, wie er sagt, dann wird er's schließlich nicht die Spur merken. Und wenn er sich versehentlich Schmerzen anmerken läßt, Doc, dann haben wir es hier in River City mit einem Wunder zu tun . . . oder er hat sich die ganze Zeit über verstellt. Stimmt's?«

Crichton zögerte. Es hatte so ausgesehen, als hätte Klenhard keinerlei Vorteile daraus schlagen können, eine schwere Verletzung nur vorzutäuschen, doch jetzt hatte der Kaufhausdirektor seine Versicherungsgesellschaft mit ins Spiel gebracht und mit ihr die Möglichkeit eines Vergleichs. Wäre es nicht denkbar, daß ein mittelloser Siebzigjähriger, der auf eine Zukunft ohne jeden Heller blickte, Anreiz verspürte, einen kleinen Versicherungsbetrug zu wagen?

»Okay«, sagte Crichton unvermittelt. »Ich werd's tun.«

Sie wandten sich vom regenstreifigen Fenster wieder dem Bett zu, in dem Staley allem Anschein nach wieder eingeschlafen war.

»Mr. Klenhard.« Keine Reaktion. Lauter. *»Mr. Klenhard.«*

Staley rührte sich und öffnete die Augen. »Mama?«

»Nein. Ich bin Dr. Crichton. Wir können nun doch auf die Lumbalpunktion verzichten, Mr. Klenhard, aber wir müssen jetzt gleich ein paar andere Untersuchungen mit Ihnen in Ihrem Bett durchführen.«

»Wie das letzte Mal? Bücken und Strecken un–«

»Nein. Diesmal brauchen wir ein paar ... scharfe Instrumente.«

»Nadeln?«

»Kleine Nadeln. Wie normale Stecknadeln. Und Schaber.«

»Um zu testen, ob ich sie spüre, hä?« sagte Staley überraschend und fügte dann - noch überraschender - hinzu: »Okay, wenn's denn hilft ...«

Crichton zog die Decke weg und entblößte Staleys Beine und Füße. Er schabte über sie auf der Suche nach Reflexen. Dann stieß er ihm, da Hawkins darauf bestand, Nadeln in die Fußsohlen. Während all dessen lag Staley auf dem Rücken - reglos und entspannt - und starrte die Decke an. Schließlich redete er.

»Sie können anfangen, wenn Sie wollen, Doc. Ich bin bereit.«

»Wir sind fertig«, sagte ein triumphierender Crichton. Zu Hawkins fügte er hinzu, gerade als Lulu erschien: »Verstellt sich, hä?«

»Was machen Sie mit meinem Karl?«

Hawkins richtete an beide ein rüdes Wort und marschierte hinaus, ohne auf eine der beiden Fragen zu antworten. Drei Minuten später, nachdem er Lulu versichert hatte, daß sie ihrem Mann keinerlei Schaden zugefügt hatten, ging auch Crichton. Lulu setzte sich auf den Stuhl neben dem Bett, ihre Handtasche auf dem Schoß.

»War ich lang genug weg, *Liebchen?*«

»Perfekt«, sagte Staley.

»Irgendwelche Schwierigkeiten mit der Nadel?«

»Es gibt nie welche, wenn man weiß, daß sie kommen.« In seiner Jugend waren Unfälle und Stürze seine Spezialität gewesen; er wußte, wie man seine Reaktionen beherrschte, wenn die Nadelstiche der Reflextests kamen.

»Und die Lumbalpunktion?«

Staley stöhnte besonders laut. Sie lachten beide.

Die Lumbalpunktion, die ihren Betrug womöglich offenbart hätte, da die Flüssigkeit klar gewesen wäre, lag sicher hinter ihnen. Lulu machte ihre Handtasche auf und holte einige Tafeln Schokolade *Nestlé* heraus - mit Mandeln und Sahnetrüffeln, Staleys Lieblingssorten.

Als er eine gleich wegmampfte, sagte Lulu: »Der Versicherungsfritze wird uns in ein paar Tagen ein hübsches Angebot machen.«

»Und du wirst ihn wiederum ein paar Tage später ein noch viel hübscheres Angebot machen lassen.«

Staley sagte das sehr selbstzufrieden, ohne jede Spur von Stolz auf die Fähigkeiten seiner Frau. Er verdrückte das letzte Stückchen Schokolade, leckte sich die Finger ab und packte die nächste Tafel aus.

»Ich denke, du solltest morgen anfangen, bei den *Roma* das Gerücht in die Welt zu setzen, daß es mit mir rasch bergab geht. Daß ich wahrscheinlich die nächste Woche nicht mehr überstehe . . .«

»Ich denke, das wird das beste sein«, stimmte ihm Lulu ruhig zu. Sie warf einen verstohlenen Seitenblick zu ihrem Herrn und Meister und fügte verschlagen hinzu: »Ich denke, es ist mal wieder an der Zeit für eine Königin der Zigeuner? Ich habe gute Dinge über diese Yana aus San Francisco gehört . . .«

»Ich weiß nicht, mein Streusel«, sagte Staley umsichtig, »ich verfolge die Karriere des jungen Rudolph Marino . . .«

Marino und die anderen drei saßen in einer halbrunden Fensternische auf einer geschwungenen ledergepolsterten Bank mit dem Rücken zum Glas. Der Maitre hatte RESERVIERT-Schilder in die benachbarten Nischen und auf die Tische vor ihnen gestellt. Die wasserfallflinken Hände eines Mannes mit schütterem Haar spielten auf einem Klavier, das an der verspiegelten Seitenwand stand, die von zehn Meter hohen roten Plüschvorhängen eingerahmt wurde, Gershwins *Rhapsody in Blue*. Er hatte sein jugendliches Selbst auf den Plakaten draußen um 25 Jahre überlebt, nur seine Haare nicht. Marino hatte gegen die Einwände der anderen, sich im Roten Saal zu treffen, gesagt, das Klavier würde jegliche Abhörgeräte austricksen, die auf sie gerichtet sein könnten.

Der rothaarige Shayne - Hotelsicherheitsdienst - drückte seine halb gerauchte Zigarrette aus und zündete sich eine neue an.

»Ihr Treffen, Ihre Tagesordnung, Grimaldi.«

Marino hielt für einen Augenblick lang inne. Sie waren nicht in Panik geraten und zu den Behörden gelaufen, sonst würden ihn die Vernehmungsbeamten des Secret Service schon längst unter hellen Strahlern in irgendeinem unauffälligen staatlichen Bürogebäude in der Stadt schichtweise zum Schwitzen bringen. Aber Angelo Grimaldis Angebot hatten sie auch noch nicht akzeptiert; und der Präsident würde in ein paar Tagen ankommen.

Also mußte er die Schraube noch etwas fester anziehen. Sein Gesicht war bar jeden Ausdrucks, und er sprach mit geschlossenen Lippen aus den Mundwinkeln heraus.

»Ein Attentatsplan.«

Das schon brachte beinahe den gewünschten Erfolg. Harley Gunnarson wurde um den Mund ganz blaß. Wenn dem Präsidenten in einem Hotel, das er managte, etwas zustoßen würde ... Er mußte sich räuspern, um reden zu können.

»Die haben vor ... den *Präsidenten* zu töten? In *meinem* Hotel -«

»Ja. Sie können jetzt natürlich den Secret Service verständigen«, sagte Marino. »Aber ...«

Smathers mit den leuchtenden Augen einer Elster, die eine blinkende Münze erspäht, Smathers, dem der Mund offen stand, konnte nicht wiederstehen.

»Aber was?«

»Sie haben ihnen schon nichts von der Bombendrohung erzählt -«

»Es hat keine weiteren gegeben«, bemerkte Shayne.

»Was die eine, die es gegeben hat, nicht zurücknimmt.«

Der dumpfe, phantasielose Shayne, in der Mitte von Marinos Gegnern, drückte seine gerade erst angezündete Zigarette aus. Sein Widerstand hatte Gunnarson anscheinend etwas von dem Mumm zurückgebracht, den das Wort »Attentat« aus ihm vertrieben hatte.

»Da bin ich mir nicht so sicher«, sagte Gunnarson. »Was

wenn das nur irgend so ein Spinner war, der sich seinen Kick damit verschaffen wollte? Wir haben nur Ihre Aussage, daß es Saladin überhaupt gibt . . .«

Shayne fügte hinzu: »Mit den Jungs vom Secret Service und meinen eigenen Sicherheitsleuten auf der Hut kann sowieso niemand durchkommen, um dem Präsidenten etwas anzutun.« Er kam zur Sache. »Also haben wir gestern beschlossen, daß wir Sie und Ihre ›Leute‹ dabei nicht brauchen.«

Gunnarson pflichtete dem bei, indem er es vermied, ihm in die Augen zu schauen – also wandte sich Marino an Smathers, der seine Hand mit der unsichtbaren Seife Marke Streß einschäumte und hervorpiepste: »Ich bin nicht das Management! Als Firmenanwalt kann ich nur Ratschläge geben! Die Entscheidung ist gegen meinen hartnäckigsten Widerstand zustande gekommen! Ich bin überstimmt worden!«

Marino hatte auf den winzigen verschrumpelten Anwalt gezählt, sah aber jetzt ein, daß er sich verkalkuliert hatte. Tja, er haßte es, ein so wunderschönes Fahrzeug zu verschwenden, aber die Limousine war gewissermaßen als letztes Argument angeschafft worden, und *das hier* war der größte Coup seines Lebens. Und so war es wohl besser nach Richmond zu fahren, um sie von Eli Nicolas, der in Vietnam gekämpft hatte, verdrahten zu lassen.

Er glitt aus der Nische heraus und lächelte auf sie herab. Auf keinem ihrer Gesichter stand ein wirklich fröhlich zu nennender Ausdruck. Die Limousine würde zweifelsfrei den Durchbruch bringen.

»Das ist Ihre Beerdigung«, sagte er mit leicht kratzender Stimme. »Oder vielmehr, die des Präsidenten.« Er machte sich auf, drehte sich dann noch einmal um. »Diesmal werden Sie sich die Hände blutig machen.«

Das war eine verdammt gute Zeile zum Abgang, auch wenn er sie aus *Lethal Weapon* gestohlen hatte.

20

Giselle und Ballard hatten vorgehabt, sich bei einem Gläschen im Fifi's auf der Union Street über Zigeuner zu unterhalten. Ballard war jedoch zu spät dran, und Giselle entwickelte, da er doch noch immer unter dieser nervtötenden Gehirnerschütterung litt, beinahe ... mütterliche Gefühle für ihn. Was dämlich war, denn sie arbeiteten jetzt seit über acht Jahren zusammen und waren wirklich gute Freunde. *Freunde.* Nie könnte es etwas ... *Körperliches* zwischen ihnen geben.

Er schien einfach so verletzlich, so ...

Er schien außerdem zwanzig Minuten zu spät zu sein, dachte sie, aber sogar ihr Ärger war sehr sanft. Genau wie Larry.

Ihren Wein, die neu erworbene Schachtel Zigaretten und das Wegwerffeuerzeug auf einem Tisch zurücklassend, von dem aus man durch das Glas der Scheibe auf die Union Street schauen konnte, schlängelte sie sich durch lärmende Trinker an der Bar zum Fernsprecher hin. Jane Goldson meldete sich mit dem unverbindlichen »Hallo?«, das für alle nicht eingetragenen DKA Nummern, die nur die Ermittler hatten, vorgeschrieben war.

»Jane? Giselle. Hat Larry angerufen, um mir zu sagen, ob er noch immer vorhat, sich mit mir im Fifi's zu treffen?«

»Ich hab eine Nachricht für dich, meine Liebe, aber nicht von Larry. Sondern vom freundlichen Mr. Anonymus.« Ihr fröhlicher Cockney-Ton wechselte in einen vorlesenden Singsang: *»›In Tiburon. Theodore Winston White der Dritte.‹«*

Was immer das auch bedeuten sollte. Sie sagte: »Ich bin beeindruckt - der Dritte, na immerhin. Aber nichts von Larry?«

»Nein - tja, allerdings hab ich noch eine Nachricht *für* ihn. Von einer Frau.« Jane kicherte. »Klang ganz schön sexy, die Braut.« Wieder der Singsang. *»›Rainbird Lounge. Heute abend.‹«*

Larrys Anruf ging sie nichts an, und der anonyme Anruf, der für sie eingegangen war, konnte mit den Zigeunern nichts zu tun haben. Der einzige Informant, mit dem sie gesprochen hatte, war Dirty Harry, der weder ihren richtigen Namen noch ihre Nummer kannte. Außerdem war Theodore Winston White III kein Zigeunername.

Nur um auf Nummer sicher zu gehen, probierte sie es bei der Auskunft. Kein Eintrag für White in Tiburon/Belverde. Kein Eintrag für ihn irgendwo in Marin County. Und keine Chance, ihm vor morgen im Einwohnermeldeamt auf die Spur zu kommen.

Sonia Lovari war 32 und sah aus wie 19; dabei half sie der Natur mit einigen simplen Kunstgriffen nach: Da sie einen kurzen, stämmigen Körper, dunkle Haut und ein rundes Gesicht mit einem unangebracht großen Zinken darin hatte, flocht sie ihr Haar in einen einzigen schimmernden schwarzen Zopf, der ihr bis in die Taille reichte, trug Jeans und Cowboystiefel drüber und eine Fransenjacke aus falschem Kaninchenleder. Derart gekleidet paßte sie haarscharf zum stereotypen Bild der *Gadje* von einer Indianersfrau.

Sonia schüttelte die pfundgroße Kaffeedose mit dem Schlitz auf der Oberseite und der Aufschrift HILFE FÜR DIE MIWOK INDIANER - GEBEN SIE WAS SIE KÖNNEN. Sie achtete darauf, daß sie stets fast leer war; ein paar wenige Münzen, die drinnen einsam klimperten, zogen das Wohlwollen förmlich an.

»Die Miwoks sind am verhungern, Sir. Der Heilige Geist wird Sie segnen, wenn -«

»Alle sind am Verhungern«, kläffte der Mann, den sie angehalten hatte.

Er allerdings offensichtlich nicht. Schwülstiges Gesicht, fetter Bauch, dreiteiliger Anzug, ein Atem, wie man ihn für gewöhnlich nach drei Martinis hatte. Sonia begrüßte die Herausforderung. Eine kleine Diskussion veranlaßte stets noch andere Leute stehenzubleiben und zuzuhören.

»Nicht wie mein Volk, Sir, Wir -«

»Mich können Sie nicht an der Nase herumführen - der Letzte der Miwoks ist letztes Jahr gestorben!« sagte er unzutreffend und streitlustig. »Ishi war sein Name! Im Abendprogramm gab es einen Film über ihn –«

Sonia, die niemals etwas von Ishi gehört hatte, unterbrach ihn zungenfertig und nicht weniger unzutreffend. »Ishi war ein Tamalpais Miwok. Wir sind Coast Miwoks.« In ihren Augen standen die Geduld und der Schmerz der Eingeborenen Amerikas. »Es gibt nur noch dreiunddreißig von uns - dreiunddreißig, so viele Jahre war unser lieber Heiland alt, als Er gekreuzigt wurde.«

Eine Menge neugieriger Pendler hatte sich um sie herum versammelt. Der Mann blickte sich um und sah nur Sympathie für Sonia in den aufmerksamen Gesichtern. Er brummelte vor sich hin, während er in seiner Tasche nach einer verkrumpelten Note suchte, um sie in ihre Dose zu stopfen.

»Hier - in Gottes Namen.«

»Der Große Geist segne Sie, Sir.«

Es war jedoch ein Wachbeamter der *Bay Area Rapid Transit* und keineswegs der Heilige Geist, der sich hinter ihr materialisierte, um ihr eine unsanfte Hand auf die Schulter zu legen. »Keine Bettelei in der U-Bahn-Station, Schwester.«

Ungerührt zeigte Sonia ihm die gefälschte Plakette der Handelskammer - *Eingetragene Wohltätigkeitsorganisation* - die sie einem Zigeuner in San Jose, der Experte für Urkunden war, für $ 50 abgekauft hatte. Sie hatte keine Ahnung, was darauf stand, da sie nicht lesen konnte, aber das Teil wirkte immer wie ein Talisman.

»Ich bettle nicht, Sir.«

Die Feindseligkeit des Wachbeamtens war abgeklungen. Er deutete auf die gelbe Linie am Rand des Bahnsteigs, an dem die projektilförmigen Geschosse der BART vorbeidonnerten.

»Sie dürfen trotzdem nicht in einer U-Bahn-Haltestelle sammeln - es ist einfach zu gefährlich für die Kundschaft.« Er gestikulierte. »Aber Sie können hochgehen - an den Straßeneingang.«

»Es tut mir leid. Das ist mein erste Tag. Ich bin erst neunzehn.«

Er zögerte. »Miwok, hm? Ich hab gehört, wie Sie gesagt haben –«

»Es gibt nur noch dreiunddreißig von uns, Sir.«

»Ach, was soll's.«

Der Wachbeamte steckte einen Dollar in den Schlitz. Sonia dankte ihm und schaffte es, auf ihrem Weg zum Eingang Market/Powell noch zwei weitere Spenden hineinrasseln zu lassen. Die Straßenbeleuchtung war eingeschaltet, und die Pendler strömten nicht mehr, sondern tröpfelten allenfalls noch vorbei; bis zum Memorial Day, der die große Welle von Sommerurlaubern bringen würde, war sie ganz auf die Einheimischen angewiesen. Noch fünf Minuten, dann wäre Schluß für heute.

Rassel-Rassel.

Plink.

»Der Große Geist segne Sie, Ma'am.«

Der Schwindel mit den Miwoks war noch ganz neu; jahrelang hatte sie an der Küste für die Navajos gearbeitet. Doch letzten Monat war sie einmal gezwungen gewesen, sich einen ganzen Nachmittag vor einem Polizisten des Betrugsdezernats vom Marin County im Miwok-Museum in Navato zu verstecken; da sie die Tafeln an den Schaukästen nicht lesen konnte, war sie einem Schullehrer gefolgt, der die Ausstellungsstücke seinen Zweitkläßlern erklärte. Daraufhin hatte sie sofort ihre Tour geändert. In der Küstengegend, so hatte sie sich überlegt, würden die einheimischen Miwoks weit mehr Sympathie erwecken als die weit entfernten Navajos.

Noch immer mit der Büchse klimpernd, ging sie den Hügel hoch zum Sutter-Stockton-Parkhaus, wo sie ihren 50000 Dollar teuren Allante mit seinem 4,5-Liter-V-8-Motor und Anti-Blokkier-System hatte stehen lassen. Heute abend wollte sie wie üblich zur Rainbird Lounge hinüber, ein bißchen Miller hören und so. Die Happy Hour dort war stets gut, um ein paar Geschichten oder Redensarten der Rothäute aufzuschnappen, und außerdem würde dort gewißlich niemand nach ihrem Wagen Ausschau halten.

Und wenn sie dann endlich die Kennzeichen aus Georgia besaß, die sie beantragt hatte, stellten die Autodetektive, vor denen sie Rudolph Marino gewarnt hatte, keine Gefahr mehr für ihren Allante dar. Und inzwischen wäre Rudolph bald auch König.

Und die Hure von Yana kaltgestellt, wie sie es verdiente.

Larry Ballard saß Giselles Weinglas und ihrer Schachtel Zigaretten gegenüber, als sie vom Telefonieren zurückkam. Die rote Beule auf seiner Stirn war beinahe abgeklungen; alles, was noch von ihr übrig war, war eine leicht rötliche Verfärbung, so als hätte er zuviel Sonne abbekommen. Wieder ganz der gutaussehende Larry. Zeit, die Florence-Nightingale-Gedanken ihn betreffend einzustellen, sie wußte eh nicht, wie sie überhaupt dazu gekommen war. Wirklich albern.

Sie schüttelte reuevoll den Kopf. »Ich wechsle wohl besser die Marke, damit man mich nicht so leicht erkennt.«

»Oder du verzichtest künftig auf Wegwerffeuerzeuge.«

»Die vermitteln mir die Illusion, ich könnte auch das Rauchen wegwerfen.«

»Ich hab gedacht, du wärst dazu in der Lage. Das letzte, woran ich mich erinnere, ist, daß du wieder aufgehört hattest.« Als sie ihm nur mit einem Achselzucken antwortete, deutete er auf das große bemalte Fenster. »Fifi's. Ich fühl mich hier in diesem Laden immer wie ein französischer Pudel auf einer Rassehundeschau.«

»Du klingst jeden Tag mehr wie Dan.«

»Ja, gewiß. Hast du von Harrigan irgendwas über Grimaldi erfahren?«

»Nichts. Er hat gesagt, wenn irgendein Zigeuner unter diesem Namen in San Francisco wäre, dann wüßte er davon.«

»Es sei denn - er wüßte es nicht.« Ballard hielt inne. »Du kennst doch diese Geschichte über ihn, oder? Bei der Sitte haben sie ihn Dirty Harry genannt, weil er schmutzige Sachen gemacht hat - er hat den Nutten Geld abgepreßt und sie gezwungen, ihre Beine breit zu machen. Seit er ins Betrugsdezernat versetzt worden ist, kassiert er wahrscheinlich nur noch halb so viel Eier.«

»Mir scheint er noch genügend Eier zu haben.«

»Dirty Harry hat dich angemacht?«

Als die Kellnerin Ballards Krug Faßbier brachte, verfielen sie in Schweigen; es war mehr eine professionell-automatische Vorsichtsmaßnahme und weniger die wirkliche Sorge, jemand könne mithören. Sie warteten dennoch, bis sie verschwand.

Giselle zündete sich eine neue Zigarette an und fummelte dann mit dem Feuerzeug herum, als ihr wieder einfiel, wie die Augen jenes Mannes wie Spinnen über sie gekrochen waren. Ballard lächelte sie an.

»Mach dir nichts draus - der fickt jedes Stück Dreck.« Als er den Ausdruck in ihrem Gesicht bemerkte, fügte er mit gewandter Diplomatie hinzu: »Nicht daß ich sagen will, du wärst -«

»Ich glaube, du glaubst, du hättest mir gerade ein Kompliment gemacht.«

Sie drückte verärgert ihre gerade angezündete Zigarette aus. Sie mochte dieses Geschwätz nicht; sie fühlte sich, als würde sie mit Larry flirten. Mit dem anständigen guten alten Larry Ballard, um Gottes Willen! Was war nur mit ihr los? Um ihr Unbehagen zu übertünchen, erzählte sie Larry von dem Rendezvous, das sie für Harrigan arrangiert hatte. Ballard konnte sich nicht mehr halten.

»Dann wird Dirty Harry beim Sappho Selbstverteidigungsclub aufkreuzen - mit der Tasche voller Kondome und seiner Hand an seinem -«

»Er hat ein paar interessante Bemerkungen fallen lassen«, fuhr Giselle schnell dazwischen. »Drei, genaugenommen. Erstens gibt es da ein Gerücht, nach dem irgendwo im mittleren Westen der Zigeunerkönig im Sterben liegt . . .«

»Was erklären würde, warum Grimaldi seine Operation unterbrochen hat, um die Cadillacs aufzureißen! Jawoll! Um stilvoll zur Wahl des neuen Königs zu kommen . . .« Er trank einen Schluck Bier und fügte nachdenklich hinzu: »Wir müssen in Erfahrung bringen: Wer? Wann? Wo? Vielleicht kann ich einen Tip bekommen -«

»Harrigan interessierte die Sache nicht sonderlich, also durfte ich auch nicht allzu interessiert daran sein - ich hatte mich ja als freiberufliche Journalistin ausgegeben, die eine Story über -«

»Hat Dirty Harry zufällig einen Zigeuner namens Rudolph erwähnt?«

»Nein.« Sie konnte sich nicht bremsen. »Warum?«

Ballard grinste extra blöde vor sich hin. »O, jemand anders hat ihn erwähnt, das ist alles.«

Eine sexy klingende Braut, hatte Jane gesagt. Vor drei Jahren, nachdem die DKA den Mobanwalt Wayne Hawkley für immer und ewig aus dem Verkehr gezogen hatte, hatte Ballard ein paar Wochen lang einer wunderschönen Zigeunerin hinterhergehechelt - Hellseherin war sie gewesen.

»Deine kleine Zigeunerin aus Santa Rosa, die mit der Kristallkugel?« fragte sie abfällig.

Ballard runzelte hinter seinem Bier die Stirn. Was war denn das? Kaum fing die gute alte Giselle an, draußen zu arbeiten, da war sie auch schon mit demselben Futterneid hinter Informationsquellen her wie alle anderen?

»Warum fragst du?«

Giselle schüttelte ihren Kopf und trank vom Chablis - über sich selbst entsetzt. Sie wechselte erneut das Thema.

»Dirty Harry hat außerdem erzählt, daß ein paar ganz üble Zigeuner aus Chicago und New York hier hergekommen sind . . .«

Ballards momentane Irritation schien verschwunden. »Das paßt genau. Meine Informantin hat gesagt, Rudolph sei gerade eben in die Stadt gekommen. Sie hat ihn nie gesehen, sie kennt nicht einmal seinen Nachnamen, aber -«

Wieder konnte sich Giselle nicht bremsen. »*Sie* hat das also gesagt.«

»Warum sollte sie lügen?« Er leckte sich Schaum von der Oberlippe und versuchte, die ganzen Punkte miteinander zu verbinden - darin lag eines der wichtigsten Zufallsmomente beim Detektivspiel: im unwiderstehlichen Drang, die Daten, über die man verfügte, irgendwie aufeinander abzustimmen. »Glaubst du, dieser Kerl, Rudolph, könnte Angelo Grimaldi sein?«

»Warum nicht? Aber wie dem auch sei, ich will alle guten Hotels in der Stadt nach dem Namen Grimaldi durchforsten. Wenn er tatsächlich irgendeinen Coup vorbereitet, dann wird die Sache beim Besuch des Präsidenten über die Bühne gehen . . .«

»Ja. Die Polypen werden mit den Sicherheitsmaßnahmen und der Überwachung der Zuschauer viel zu sehr beschäftigt sein, um jeder Schwindelei nachgehen zu können.«

Giselle hatte ihren Wein ausgetrunken. Sie beugte sich zu ihm vor.